btb

Buch
Auf der Flucht vor der Bundeswehr ist der Erzähler, Sohn eines süddeutschen Waldbesitzers und Kriegshelden, vor vielen Jahren mit seiner Freundin Hilde nach Berlin gezogen. Aber die große Liebe war das nie mit Hilde, er ist nicht glücklich. Einmal wirft er ein Messer nach ihr, was gar nicht zu seinem Temperament passt und ihm einen eigenen Psychiater einbringt.
Eines Tages bricht er mit dem Auto auf, Richtung Bleckede an der Elbe, wo er vor den Rotariern des Bezirkes einen Verbraucher-Vortrag halten soll. Er begafft ein kopulierendes Paar, steigt im Hotel Eckermann ab, besucht einen Swingerclub und sinniert über seine Geschichte, seine ersten Male, sein Scheitern und was ihm eigentlich geblieben ist: »Früher hatte ich Angst vor dem Tod. Nun hatte ich Angst davor, den Vatertag allein verbringen zu müssen.« Das erste Mal, auf einer Klassenfahrt hat er mit der Falschen geschlafen, das daraus entstandene Kind wurde vielleicht zur Adoption freigegeben. Und seine Frau Hilde, nun ja, die sollte er eigentlich längst verlassen haben. Stadlers Held steht schließlich am Meer, einsam und unglücklich – aber ein scharfer Beobachter von Zeit und Zuständen, mit seiner Erkenntnis, daß »Sehnsucht Hoffnung minus Erfahrung« sei.

Autor
Arnold Stadler, geboren 1954, lebt in Sallahn, Wendland. Er studierte in München, Rom und Freiburg im Breisgau. Arnold Stadler wurde vielfach ausgezeichnet, unter anderem mit dem Alemannischen Literaturpreis und mit dem Georg-Büchner-Preis.

Arnold Stadler bei btb
Ein hinreißender Schrotthändler. Roman (72678)

Arnold Stadler

Sehnsucht
Versuch über das erste Mal

btb

Umwelthinweis:
Alle bedruckten Materialien dieses Taschenbuches
sind chlorfrei und umweltschonend.

Der btb-Verlag ist ein Unternehmen der Verlagsgruppe
Random House.

1. Auflage
Genehmigte und vom Autor überarbeitete
Taschenbuchausgabe September 2004
Copyright © 2002 by DuMont
Literatur und Kunst Verlag, Köln
Umschlaggestaltung: Design Team München
Umschlagfoto: Photonica/Patrick McDonogh
Satz: IBV Satz- und Datentechnik GmbH, Berlin
SR · Herstellung: Augustin Wiesbeck
Made in Germany
ISBN 3-442-73153-4
www.btb-verlag.de

»Aber einen gibt es immer, dessen Verlangen,
gemeint zu sein, am größten ist.«

Marie-Luise Scherer:
Unsere Asche soll über Berlin verstreut werden

Eines Tages, vielleicht auch Nachts, werde ich mich hinsetzen und schreiben, mein Buch schreiben, und ich werde mit der Hand vorangehen und zu mir finden.

»persons attempting to find a plot in it will be shot« (»Wer in dieser Geschichte einen Plot zu finden versucht, wird erschossen«)

Mark Twain:
Motto zu Huckleberry Finn

I.
Sehnsucht ist Hoffnung minus Erfahrung.

Auf Helgas Frisierstuhl

Die Zukunft war damals meine Sehnsucht, so wie heute die Vergangenheit mein Heimweh ist.

War es die erigierte Zuversicht, die glatte Hoffnung, die mich am Leben hielt? Und von da immer wieder zum Friseur trieb? Damals war der Friseur außer der Schule die einzige Möglichkeit, in die Stadt zu kommen. Wir Jungen sollten eigentlich zu einem Friseur, der an fünf Nachmittagen in der Woche in einem der Remisenschuppen einen kleinen Laden eröffnet hatte, wo er in einer weißen Kittelschürze wie ein Chefarzt oder eine Putzfrau uns alle lustlos zurechtschnitt, so daß wir im Prinzip alle gleich aussahen, ob wir wollten oder nicht: so wie der häßlichste von uns. Denn jene Kahlrasur galt schon fast als Strafe damals, zumal die Läuse- und Ungezieferzeit vorbei war. Wir sollten uns an den Friseur mit seinen Meckis und seinen Trockenhaarschnitten halten.

Es gab aber auch noch Helga. Sie war kaum fünf Jahre älter als ich, auch sie kam aus der Nähe von Josefslust wie ich, kannte meine Jägermeister, wußte auch von mir und überhaupt, sie schien mir um ein Leben voraus zu sein.

Mich narrte wieder einmal die Sehnsucht – und von Helga hieß es, daß sie »ließ«. Das war wohl nichts als ein erektionsfreundliches Gerücht unter noch gar nicht ausgewachsenen Männern in spe. Wir wußten ja noch nicht einmal, wie viele Löcher es waren, aber es trieb uns alle zu Helga. Immer wieder fielen Haare zu Boden, die ganze Horde saß manchmal um jenen Frisierstuhl herum, so daß wir den Dauerwellendamen den Platz wegnahmen, und schauten zu, wie den anderen die Haare zu Boden fielen, während Helga mit ihrer Kittelschürze und den freien Oberarmen, die sie sehr frei erscheinen ließen, hinter ihren Kunden stand und von hinten her mit ihrem Rasierapparat am Genick ansetzte. Helga, eine der letzten ihres Namens, steht in der Mitte jenes Sommers, auf der Höhe der Hundstage. – Es war ja nur ein Sommer, vielleicht nur ein einziger, ich aber möchte »immer« sagen.

Es war in einem sogenannten Damensalon, wo Helga angestellt war. Der Umstand, daß sie auch junge Männer, und solche, die gerade dabei waren, Männer zu werden, zum Haareschneiden annahm, verstieß gegen die guten Sitten und war wohl der einzige Grund, warum Helga diesen Ruf hatte. Alle zwei Wochen gingen wir hin, alle auf einmal, und besetzten alle Stühle unmittelbar hinter dem Frisiertisch mit dem Spiegel, so daß wir immer zusammen zu sehen waren, alle auf einem Bild, und der Höhepunkt des Bildes war, wie Helga mit ihrem Bauch und ihren Brüsten gegen unsere Köpfe ging – oder unsere Köpfe, wie sie gegen den Bauch von Helga gingen und so fort. Es war auch vielleicht eine Sehnsucht dabei, die wir teilten, unsere gemeinsame Sehnsucht, wieder dorthin zurückzukehren, woher wir gekommen waren. Oder nicht. Vielleicht war Sehnsucht das ganz andere: dorthin, wo keiner von uns gewesen war, an keinen der Orte mehr, die wir mit eigenen Augen gesehen hatten. Aber auch eine Spur Menschenfresserei war in diesem Schauen und Hinschauen: Ich aß mit den Augen. Ich war ein zum Gourmet verwandelter Menschenfresser.

Dieser Frisiertisch mit dem Spiegel gewiß noch aus Vorkriegszeiten (aus den seligen Zeiten vor dem Ersten Weltkrieg, noch vor Adam und Eva) – unsere Gesichter waren in diesem sehr schönen wohl böhmischen Spiegel mit altem

Schliff eher Visagen, doch man konnte noch alles erkennen. Er war zwar auf dem Weg zu erblinden – und wir würden in ihm bald Schatten sein, wie die Frau aus »EROS AM ABGRUND«, jenem Film aus der McCarthy-Zeit, der bei uns noch zwanzig Jahre später als Spätvorstellung lief; ein Film, ein Betrug an unseren jungen Augen, auf dem zu sehen war, daß so gut wie nichts zu sehen war. Der Tag würde kommen, und auch wir würden nichts sein als Schatten und Erinnerungen wie unsere teuren Toten. Erinnerte sich dieser Spiegel an das von mir nie gesehene Bein meines Vaters, als er so alt war wie ich? Dieser Spiegel mit der Neigung zur Altersblindheit – Jedoch. – Ich sehe mich noch Fingernägel kauen darin, im Verlangen, daß ich nun bald alles sehen und haben würde. – Da saß einer im Spiegel und sah dieser Frau mit den blonden Strähnen im Joy-Fleming-Look zu, wie immer wieder ganze Köpfe zwischen diesen Brüsten verschwanden. Es war schon fast Menschenfresserei, wie ich an mir selbst herumkaute – weil ich vorerst nur mit den Augen hinkam. – Ich fing bei mir an. Mein Psychiater, der wunderbare Geigenmüller erklärte mir viel später, als alles vorbei war, das heißt, als ich geheilt war, entlassen war und nichts mehr machte, als ich mich aus diesem Leben schon praktisch verabschiedet hatte, das heißt, an keiner einzigen meiner sexuellen Obsessionen mehr litt, das heißt, von meinem Leben so gut wie geheilt war, und ich, einst ein JOINT VENTURE aus Glück und Unglück, keinerlei Sehnsucht mehr hatte – dies sei alles Projektion gewesen und eine Ersatzhandlung. So seine Widerspiegelungstheorie, dieser Frisiertisch und dieser Spiegel, seine Wiedergabe und meine Erinnerung: so daß ich mir im Verlauf von zwei Konsultationen schon einbildete, ich würde Helga an der Form ihres Bauchnabels erkennen. Denn es ging ganz nahe hin. Wir hatten aus ihr ganz unerklärlichen Gründen »Mit Haarewaschen« verlangt, ein Privileg, das an sich nur Frauen und Dauerwelleninhabern zustand. Und dazu war es ganz unsinnig, weil wir alle zwei Wochen geschoren wurden. Sie hat es vielleicht nie herausbekommen, warum wir alle die Haare gewaschen haben wollten, seitdem einer von uns herausbekommen hatte, wie weit es dabei ging. Ich habe es nie herausbekommen, genausowenig wie Helga je herausbekommen hat, warum wir im Rudel hiersaßen und die Haare gewaschen haben wollten.

Ich habe es auch so gemacht wie die anderen: habe »mit Haarewaschen« gesagt, errötete leicht, ließ es zu, daß Helga ihren alten Polyestermantel an mir festzurrte und mich beinahe erdrosselte. Habe es gemacht wie die anderen, oder es war wie bei den anderen, die nun schon in ihren heimatlosen Erektionen dalagen, ohne Rettung, nur geschützt durch diesen Mantel über unserer jugendlichen Verirrung. Helga mußte also ganz nahe hingehen, um mit ihrem Expertinnenvorsprung das Haarewaschen richtig hinzubekommen. Es war ein Spagat: zwischen zu heiß und zu kalt, zu viel und zu wenig, zu nahe und zu fern. Das Liegen des Kopfes zwischen ihren Brüsten, diese unerhörte Nähe zu ihrem Bauch wurde mit der beruflichen Notwendigkeit gerechtfertigt, von ihr, und von uns wohl auch. Wir waren beinahe noch kindliche, ganz unschuldige Sophisten, Heuchler und Simulanten, auch wir, wie alle Täter und Untäter, brauchten ja auch eine Entschuldigung für nachher, wenn alles vorbei war, und auch für vorher, für den Augenblick, als wir Helgas Frisiersalon betraten und so taten, als wären wir wegen der Fix-und-Foxi-Heftchen gekommen, die in ganzen Jahrgängen und schon ganz verlesen, aber nicht von uns, herumlagen. Es gab auch noch den GONG, die FRAU IM SPIEGEL, den STERN und so fort, dies für die Damen, die oft stundenlang unter der Dauerwellen-Haube auf dem Frisierstuhl daneben saßen und so taten, als ob sie sich weiterbilden wollten und Kreuzworträtsel lösten. Tatsächlich haben sie (es war jeweils nur eine Dame, der Frisiersalon bestand nur aus Helga, zwei Frisierstühlen und der in die Jahre gekommenen Möblierung) geschaut, wie wir schauten. Und haben irgendwann unser Schauen, das ein

Treiben war, mißbilligt und Helga vor die Alternative gestellt: entweder sie (diese ungezogenen Bengel) oder wir. Es war eine sogenannte ältere Dame, die aus einer gewissen Lebenserfahrung heraus und auch aus Neid, daß sie von Helga und uns gar nichts hatte, Helga vor diese unselige Alternative stellte. Diese Dame störte uns doch gar nicht. Aber sie hatte unsere Dauererektion unter dem Frisiermantel von unseren Gesichtern abgelesen. Sie sah, wie wir (die Mehrzahl von ich) schauten. Also wurden wir irgendwann hinausgeschickt und unser Treiben war zu Ende.

Helga mußte ganz nahe hingehen, und ich kam meinem Ziel immer näher, aber eben nur fast: Ich habe es auch damals bei Helga nur fast geschafft. Der Stuhl war noch aus anderen Zeiten, daher mußte Helga ganz nahe hingehen, schon beim Waschen, ich wiederhole, sehe und vergegenwärtige nur noch, das sonst nur ein Vorspiel, hier aber der Höhepunkt war. Dieser Stuhl war vielleicht ein Konstruktionsfehler, ein glücklicher Konstruktionsfehler, dem wir unsere Sommerfreude verdankten. Helga war unsere schöne Ausnahme, die uns zuliebe die Haare wusch in Zeiten, als für unsereinen nur der sogenannte Trockenschnitt, der sogenannte Mecki üblich war. Allerdings mußte das Waschen extra honoriert werden, es kostete mehr, so wie später die verschiedenen Dienste im Hamburger LAUFHAUS extra honoriert werden mußten. Bitte keinen Mecki, Helga! bettelten wir. Denn wir wollten ja schon in zwei Wochen wiederkommen. Und dann kam sie mit ihren Händen und ihrem Wasser. Dieses Haarewaschen war völlig unsinnig, wie manches Glück. Doch es war das Höchste. Und das schönste daran war, so diktiert es mir die Erinnerung: Sie hat von allem nicht einmal etwas gemerkt. Denn wir lagen unter einem weiten barmherzigen Polyestermantel, der auch noch aus Vorkriegszeiten war. So kam sie und hat mich mit einem WELLA-Produkt eingerieben. Da lag ich mit ihrer Aufbaupackung und meiner heimatlosen Erektion.

Heute raten die Haarkünstler zu Varizenoperationen und drängen auf das Rasieren der Schamhaare. Helga in ihrem molligen Sommerkleid war dafür noch nicht zuständig. Immerhin für die Hühneraugen und Haare in Nase und Ohren der Dauerwellen, die einfach so vorbeikamen. Helga führte noch ein Leben ohne Anmeldung, ohne Terminkalender, und hat auch gelebt, wie die höchsten Geschäftsleute ohne Handy. War sie einmal ohne Kundschaft, und es war schön, hatte sie einen Stuhl neben der Ladentür stehen und unterhielt sich mit der Nachbarin. Die Sommer waren fast so wie in Italien. Doch das ist eine andere Geschichte.

Es tat fast weh, von Helgas Frisierstuhl sich zu erheben. Auch war es zu sehen, wenigstens für das geschulte Auge, daß etwas mit der Hose nicht stimmte.

Das allerschönste daran war, daß es unbeschreiblich war.

*Schon früh hörte ich, ich solle
nicht so schauen.*

Warum schaust du so? – Schau nicht so! – Oder auch: Jetzt schaut er aber! – Ist es nicht süß, wie er schaut? – hörte ich. Damals, und wer weiß, wann noch, wünschte ich mir oftmals, allein zu sein. Ich wollte, daß die Menschen von mir gingen oder gegangen wären. Aber immer unter der Voraussetzung, daß sie wiederkämen. Wie ich mich täuschte! Wenn etwas weh getan hatte, sagten wir nur »es hat gebissen« – das war in Josefslust alles. Mehr war nicht möglich.

– So sitze ich bei meiner vergeßlichen, unvergeßlichen Großmutter auf dem Schoß und habe den riesigen Geflammten Kardinal in der Hand, jenen Apfel, der beinahe so groß wie rot war, und mit dem wir dann in die Zeitung kamen. Der Apfel stammte aus dem ersten Herbst, von dem ich weiß – gerade wegen dieses Apfels und dieser Photographie, als ob der Herbst photographierbar wäre, und ein Photo alles wäre, was vom Herbst bleibt. Es bedurfte der Kunst der Überredung, daß ich mich so photographieren ließ.

Meine Händchen! – Zum Vergleich hat man uns vor die Kommode gesetzt, auf der der große Globus stand. Der Geflammte Kardinal scheint fast größer als mein Kopf und nur unwesentlich kleiner als dieser Globus. Dabei hatte ich meinen Mund schon zu einem NON! – zu einem Nein! geformt, und so schaute ich.

Aber nicht aus Trotz; es war eher schon der erste Versuch eines melancholischen Widders, davonzulaufen, bevor er laufen konnte. Es war aber auch schon ein Staunen dabei, wie groß die Welt war. Andererseits fand ich diesen Globus so groß wiederum nicht.

Man hatte mich, um mich einzustimmen wie ein Tier, das eingefangen werden soll, gelockt mit dem Apfel und dem Globus, und dem Kind vorzumachen versucht, wie groß die Welt war. Und dann staunte ich eben, wie gewünscht. Doch mein erstes Wort, noch vor Mama und Auto, war – Nein. – Meine Lieben erschraken darüber. Es war ja nur das Nein von einem Kind, das nicht auch noch photographiert werden will.

Damals kam man noch mit einem Apfel in die Zeitung. Es genügte auch schon die Biometzgerei Vochazer mit ihrem preisgekrönten Schaufenster IDEEN AUS STROH oder auch der Pilz von Madame Vonnier vom Pudelsalon, die mit ihrem giftigen Riesenbovist und einem ihrer Pudel in ihren das Jahr über eher unterbelichteten Verhältnissen sitzt. Ganz im Gegensatz zur Gesellschaft, in der meine Urgroßväter lebten. Jedes Jahr kam Großvater mit seinen Trophäen von der Hubertusjagd auf Seite eins. Immer wieder wurde er gezeigt. Ich habe ihn praktisch das ganze Jahr über im Lokalteil gesehen und konnte so immer wieder vergleichen. Da merkte ich bald, daß hier, und überhaupt mit der Photographie, etwas nicht stimmte. Genauso mit seinem Sarg, der wieder auf Seite eins kam, als er von seinen Jagdbläsern ein großes Halali bekam. Ich sehe noch die ganze Strecke von der letzten Hubertusjagd, mit allen Wildschweinen, Hasen und so fort. Lebende und Tote auf einem Bild, Überlebende und auf der Strecke gebliebene, Täter und Opfer auf einem einzigen Schwarzweißbild. Dazu die Jagdbläser, die selbst noch den Exequien einen Glanz gaben. Seit den Grünspantoten (1843 waren auf einer Hochzeit drei der Gäste tot umgefallen; eine Vergiftung: ungeklärt blieb, ob es ein Anschlag war) hatte es nie wieder so viele Tote gegeben in unserem Haus.

So wurde immer wieder alles gezeigt. Eine reine Männergesellschaft, was die Überlebenden des Hubertusjagdphotos betrifft. Schon die Zehnjährigen waren dabei, wie auf dem Balkan wurden sie eingeübt und durften die Flinte des Großvaters tragen. Die Freude am Töten war groß bei uns. Dem Tod galten fast alle unsere Feste. Kaum aus dem Krieg zurück, gingen wir schon wieder auf die Jagd.

Globus-Kopf-Apfel – Ich zum Vergleich: Das waren eigentlich drei Zielscheiben. Es war die Idee von Monsieur Kopitzki, der uns für die Zeitung photographiert und dazu auch noch einen Text verfaßt hat. Ich war also mindestens so groß wie – nein: größer als Amerika, und meine Augen hatten die Größe etwa von Kuba und Hispaniola. Der Apfel, der Globus, der Kopf: Wir waren fast alle gleich rund und gleich groß. Man tat so, als ob ich diesen Apfel schon halten oder gar tragen könnte: Auch dieses Photo war nichts als eine Fälschung. Meine Händchen! – dieser Geflammte Kardinal hat mich sehr hinabgezogen. Es bedurfte wirklich des Zuredens der mir gewogensten Menschen, daß ich diesen schweren Apfel ertrug. Und ich sehe mich noch, und wieder, wie ich schaute, als der Photograph und die Großmutter sagten: Schau! – ich wollte nicht auf dieses Bild.

Meine Großmutter stammte aus dem Sundgau (Frankreich, früher Österreich), von einer Großmühle mit einigem Grund und Boden und Dingen, die mitgenommen werden konnten, wie diesem Globus. »Heimat ist das, wovon man ausgeht« – sagte T. S. Eliot. Doch da war nichts mehr. Sie wußte zuletzt nicht mehr, wovon sie ausgegangen war. Und ich wüßte es auch nicht mehr. Der Globus war ein Hochzeitsgeschenk jenes Bruders, den sie liebte, der aus Abenteuerlust nach Amerika gegangen war. Es sollte nur für ein paar Jahre sein, es sollte eigentlich nur ein In-der-Welt-Herumreisen sein, vielleicht nur der Rückkehr zuliebe, aber dann war es für immer. Der Globus war als Geschenk zur Hochzeit gekommen, damit sie ungefähr wußte, wo er war, und daß er nicht ganz aus der Welt war. Schon ihr Vater hatte sich einen Globus aus Wien kommen lassen, der alten Hauptstadt, wo er das Recht studiert hatte. Wir hatten es mit Globen in unserem Haus, im Glauben, daß dieses Haus ein Ort war, an den wir von überall her zurückkehren konnten. Wie wir uns täuschten!

Wir hatten es also mit der Erdkugel, und so gab es in diesem Haus, im Unterschied zu den anderen, wo es überhaupt keine gab, gleich zwei Erdkugeln. In diesem Haus lebten Menschen, die hinauswollten, die Sehnsucht hatten wie ich, der auf den Führerschein zulebte, um dann für immer davonzufahren.

Aber schon die eine Erdkugel hätte als Beweis einer alten, von Bett zu Bett fortlebenden Sehnsucht in diesem Haus genügt. (Nach Orten und Menschen, ganz bestimmten Stellen, wo sie gewesen waren, und wo sie nicht mehr hinkamen, oben und unten und überall.) Diese Erdkugeln waren so rund, wie die Erde nicht sein konnte. Und so versuchten sie, wie eine alte Weisheit vor Ort lautete, über die Runden zu kommen, die oft eckig waren, abgekürzt für den Hausgebrauch zu einem C'EST LA VIE.

Meine Großmutter wurde etwa in den Jahren geboren, als die schöne Müllerin gestorben sein muß. Keine siebzig, war sie schon tot.

Das Leben hielt sich nicht an die Dezimalzahlen. »Ich gratuliere dir zum Geburtstag, daß du lange lebst, gesund bleibst, und in den Himmel kommst!« – so lautete die Gratulationsformel; der kleine, fromme Wunsch, innig vorgetragen von den Kleinen, die noch daran glaubten und Zukunft hatten, und von den Älteren, die fast nur noch zurückblicken konnten, gerne gehört, wie eine Verheißung aus Kindermund.

Oftmals wollte ich allein sein, aber unter der Voraussetzung, daß es nicht für immer wäre. Wie ich mich täuschte!

Wie ich nach Berlin kam.

Ein Leben lang habe ich von einem Leben in Rom geträumt, in der Nähe der Palmen, von schwarzen Haaren und Brüsten. Nun lebte ich in Berlin und mußte täglich an der Einsteintafel vorbei. Ich lebte nun schon seit fast zwanzig Jahren in einem nicht ausgebombten Haus, das neben dem ausgebombten Haus stand, steht, in dem Einstein, wie ich glaubte, auf die Relativitätstheorie gestoßen war. Das war natürlich historisch falsch, änderte jedoch an meinem Glauben nichts. Die Stelle, an der das Einsteinhaus stand, war nun von einem Komplex aus Einzimmerwohnungen der Neuen Heimat überbaut. Ich mußte vorbei, mußte, weil Einstein Dinge geschafft oder auch nur entdeckt hatte, die mir niemals gelingen würden. Darunter auch solche, die er sich gar nicht vorgenommen hatte, wie zum Beispiel den Tod.

In Berlin lebte ich seit dem Brief des Kreiswehrersatzamtes, der mich zum letzten Mal, definitiv, zu den Gebirgsjägern nach Sonthofen beordert hatte. Soll ich sagen: Ich lebte? Die Sonthofer Kaserne war von der SS als Ordensburg gebaut worden. Einer meiner Onkel war in diesem Gebäude – soll ich sagen: erzogen worden? – In denselben Räumen lebte jetzt die Bundeswehr, nur vierzig Jahre später. Es war niederschmetternd, als ich, nun schon in meinem neunundzwanzigsten Jahr, das erste Mal an der Mauer stehend, von Angesicht zu Angesicht realisierte, daß ich, statt bei und von den Gebirgsjägern, nun hier und von diesen Mauern auf unabsehbare Zeit eingesperrt sein würde. Daß ich in einem Freiluftgehege leben müßte, kaum größer und kaum anders als die Tiere im berühmten Berliner Zoo, die ich dann oftmals besuchte; und nicht, um sie zu beobachten.

Noch bis zur »Vollendung« meines achtundzwanzigsten Lebensjahres (wie ich dem nobel formulierten Schreiben entnahm) hatte mich das Kreiswehrersatzamt verfolgt, ein letztes Mal noch mit der Einbestellung nach Sonthofen, nachdem ich vor Gericht endgültig gescheitert war. Wieder einmal hatte ich mich über die Welt getäuscht, denn unmittelbar nach Ende der Verhandlung, kurz bevor mir das Ergebnis zunächst mündlich und im Stehen nach Anrufung des Deutschen Volkes mitgeteilt wurde, hatte ich mich im Triumph gewähnt, hatte ich gar noch geglaubt, für meinen Auftritt vor Gericht (und der Schulklasse aus Lindau als Vertretern des Volkes) bewundert worden zu sein. Schon aufgrund meines, wie ich dachte, glänzend formulierten Antrages, glaubte ich, vor Gericht als Sieger hervorzugehen. Ich konnte mir gar nichts anderes vorstellen, als daß ich als Kriegs- und Wehrdienstverweigerer anerkannt würde – bei meiner Vorgeschichte. Der Anwalt selbst hatte von »hieb- und stichfest« gesprochen. Doch vielleicht hat mich dieser Anwalt, ein Leutnant der Reserve, wie ich später erfuhr, auch nur auflaufen lassen (um in seiner Sprache zu bleiben) und steckte mit den Alten Herren (die um einige neue Herren ergänzt waren) unter einer sogenannten Decke.

Nun hatte ich also den deutschen Paß, die deutsche Sprache, die deutsche Geschichte und die Wälder und Menschen — es war eigentlich gar nicht so wenig, was mich mit diesem Land verband.

Als Kind schreckte mich das Wort »deutsch«. Es wollte nicht einer von denen sein, die auf dem Witzkanal liefen: der dicke

Nazi Schultze, der immer wieder Jawoll! in die Welt hinausschrie, und dabei immer wieder vom Pferd herunterfiel, nein, gar nicht erst hinaufkam; das war die Kinderstunde, wenn ich bei meinen französischen Verwandten in Ferien war. Ich wollte nicht einer von ihnen sein, so war ich nicht, und mein einbeiniger Vater auch nicht. Ob es jedoch ein richtiges Land war, eines nicht mehr und nicht weniger als die anderen, weiß ich heute auch nicht. Ich hatte das Gericht in einem ausführlichen Antrag, wo ein Satz, der sich auf das Grundgesetz bezog, genügt hätte, wissen lassen, daß es für mich in keinem Fall in Frage käme, als letzter der deutschen Seite meiner Familie den sogenannten Dienst mit der Waffe zu tun und noch einmal auf dem Feld der Ehre zu erscheinen. Mein Antrag hatte, als Spiegelbild meiner selbst, etwas Konfuses und nicht zu Ende Gedachtes, wie Schultze, unser Geschichtsprofessor und Stratege, der uns die Geschichte beibrachte, schon zu meinen Beiträgen im Vorfeld unseres In-die-See-Stechens bemerkte, die in jenem Exkurs nach Helgoland gipfelte, an dessen Weg auf der Höhe von Cuxhaven ich das erste Mal das Meer sehen sollte. Er ließ meine Träume nicht durchgehen, und wären sie nur Teil des Ganzen gewesen. Die Geschichte war für ihn nur eine unendliche Folge von ROTEN ZAHLEN (flankiert vom Schlachtzeichen, das zwei gekreuzte Säbel vorstellte, und vielleicht von einem Geschichtsprofessor im 19. Jahrhundert erfunden worden sein mag, als die Geschichte noch Zukunft hatte), wie er sie nannte, und die wir auswendig hersagen mußten. Geschichtsprofessor! – Schultze, mit seinen im nachhinein erstellten roten Zahlen (IL CATALOGO È QUESTO!- wie bei Don Giovanni.) – als alles schon vorbei war, außer ihm. Am Ende war es ein ganzes Buch, das wir, wie er sagte, parat hatten, und eine Ortsangabe war auch noch dabei; als ob dies die ganze Geschichte, als ob dies alles gewesen wäre. Es war wie in einer Koranschule, wo der Schüler am Ende den Koran auswendig aufsagen kann und der Lehrer die ganze Zeit mit einem Stock daneben steht. Der

Geschichtsunterricht bestand im Auswendiglernen von über zweitausend ROTEN ZAHLEN, die wir nach und nach von der Tafel abschrieben; zusammen mit dem Schlachtzeichen und der Ortsangabe, wo Blut geflossen war. Dazu kamen die Inkoronationen und die Gesetzessammlungen. Das ist alles, was ich von der Geschichte weiß. So fiel ich, dank Schultze (und gewiß auch wegen meiner eigenen Geschichte) sehr früh von der Geschichte ab, die etwas war, wo ich nicht vorkam.

Und sonst kamen auch keine Menschen vor. Nur Krieger und Feldherren und Nahkampfspangenträger. Die Welt schien allein den Schlachtfeldern zuliebe dazusein, damit die Strategen mit ihrem Anspruch des Durchdachten eine Möglichkeit hatten, ihr Konzept vor Ort umzusetzen.

Doch was war mit mir?

Das einzig Gradlinige an mir war vielleicht mein Schwanz.

Mein Vater schämte sich meinetwegen, weil ich überhaupt keinen Kampfgeist besaß, wie er es nannte. Ich hatte überhaupt nichts Joschka-Fischer-haftes, mein Vater schämte sich, weil ich nie in eine Schlägerei verwickelt war, nie etwas kaputt machte, weil nie die Polizei kam, weil es nie eine Anzeige gegeben hat wegen mir. Keine einzige Schlägerei, nie die Schule geschwänzt, kein blauer Brief – kurz: weil ich in Betragen immer eine Eins hatte.

Und doch auch Renitenz. Meine Renitenz: Die vielen Bälle, die sie mir zuspielten, habe ich einfach vorbeirollen und liegen lassen. Auch wollte ich nicht apportieren wie einer unserer Jagdhunde.

Schon in meinem Antrag spielte ich mich als Pazifist auf; gleichzeitig ließ ich durchblicken, daß es sich bei mir um den Sohn eines Nahkampfspangenträgers in Gold (fünfunddreißig Einsätze, bei denen das Weiß, das in den Augen des Feindes blitzte, zu sehen sein mußte, so die Definition) handelte. Doch im Grunde war es nur die Angst, schon von den ersten Fußballspielen, Turnstunden und sonstigen Freilanddressuren an; die Angst, abgeschossen zu werden von irgendwelchen Bällen, die Angst, in der Turnstunde ungeschickt am Barren auszurutschen, so daß ich wegen der Schmerzen im Gürtellinienbereich aufgeschrien hätte. Es war vor allem der fehlende Kampfgeist, was einen ersten Keil zwischen mich und die mich umgebende Welt trieb.

Und die Liebe war ein Phantomschmerz, der so groß war wie ich.

Mit den Orden, die sonst noch bei uns herumlagen, diesen Orden, die in unserem Haus seltsamerweise gar nicht weggeschlossen waren, nicht auf dem Ordenskissen in der Vitrine im Jagdzimmer wie bei unseren Verwandten, haben wir als Kinder gespielt. In einem richtigen Jagdzimmer lagen auf Samtkissen, in Vitrinen, unter Hörnern und Geweihen und sonstigen Jagdtrophäen auch die Orden der Heimgekehrten und der im Feld Gebliebenen – wie sie genannt wurden. Auf dem Schlachtfeld wurden sie zwar dekoriert; die eigentlichen Kampfhandlungen jedoch vollzogen sich wohl nicht im Ornat der Orden und Auszeichnungen. Nur bei uns war es anders: Die Orden der Väter und Onkel gehörten zu unserer Grundausstattung an Spielzeug. Wir – meine Schwestern und ich – haben uns als Feldherren verkleidet (es war bei mir eher schon ein erstes Anzeichen von Transvestitismus, mehr als von Kampfgeist). Und sogar in der Närrischen Zeit sind wir, derart (aus-)gezeichnet, herumgelaufen. Noch Kinder zwar, doch erstaunlich, daß keiner von den Erwachsenen eingeschritten ist wegen dieser Reliquien, an denen so viel Blut, auch Herzblut war. So sind, nach den Ordensträgern, auch noch die Orden und Abzeichen selbst abhanden gekommen. Wir haben sie wohl beim Spielen verloren. Mein Vater, der zwar zurückgekehrt war vom Kampf, als ob es eine Sportart gewesen wäre, eine Art Kampfsport, hoch- und höchstdekoriert, mit Führerschreiben, war jedoch einbeinig zurückgekehrt. Nur so habe ich ihn kennengelernt und so bleibt er in meiner Erinnerung. Ich ließ das Gericht in meinem unübersichtlichen, vielleicht sogar konfusen Antrag, der dasselbe vielleicht hätte doch einmal verunsichern müssen, also wissen, daß ich nicht in die Fußstapfen meines Vaters oder gar meiner nie gesehenen Onkel zu treten gedächte. Mein Vater, der mich so noch gezeugt hat, versuchte seither, mich auf die Beine zu stellen und schleppte mich immer wieder einbeinig auf den Hochsitz, umsonst. »War so ein schönes Mannsbild – 's ist schad' drum«! – so Madame Vonnier vom Pudelsalon. Das fehlende Bein kannte ich nur vom Photo.

Er ging zwar bis zuletzt noch auf die Jagd, wie sein Vater auch. Leben und Jagen waren für diese Menschen, denen ich das Leben verdanke, eins. Leben und Schießen fielen manchmal zusammen in der Welt, in die ich hineinwuchs. Großvater zum Beispiel wollte, solange er am Leben war, auf die Jagd gehen. Er hat sich erst dann aufgegeben, als er sein Lieblingsgewehr beiseite legte. Das war für seine Nächsten, die neben diesem Lebensentwurf her gelebt hatten, das sicherste Zeichen. Es war das sicherste Zeichen, daß er bald sterben würde. Die alten Kameraden, Vater, Ehrenfried und die anderen, kamen ja nur noch zum Heimkehrerstammtisch zusammen und zu den immer seltener stattfindenden Jagden, und zu den vermehrt sich einstellenden Heldengedenktagen, Grabgängen und Kameraden-Beisetzungen. Ansonsten führten sie ihr Eigenleben auf den Jagdhochsitzen, unterbrochen von ihrer Rolle als Grabredner und Kranzträger. Ich hatte immer wieder, nicht ohne Staunen, gesehen, wie sie nach vorne schritten und wie sie dann dastanden mit dem Hut wie eine schwarze Zielscheibe auf der Höhe der Gürtellinie, mit ihrem schwarzen Hut, den sie schon am Eingang zum Friedhof abgenommen hatten wie an einer Kirchentür. Hatte nicht ohne Rührung gesehen, nun auch schon fast bis zum Grabesrand wie an eine vorderste Front, eine Grabesrandfront aufgerückt, wie sie ans offene Grab traten und einen letzten Gruß hinabriefen und hinabrufen konnten. – Wie es ihnen glückte, etwas zu sagen und dabei die Stimme zu halten, wie sie noch einmal den Weg, der hier endete, in ihr Gedächtnis und unsere Vorstellung riefen, die Höhepunkte des Lebens, das Heldentum und die Rettung vor dem Tod am offenen Grab schilderten, adjustiert vom flankierenden Kranzkommando. Es waren alles nur Menschen, deren schönste Jahre, wie auch immer, ob sie dies so erinnerten oder nicht, verpfuscht worden waren. Die einzigen, die dies alles, auch diese Art von Überleben und Weiterleben hörten und sahen, waren wir: bei jenen, die nicht dabei, nicht an der Front gewesen waren, handelte es sich um uns, Kinder, verstört über so viel Todespräsenz von Kindesbeinen an. Über den Tod selbst wurde nicht gesprochen. Er war da. Die abwesenden Onkel, zum Beispiel, füllten das Jagdhaus bis unters Dach, wo die Gespenster waren, und auch im Keller, wie Leichen. In einem solchen Haus haben wir das Licht der Welt erblickt und sollten auch noch wachsen. Schon von Kindesbeinen an wurden wir auf den Friedhof mitgenommen, kaum daß wir gehen konnten; die Aufnahme in die Erwachsenenwelt war der geglückte Gang auf den Friedhof. Das sicherste Zeichen, daß wir dazuzählten, war, zur Beerdigung mitgenommen zu werden, die einzige Bedingung, daß wir eine Stunde frei stehen konnten und nicht in die Reden hineinweinten. Das war unsere Initiation und Konfirmation: unser Dabeistehen auf Hochzeiten, Taufen und Beerdigungen. Alle unsere frühen Toten waren Helden oder Witwen von Helden, so daß ich lange glaubte, die Musikkapelle und das Abspielen des GUTEN KAMERADEN sowie das Hineinhängen der Fahnen, während mindestens vier Kameraden den Sarg hinabließen, gehöre zu jeder richtigen Beerdigung. Später fielen der Reihe nach die alten Kameraden aus, so daß es heutzutage schon schwerfiele, genügend alte Kameraden aufzutreiben, um einen letzten Gruß hinterherzurufen. Und wie sie dann mit Haltung (ein Wort wie ein Gespenst) an ihren Platz zurückschritten. Traurig, wie die Helden nach und nach und nach starben und immer weniger wurden. Es waren auch Menschen darunter, die ich doch einmal, und wäre es als Kind, geliebt habe. Aber wann liebte ich mehr?

Ich glaubte, mit meinem Gewissen Eindruck gemacht zu haben auf die Welt. Doch dann wurde ich hereingerufen und endgültig abgelehnt. Mein Gewissen wurde nicht anerkannt. Onkel Ehrenfried, der Richter, schaute bei der Verkündung so, als ob er mich (die Ehre meines Vaters) gerettet hätte. Er wäre es meinem Vater schuldig, dachte er wohl. Doch, was meinen Vater, der damals noch lebte, und mich angeht: Er hatte sich längst aus mir herausgehalten wie aus einer Katastrophe. Kurz darauf flatterte der Stellungsbefehl ins Haus, der mich wissen ließ, daß ich laut Grundgesetz zum Dienst an der Waffe vorgesehen sei und daß ich mich zur Grundausbildung am Tor der Gebirgsjägerkaserne von Sonthofen einzufinden hätte. Ich aber, der ich zu Hause schon als Kind oftmals das Wort Feldjäger gehört hatte, mußte mich endgültig mit dem Gedanken an eine Übersiedelung nach Berlin anfreunden; von meiner kleinen bedeutenden Universitätsstadt aus, in der ich nun seit zehn Jahren mehr recht als schlecht gelebt hatte, zusammen mit meiner Frau Hilde, die auch gleich eine Stelle an der Unfallstation des Gertraudiskrankenhauses bekam. Damals wollte kein Mensch nach Berlin, schon gar nicht ein erfolgreicher Unfallchirurg, der sie war, während ich mit achtundzwanzig immer noch nicht mein Studium abgeschlossen hatte (und bis zum heutigen Tag nicht abgeschlossen habe), was damals nichts als normal war. Feldjäger – es gab sie immer noch, auch wenn dies kaum noch jemand wußte oder sich gar für deren Existenz interessierte. Schon waren die Feldjäger unterwegs, dachte ich. Wir mußten uns endgültig mit dem Gedanken einer Übersiedelung nach Berlin anfreunden.

Berlin war ein Ort, wo die Feldjäger nicht hinkamen. Das war damals die Definition von Berlin für mich. Dort habe ich mich längst eingewohnt, wenn auch nie ganz. Es war, abgesehen von allem, worum es mir ging, auch von meinem Gewissen, unvorstellbar, mit achtzehnjährigen Rekruten durch das obere Lechtal zu robben oder in Gewaltmärschen Richtung Grünten unterwegs die alten Lieder auf Kommando zu singen. Dann lieber noch Berlin.

Wie ich als Vortragskünstler herumreiste und auf diese Weise nach Bleckede kam, – einem Ort, in dessen Nähe Goethe seinen Faust »vorbei« sagen läßt.

Nun war es Frühjahr, und ich fuhr auf Bleckede zu (langes »e« wie in »Leben« und »eben«).

Nun kam ich von Berlin her angefahren und war auf dem Weg nach Bleckede an der Elbe, ein Ort, wo die Espressomaschine seit einem Jahr kaputt war, daher gab es nur Mokka. Und ich musste vor den Rotariern des Kreises Lüneburg meinen Verbraucher-Vortrag halten. Es war ein Tag im Mai, der Tag vor dem Fest Christi Himmelfahrt, das nun Vatertag heißt.

Ich war aus Berlin hinausgefahren, über die Heerstraße und die immerschöne Mark, an Ribbeck vorbei, das ich grüßte. Oftmals bin ich in dieser Gegend herumgefahren, einfach so, allein, ohne Hilde, die dann auf unserem Grundstück an der Wublitz (die andere Uferseite gehörte schon zu Potsdam) »gerne auch einmal allein«, wie sie sagte, zurückblieb, wo sie sich dann »pudelnackt«, wie sie sagte, auf die Frontporch-Veranda unserer Asbest-Datsche legte. Es war das Nachbargrundstück der Köchin von Mielke, der Tante meiner Frau, die aus dem Osten stammte und kurz vor dem Mauerbau von ihren Eltern über die Grenze bei Salzwedel geschleppt wurde. So hatte diese Mauer (es gab ja unzählige Mauern auf der Welt, und die meisten waren nicht einmal sichtbar) unser Leben oder unser Schicksal auf ganz gegensätzliche Weise bestimmt: mich schützte sie vor den Feldjägern, den Eltern von

Hilde war der schon früh so genannte Eiserne Vorhang wie ein nicht mehr zu überblickendes Freiluftgehege vorgekommen. Beides hatte mit Jagd zu tun. Wir waren ein Joint venture aus ost- und westdeutscher Jagdgesellschaft (Gesellschaft war immer Jagdgesellschaft, bis zu unseren Mobbingzeiten herunter). Hilde legte sich gerne ins Freie, falls es die Witterung zuließ, und manchmal auch, ohne daß es die Witterung zugelassen hätte. Sie freute sich auf die schönen Stunden ganz allein, wie sie sagte, während ich durchs Hinterland fuhr und träumte. So träumten wir gleichzeitig und kaum von einander entfernt nebeneinander. Sie hatte ihre BRIGITTE-Empfehlung und ihre Kühlbox dabei, die Flasche Prosecco; unweit der Sommergeräusche von Kindern, die einander vom Bootssteg aus ins Wasser stießen. Auch konnte man die Kühe von gegenüber muhen hören. Es gab keine Stadt wie Berlin und Potsdam, wo die Kühe so nahe am Zentrum weideten. Gleich hinter Sanssouci begannen die Kuhwiesen, und auch das Hauptverkehrszeichen des Kreises Potsdam-Mittelmark zeigte immer noch eine Kuh. Hilde ließ die Seele baumeln, kaum daß sie dies zum ersten Mal gehört hatte. Ich liebte diese Seele, zu der ein schön gewesener Körper gehörte, den ich auch geliebt habe und noch mehr geliebt hatte – und immer noch liebe. Doch aufgeschreckt von den sich sonst einstellenden Spuren und Lebenszeichen, als sie mit ihren Augen über diesen Körper spazierenging, dachte Hilde: »Du bist jetzt auch dran!« – und war unruhig geworden, wartete auf den großen Spiegel und auf mich; um zu sehen, was der Spiegel wiedergab, der sie komplett erfaßte, und wiedergab, wenn auch spiegelverkehrt, wie mich auch. Das Licht rezensierte uns genau. Wie ihr jetzt Sätze einfielen, die ihr galten und auch mir, wie sie von ihren Freundinnen zurückkam, denen sie dem Widerspruch und der Lebenslüge zuliebe gesagt hatte: »Ich bin eine alte Schachtel – und habe keinen Widerspruch bekommen«. Sie ging derart abgefertigt nach Hause und stellte sich in Panik vor den Spiegel, wo ihr der Satz ihrer eifersüchtigen Mutter einfiel, als sich Hilde für den Balalaika-Abend im Haus der Völkerfreundschaft zurechtgemacht hatte: »Wer schaut schon auf dich!« Und dann kam ich zurück, und sie hat ihre Sätze, die in ihrem Kopf gewesen waren, stumm, aber von ihrem Gesicht ablesbar, an mich weitergegeben, der sie in den Arm genommen und leicht über ihre Haarmelange aus Silber und Gold gestrichen hat: »Ich bin eine alte Schachtel, und niemand hat etwas dagegen gesagt«. Und ich dachte: Jetzt bist du auch dran, armes Leben. Der wunderbare Geigenmüller, unser Hausfreund und Psychiater, meinte, wir seien beide nun schon in den Wechseljahren. Dabei besagten doch neueste Forschungen, daß es diese Jahre gar nicht gab. Mit solchen Sätzen mußten wir nun auch noch leben und gewöhnten uns sogar daran. Wir richteten unser Leben in diesen Sätzen ein, wenn auch nie ganz. Aber es blieb nicht bei Sätzen. Oft genügten schon Blicke, die den Sätzen vorangingen oder folgten.

Ich hatte nun schon den Berliner Ring überquert und fuhr auf Nauen zu.

Es muß kurz darauf gewesen sein. Wir waren in einem ganz einfachen Hotel an der Ostsee, noch mit Duschvorhang, in Ahlbeck-mon-amour.

Hilde hatte sich unter die Dusche gestellt. Ich wunderte mich, was Hilde so lange im Bad wollte, ging ins Bad und sah, wie sie unter der Dusche stand und den Duschvorhang nicht vorgezogen hatte, sich im Spiegel beobachtete und sich sah. Und ich sah, wie der Boden naß wurde, gerade in dem Augenblick, als sie sich, über den Spiegel vergegenwärtigt, wieder ganz passabel, ja, begehrenswert zu finden und anzusehen begann. Und gerade im Augenblick, als ich sah, wie sie (über den Spiegel) spiegelverkehrt sich begehrenswert zu finden begann und dabei war, mich hereinzurufen, kam ich von selbst und zog den Vorhang vor ihr zu. »Damit der Boden nicht naß wird!«, sagte ich. Als sie gerade dabei war, wie Marlene nach Johnny zu rufen (Hilde sagte seit dem Ball der Erstsemester Johnny zu mir) und dabei war, zum Leben »Ja« zu sagen, kam ich herein und zog den Vorhang zu. Meine Grobheit habe ich, fast wie immer, einen Schritt zu spät bemerkt. Ich ging zurück und versuchte Hilde, die nun schon aus der Wanne gestiegen war und vor dem schönen Spiegel stand, mit verrecktem Gesicht, mit der Hand zu trösten, versuchte, sie doch noch zu streicheln von hinten zur Schulter hinauf. Als ich dann aber die Augenhöhe erreicht hatte, die Fallhöhe, als ich dann in den Spiegel schaute, um zu sehen, wie sie schaute, sah ich, daß sie weinte. Piano, piano. Und ich versuchte, meine Grobheit wiedergutzumachen, doch wiedergutmachen geht nicht. Schon gar nicht mit einigen groben Zärtlichkeiten unter der von mir nicht sogenannten Gürtellinie. Diese Dinge, Zärtlichkeiten – wir waren schließlich eingespielt. Jedoch – Mitleid war keine erektionsfreundliche Regung –. So standen wir und hatten Mitleid miteinander.

Geigenmüller hatte nun schon vor Jahren bei mir eine manische Depression festgestellt, worauf ich hier nicht weiter eingehen kann, nur soviel: Das Leben mit mir war eines der schwersten, nicht nur in meinen Phasen endemischen Unglücks. Fast noch schwerer zu ertragen für Hilde war ich in meinen Lach- und Anschaffungsphasen, wenn ich mich von der Welt umarmt glaubte und ich mich für eine solche Umarmung geschaffen hielt und immer wieder die Menschheit, die um mich war, zu Ballonfahrten animierte und einlud. Doch es konnte sein, daß der nächste Tag schon wieder ganz ebenerdig, ja souterrain verlief.

Am Abend zuvor hatten wir noch vor der Glotze und über die Dokumentation vom 31.12.2001 gelacht und aufgelacht, als wir sahen, wie Bundespräsident Rau die ersten fälschungssicheren Euros übergab. Schon am 2. Januar hatten wir gelacht über die sogenannten Bürger, wie sie in kilometerlangen Schlangen in Frankfurt am Main und anderswo anstanden, um sich das Schnupperset, genannt Euro-Kit, zu sichern, das später einmal, wenn sie nicht mehr lebten, sehr wertvoll sein würde. Auch hatten wir mit der Kamera in die Gesichter glücklicher, wie geretteter Menschen gesehen, als sie das Säckchen mit den kleinen Münzen und niederen Scheinen schließlich überreicht bekamen. Hoffnungslos der Appell der Deutschen Akademie für Sprache und Dichtung »Zent« zu sagen, und nicht »cent« – wie englisch. In einer euphorischen Phase hatte ich Hilde gesagt, wir müßten nun wie die anderen den Euro, die Ankunft des Euro feiern – was mich von ferne und doch deutlich an die Ankunft eines Messias erinnerte. Ich schlug unser österreichisches Stammlokal vor. Das war lange genug der Ort, wo man Essen bekam, auch wenn der Umstand, daß es in Berlin lange genug kein eigentliches Essen gab, vergessen oder verdrängt sein sollte. Wir wollten schon mit Euro bezahlen, das erste Mal. Die gastronomische Situation hatte sich zwar in den letzten zehn Jahren auch in Berlin wie anderswo verbessert, auch durch den Zuzug von Chinesen, Indern, Italienern (über das Pizza-Geschäft hinaus) und Japanern; vor allem auch wegen der Türken, die etwas anatolischen Geschmacksnerven-Schliff mitbrachten und endlich dem Bouletten- und dem Currywurst-Terror die Stirn boten. Doch bald so entschieden, daß ich, durch ein lebenslängliches Mitleid mit der schwächeren Seite, nun schon wieder Mitleid mit den Currywurst-Buden bekam. Die ersten Jahre waren auch unter gastronomischem Gesichtspunkt kümmerlich. Fast alles kam aus dem Drei-Sterne-Fach (der Kühltruhe). In den Restaurants war ich, hatte ich nach der Weinkarte gefragt, oftmals mit der Entscheidung zwischen Rot und Weiß konfrontiert worden. Und der Wein kam auch noch in schon gefüllten Gläsern auf den Tisch. Da haben Hilde und ich, die in Weingegenden gelebt hatten (eigentlich war für uns beide, als wir noch in einer Weingegend lebten, nichts anderes vorstellbar, als in einer Weingegend zu leben), eben auf Bier umgestellt, das ja auch zu den berauschenden Getränken zählt. – Gut, wir gingen zum Österreicher, trotz des Kellners aus dem Stadtteil Moabit, der, wie ich ganz zu Beginn dachte, ein netter Mensch war. Kurz darauf lief die Aufgabe der Bestellung schon auf ein Ausfragen hinaus und auf eine Zurechtweisung. (Wie oft hat man mich in Berlin zurechtgewiesen, vielleicht zu Recht.) Im Laufe eines Essens korrigierte dieser Mensch, als ob er ein Wiener gewesen wäre, die Welt- und Wetternachrichten; seine Kommentare bestanden aus einem Niedermachen von allem, auch noch des Deutschen Meisters in der Bundesliga, selbst das neueste Heft der Stiftung Warentest, sogar die höchsten Autoritäten in der heutigen Berliner Welt, die Verbraucherschutzzentrale und den Friseur Udo Walz, ließ dieser kleine Herr Karl, der Torsten hieß, Berliner Blond und »ein Gesicht wie ein Spaten« (Marie-Luise Scherer) nicht gelten. Auf seinem braunen Frack hätte ich Spermaflecken ausmachen können. Schließlich dachte ich, daß dieser Mensch ein dummer Mensch war, so wie ich, und tröstete mich mit dieser Einsicht. Mindestens so dumm wie ich. Davon war ich in meinen Phasen endemischen Unglücks überzeugt.

Aber nun war ich unterwegs nach Bleckede.

Das Haus neben dem Birnbaum war zu einem sozialistischen Pflegeheim geworden, in dem nun vielleicht schon die dritte Generation von Kindern, denen der alte Herr von Ribbeck seine Birnen zugedacht hatte, den – darf ich »Lebensabend« sagen? – verbrachten. (Darf ich »verbrachten« sagen?) Riesige Müllkübel standen auf der Veranda der Beletage neben den Plastikstühlen, immerhin weiß. Oftmals bin ich in dieser Gegend herumgefahren, einfach so.

Nun hatte ich Ribbeck im Havelland schon hinter mir.

Hilde cremte sich ein, hielt inne, als sie sich keine Antwort geben konnte, für wen sie sich eigentlich eincremte. Als sie eines Tages der Mittagsdämon erfaßte, auch sie, in diesem Vorzeigespiegel, der sie hemmungs- und rettungslos erfaßte. Sie cremte sich nun schon seit Jahrzehnten ein, cremte sich nach wie vor ein, mit Tages- und Nachtcremes – aber für wen denn? War es für mich? –, Panik und Niedergeschlagenheit wechselten auch bei ihr ab, sie flüchtete sich zu ihrem chirurgischen Besteck, in ihre Schädel-Hirn-Traumata. Ich habe mich um ihr chirurgisches Besteck nie gekümmert. Geigenmüller, der mit seiner Untersuchung über den alkoholischen Eifersuchtswahn bekannt geworden war, hatte meine Schübe ganz gut im Griff – er hatte mich eingestellt, so daß ich auf diese Weise ein Leben lang davon abgehalten wurde, mir das Leben zu nehmen, und immer nur davon träumte, nicht mehr zu träumen. Und was war mit ihr?

Mittlerweile war ich schon an Kyritz an der Knatter vorbei, ich hatte mich ja für eine Fahrt übers Land entschieden. Schneller und vielleicht vernünftiger wäre es gewesen, nicht über Kyritz an der Knatter (das ist keine Pointe, sondern eine Erinnerung) zu fahren, sondern über die Autobahn, einhundertfünfzig Kilometer Richtung Hamburg-Nordwest, und dann auf der Höhe von Ludwigslust abzubiegen im 90°-Winkel, wo einst die mecklenburgischen Herzöge zur Jagd gegangen waren, mit dem Café im Schloß, wo ich die Geweihe wie zu Hause gesehen hätte und wohl auch eine Schweigeminute eingelegt hätte – Schweigeminute, das einzige, was dieser Gesellschaft noch geblieben war. Immer wieder wurden in den Nachrichten der Bundestag und andere Gesellschaften gezeigt, die sich zu Schweigeminuten aufgestellt hatten. Das war das äußerste, was noch zu zeigen und zu sagen möglich war.

»Jetzt machst du den Marcos!« sagte Hilde zu mir vom Hotelbett in Ahlbeck aus, als ich kurz nach dem Aufstehen, die Brust ganz runzlig vom Liegen, Anstalten von Morgengymnastik machte und mit meinen Armen nach allen Seiten hin ausschlug. Es wird nicht gerade professionell ausgesehen haben, nicht wie bei den Klitschkos, eher so, als ob man den Papst bei Leibesübungen beobachtet hätte. Oder eben wie bei Marcos, als ob er noch Power hätte, während seiner letzten Tage, als er schon Windeln umhatte, und das philippinische Frühstücksfernsehen den Diktator bei Kraftübungen zeigte. Und daneben Imelda, deren rosafarbene Bettschuhe am Fußende herausschauten. Doch statt Mitleid regte sich in ihr eher Amusement, als ob sie dem Fernsehpublikum Zeichen geben wollte, an welcher Stelle gelacht werden muß, derart fraternisierte (sororisierte) sie mit dem Publikum; und Marcos hat auch noch geglaubt, er imponiere Imelda, es sei eine Art Vorspiel des Liebhabers, so wie ein alter Hurenbock aus der Politik oder der Hochfinanz oder schon der mittelständischen Wirtschaft sich aufstellt und glaubt, er könnte der Mann ihres Lebens sein, wenn er bei der Nitribit zu Besuch ist. Aber dann bemerkt er doch, daß etwas nicht stimmt, er behält das Schiesser-Unterhemd an und fragt nach dem Dimmer.

So mischten sich immer wieder, unverlangt, die Tagespolitiker in mein Leben, meine Träume und Alpträume.

Erst als ich damals meine erste Brille bekam, habe ich bemerkt, daß ich eine asymetrische Erscheinung bin. Mir war von meinem Optiker in der Maaßenstraße gesagt worden: »Ihre Gesichtshälften stimmen nicht überein!« Spät, fast zu spät, in Anbetracht dessen, daß es nun zu spät war für eine Korrektur, hat man mir auch gesagt, daß ich vielleicht etwas schielte, als Frage garniert: Kann es sein, daß sie etwas schielen? Und ich wurde innerhalb von einer Minute neu vermessen. – Man sieht nichts, aber ich mache es trotzdem jeden

Morgen, ich dusche mich, ich rasiere mich, ich föhne mich – aber dann sehe ich doch immer ganz ungewaschen, unrasiert und ungeföhnt aus. Ich gehe immer wieder in Sachen von Armani in die Welt hinaus; Armani wird aber an mir nicht erkannt, das Leinen-Sakko an mir erscheint der Welt als ungepflegt, verknittert wie ich, kurz: Ich gelte in der Welt als ungebügelt; und dann heißt es auch noch: Sie sehen aber müde aus! – Sie sollten etwas für sich tun (was sollte ich denn noch für mich tun?). Die ganz und gar symmetrische, wasserwaagengerechte Brille mußte auf mich hin korrigiert werden. Sie kam zunächst, wie der Optiker sagte, nicht recht zu sitzen. Auch das rechte Ohr war, wie das rechte Auge, einen »Tick«, wie der Optiker sagte, unter dem jeweiligen linken. Es war alles einen »Tick« verrückt bei mir.

Vielleicht rührte auch von da meine Art zu schauen, was schon der Kindergartentante aufgefallen war, und dann wohl allen, die mich zum ersten Mal sahen. Ich schielte nämlich nicht, es sah nur so aus, der Optiker täuschte sich hier. Es sah nur so aus, daß ich schaute, wie ich schaute, daß dies ein leichtes Schielen war.

Und nun dieses Herumfahren im Hinterland des Frühjahrs, für das ich mittlerweile doch eigentlich zu alt war, das in mir ja nur noch wie in jedem Frühjahr einen Hoffnungsschmerz auslöste, dem immer wieder neu Geigenmüller schon Ende Februar mit Tabletten abhelfen mußte. (Satz eins der Erkenntnislehre nach Kant in Zeiten der Reproduzierbarkeit des Ich, ein Benn-Vers: »Schon eine Pille nimmt dich auf den Arm, und macht das Heiße kalt, das Kalte warm«.) Die verschiedenen Grüntöne, die aufeinander zu wuchsen (immer noch, wie eine Nachäffung des ersten Mals), aber noch nicht von der Sonne angefressen und vom Sommerhimmel aufgefressen waren, dazu das Blühen und das Fließen, dazu der Himmel und alles, was sich im Wasser spiegelte, waren wie einst, so daß sich abermals die Hoffnung einschlich, dies alles könnte auch für mich sein, auch mir zuliebe. Von Berlin her, besonders auch nach meiner Ahlbeck-Erfahrung und nach dem Schweigen der Freundinnen meiner Hilde auf ihren Satz hin »Ich bin jetzt eine alte Schachtel«, schien ich für einen Verzicht (auf alles) gewappnet. Daß dies, »das Eine«, alles war, war auch für mich lange genug etwas Ausgemachtes. Ich dachte, ich wäre nun zu alt dafür. Für das Frühjahr, und auch für die sogenannte Liebe. Aber jedes Mal, wenn ich ins Frühjahr aus meiner ummauerten Welt hinausfuhr, war es wie beim ersten Mal. Ich war gewiß keine Outdoor-Person (Beweis: daß es sieben Jahre waren bis zum Mauerfall und ich es in Berlin aushielt). Ich flüchtete schon vom Jagdsitz herunter aus den Wäldern, ich hielt es aus im vollständig ummauerten Berlin (Ja, so war es, wir lebten alle in einem Freiluftgehege – ist denn schon alles vergessen? Hält diese Erinnerung keine zehn Jahre?), nicht aber auf dem Hochsitz: Die Wälder meines Vaters haben mich immer geschreckt. Der Wald war etwas, wo ich nicht hingehörte. Die Welt, aus der ich stammte, eine Welt inmitten von Wäldern, hat deswegen auch den Kopf über mich geschüttelt und sah in der Tatsache, daß ich nicht in unseren Wäldern mit dem Spielgewehr herumschweifen wollte, nicht hinter meinem Großvater Otto her, der mir die Welt und die Tiere, die gejagt werden, und jene, die nicht gejagt werden durften, erklärte, ein erstes Zeichen von Abweichung und Verrücktheit, gemessen an der Jägermeisternorm. Es ist kein Naturbursche aus mir geworden, als der ich vielleicht geplant gewesen sein mag – nicht gerade von Gott, aber vielleicht doch von den Menschen, von denen ich in gerader Linie abstammte.

Und nun, kurz vor Schnackenburg an der Elbe, drängten sich, trotz allem, diese Frühjahrsgefühle wieder auf, dieses diffuse Gefühl, das ich Ihnen nicht weiter erklären muß.

Und ich hatte auch meinen Sexführer durch die Bundesrepublik Deutschland bei mir, den ich, trotz allem, in jüngerer Zeit immer häufiger konsultierte, und fand bald eine Anlage im Drei-Sterne-Bereich in der Lüneburger Heide, unweit von Fallingbostel, das BLUE MOON. Das war das Tagesziel für den folgenden Tag, den Vatertag. Mittlerweile war ich alt genug, auf so etwas einen Tag warten zu können. Den anfallartigen Hunger kannte ich nun schon lange nicht mehr.

Ich war nun schon fast an der Elbe, es war noch nicht einmal zwölf Uhr mittags. Ich hatte noch viel Zeit, mein Verbrauchervortrag sollte erst um 19.30 Uhr mit einem kleinen Stehempfang beginnen.

Die Elbe war ein großer Fluß, unter den deutschen Flüssen gewiß der schönste. (Gab es deutsche Flüsse?)

Das Wasser der Elbe gefiel mir immer, es vergegenwärtigte mir Bleiben, während die Steine von zu Hause mich oftmals zum Gehen drängten. Das war paradox. Bei der alten Stadt Schnackenburg (achthundertfünfzig Einwohner) erreichte ich das Wendland. Auch in dieser Gegend zeigte das Hauptverkehrszeichen eine Kuh. Auf der Fähre war ich mit meinem Wagen der einzige, der sich übersetzen ließ, die Elbe glitzerte wie eine Fata Morgana des Nordens. Den ehemaligen Eisernen Vorhang überquerte ich schwimmend. Der Todesstreifen war nun ein Naherholungsgebiet. Aus der Hundegrenze war ein Biotop geworden. Als ob meine Augen für all das Schöne nicht genügt hätten, nahm ich nun auch noch den sogenannten Feldstecher aus seinem Set. Den Feldstecher hatte ich immer, als eine Verlängerung der Sichtbarkeit bei mir. Auch aus gewissen ornithologischen Interessen. Ich war ja ein Voyeur. Als ob ich kein Voyeur wäre, als ob ich nur so schaute. Was war aus mir geworden.

Es gab drei norddeutsche Weisheiten (die ich kannte), die mir nun, an diesem Tag, auf den Elbterrassen bei Wussegel sitzend, einfielen, ja einleuchteten:

1. Es gibt kein schlechtes Wetter; es gibt nur die falsche Kleidung.
2. Niemals Schalentiere in den Monaten ohne »R«.
3. Wat mut, dat mut.

Dieser Satz schien mir von allen Sätzen der einleuchtendste.

Nochmals das Wendland, nochmals diese Elbe: Die Kühe standen wie bei den holländischen Landschaftsmalern des 17. Jahrhunderts, wie bei Joos de Momper halb im Wasser, halb an Land; diese Gegend hatte etwas Transitorisches, war etwas, das einem alten Philosophen die Möglichkeit einer ersten Metaphysik gegeben hätte: so unverbaut, so klar war alles. Freilich gab es auch Gorleben, es muß irgendwo im Wald hinter der Elbe gelegen sein. Doch das schien mir heute eher das Gerücht einer feindlichen Partei dieses Himmels.

Ich entschied mich für einen Imbiß unter Radfahrern. Gleich war mir aufgefallen: waren hier Menschen unterwegs, waren es Radfahrer, die schon den Tag vor dem Vatertag für ihr *Fit for Fun* nutzten. *Fit* war noch so ein Wort (das mir das Jahr über die deutsche Sprache verdarb, neben Verbeamtung und Frühstück, neben Geländewagen, Schweigeminute und dem dazu passenden, dazu gehörenden Hauptwort »der Verbraucher«, welches allmählich das Wort »der Mensch« verdrängte, ja vielleicht sogar schon verdrängt hatte). Entschuldigen Sie: Sind Sie Rex Gildo? – fragte mich die Kellnerin, als sie meine Bestellung aufgenommen hatte.

Das Wendland mit seinen großartigen, verfallenden Bauernhöfen und den Katen und Häusern gleich hinter dem Deich: Ich konnte – vorübergehend – keinen anderen Gedanken mehr fassen als Immobilienanzeigen zu studieren, den Rest des Sommers Immobilienanzeigen zu studieren. Wenn ich noch einmal umziehen sollte, wird es hierher sein! Sagte ich mir, auch wenn dich die Einheimischen mit Rex Gildo verwechseln.

Unweit von Damnatz verirrte ich mich.

Und bald war ich zu Fuß über dem Deich mit meiner Roßhaardecke, ließ meinen Wagen auf dem Deich zurück, was verboten war, und lag, als ob ich einen Mittagsschlaf machen wollte, mit dem Blick auf und über den Fluß.

Doch als mich der Mittagsdämon überfiel, lag ich bald mit einer »heimatlosen Erektion« wie andere vor mir, wie der Onkel von Marie-Luise, der so aus dem Krieg in sein Einzimmerbett zurückkehrte, bis zu seinem Tod an einem verlorenen Ort im Saarland, diesem Bett.

Mit dem von mir gar nicht so genannten Feldstecher hatte der Voyeur eine nobelpreiswürdige Entdeckung gemacht: Ich hatte Adam und Eva entdeckt (um nichts zu suchen, das war mein Sinn – wie bei fast allen großen Entdeckungen war es auch hier so): Drüben sah ich, was ich in jenem Augenblick gar nicht sehen wollte, da lagen zwei und machten Liebe. Was war das schon. Man sah ja nicht viel.

Hinter ihnen stand noch ein Wachturm, einer der letzten, nun ein Aussichtsturm und ein Ausflugsziel im Nahbereich; ein schwarzer Turm, der nun als Schattenspender für die zu erwartenden Vatertagväter und das Bier und den kleinen Grillplatz, der wohl in der ersten Wende-Euphorie angelegt worden war, dienen mochte. Und ich sah drüben, das heißt: mitten im Todesstreifen, da, wo einmal die Hunde auf und ab liefen und sich in regelmäßigen Abständen immer wieder festbissen, wie sie Liebe machten. Nun war es ein Erholungsstreifen, vielleicht auch genutzt von ehemaligen Herrchen und Leuten der Grenztruppe der Nationalen Volksarmee, Menschen, die Fangprämien kassiert hatten so wie Detektive beim Kaufhof. Und sonnten sich und machten, ich kann es nicht anders sagen: Liebe. –

Da alles so offensichtlich war, glaubte ich, sie wollten dabei beobachtet werden, daß es sich um zwei handelte, die sogar inseriert hatten: »Wir am Mittwoch 3.15 nachmittags bei Rüterberg, auf Rampe an Wasser, sehr zeigefreudig. – Du mit Feldstecher.« – Bald schaute ich mit meinem Feldstecher ganz unverhohlen hinüber, entschuldigen Sie, wie ein Voyeur, der Vögeln beim Vögeln zuschaut, und ich hätte das Weiß in den Augen des Feindes von einst sehen können. Und auch die Kühlbox hätte ich sehen können, ebenso was in der Kühlbox war, sowie die Frau, die mitmachte, die »ließ«, wie mein Schulfreund von der hintersten Reihe, Hansi Luba, in der Zeit seiner Konfirmation gesagt hatte. Der Mann sah wie eine mobile Besamungsstation aus, wie ich nun sage, und war es vielleicht auch, wenige Jahre zuvor noch Offizier beim DDR Grenzkommando, vielleicht. Jedoch, bei aller Sehnsucht: Ich war nicht gemeint. Denn plötzlich (ein Wort, das bei Goethe nicht vorkommt) sprang er, wie von einer Liegestütze, auf, griff zu seinem Handtuch, auf dem ich MIAMI hatte lesen können, und verschwand im angrenzenden Gebüsch, während die Frau an Ort und Stelle liegenblieb und ihr Seidentuch zu einer Art Strandrock verwandelte und tat, als ob nichts wäre. Oben stand mein Wagen, mit dem Gesicht zum Wasser, und ich dachte nun piano piano daran, aufzubrechen. Da trat dieser Kerl, wiederum plötzlich, aus dem Unterholz hervor, mit einer wohl laufenden Kamera der neuesten Generation, wie mir gleich durch den Kopf schoß, und nahm mich auf, und dazu meinen Wagen mit dem Kennzeichen, das ganz nahe herangeholt werden konnte, um mich wegen Erregung öffentlichen Ärgernisses anzuzeigen. Doch warum immer ich? – Waren nicht sie es, die öffentliches Ärgernis erregt hatten? – Zählte ich nicht auch zur Öffentlichkeit? – Dachte ich später, aber erst, als ich die Halsader gleich bei meinem Ohr schon nicht mehr schlagen hörte. Und dann kam er auch noch mit einem Megaphon an, das, im Gegensatz zur Kamera der neuesten Generation, wahrscheinlich noch aus den Beständen der Nationalen Volksarmee stammte. Fürchtete ich, und er schrie etwas, was durch den Abstand, das Wasser dazwischen, dennoch nicht zu verstehen war. Es hätte »Du Schwein!« sein können. – Da habe ich ganz schnell und wie immer etwas kopflos meine Sachen zusammengepackt. Kopflos: Meist ging ich durch die Welt, als wäre es ohne Kopf gewesen. Als hätte ich nur Füße, so oft stolperte ich. Über die Welt, über die Runden, die eckig waren. Es hätte ebenso ohne Kopf sein können. Ich schaute meist in die Welt, als wäre es ohne Kopf. Es war zu spät, mich unter der Roßhaardecke zu verstecken.

An jenem und am folgenden Tag lebte ich mit der Angst, erst mit dieser Panik, dann mit der allmählich erst nachlassenden Angst, es könnte nun endgültig entdeckt werden, wer ich war. Es hieß wohl »Du Schwein!«, was er herüberrief, und was ich vielleicht auch war, ohne ein Schwein beleidigen zu wollen. Wenigstens kam ich mir so vor, als ich überhastet und ebenerdig kopflos mit dem Satz: Erst einmal weg! losfuhr. Begleitet von Rufen, die »wir kriegen dich!« bedeuten konnten. Wie weit weg war ich von meiner früh gehörten Frage: Warum schaust du so? – Als wäre aus mir ein Voyeur geworden. Keiner der Zeugen, die ich hätte aufrufen können, daß ich kein Schwein war, daß ich nur so schaute, waren noch am Leben. Von meinem Anfang war keiner mehr da. Keiner von denen, die gesagt hatten: Ist es nicht süß, wie er schaut? – Von diesen Sätzen war keiner mehr da. Jetzt hörte ich: »Du Schwein!« –

Wir kriegen dich! – Mit diesem Satz mußte ich nun auch noch leben.

*Früher hatte ich Angst vor dem Tod. Nun
hatte ich Angst davor, verhaftet zu werden.*

Oft wünschte ich mir zwar, allein zu sein, aber nur unter der Voraussetzung, daß sie (zu der ich Liebling sagte) wiederkäme. Wie ich mich täuschte!

Bleckede war auch der Ort, wo der Verleger des *Kapital* von Karl Marx gelebt hatte, wie mir der Rotarier am Abend zuvor zugeflüstert hatte, als ob dies ein Toilettensatz wäre. Und einige Jahre zuvor hatte Eckermann das neue Deichsystem für Goethe studieren müssen. Er brauchte das für das Ende von Faust II (»Vorbei – Ein dummes Wort –«).

Mein Verbraucher-Vortrag war ganz gut gelaufen. Der Offizier von den Grenztruppen der DDR, eine Vermutung, die in meinem Kopf bald, schon auf dem Weg ins Hotel Eckermann zur Erkenntnis geworden war, tauchte unter den Rotariern des Bezirks Lüneburg nicht auf. Es wäre immerhin möglich gewesen, denn das Amt Neuhaus (ein Ort auf der Ostseite der Elbe, da, wo sich Benns Frau Herta aus Angst vor den Russen das Leben genommen hatte) gehörte seit dem Mauerfall wieder zu Lüneburg. Ich hatte mein Geld bekommen, bar, und hatte mich, auch durch den Rotwein vom Hanseatischen Weinkontor, soweit beruhigt, daß ich nach einer gewissen Zeit einschlafen konnte, wenn auch nicht so ruhig wie sonst. Das Hotel Eckermann gehörte zu den Romantik-Hotels. Man hatte mir die Honeymoon-Suite gegeben. Ich habe noch, nach einer alten Gewohnheit von zu Hause, unters Bett geschaut, bevor ich mich in dasselbe legte.

Es war ein Doppelbett, das von einem Baldachin oder einem Himmel überwölbt war und hatte, wie bei Horaz, dem Schweinchen aus der Herde Epikurs, am Bettgewölbe einen benutzerfreundlichen Spiegel, einen, der alles schöner machte, als es war. An der Kopfseite ein Schäferidyll in Neo-Rokoko. Doch das einzige, was ich von diesem Zimmer, Himmel und Nachbarbett hatte, war, daß ich nichts davon hatte. Das einzige, was ich von meinem Nachbarbett hatte, dem Schauplatz meiner Einsamkeit, war das Milka-Schokoladenherz, das ich zu mir nahm, in meinen Mund, diese gaumensichere und gaumenfreudige Einrichtung der Natur. Ich nahm es zu mir, ein kleines Herz aus Schokolade, in meinem Mund verflossen, noch bevor ich einschlief. Dieses Nachbarbett war der Schauplatz meiner Einsamkeit, bis ich einschlief.

Es gelang mir immer noch nicht, in einen Tag hineinzufinden, wie andere in einen Schuh. Erste Schritte ins Badezimmer morgens noch barfuß. In den besseren Häusern die Möglichkeit zur Gewichtskontrolle, der vorgewärmte weiße Bademantel, das zu erwerbende Morgen-Set und überall freundliche Spiegel, ein Spiegelsystem, das die Möglichkeit offenließ, daß einer wie ich sich einbilden konnte, daß es irgendwo, aber auf der Welt, noch irgendjemanden gab, außer mir selbst, der mich noch, die mich noch wollte. Und nicht die Panik, die mich auf dem Weg zum Spiegel gelegentlich überfiel, und erst vor dem Spiegel und seiner Erkenntnis, daß ich mir sagen mußte: Jetzt bist du auch dran! – Diese Ratlosigkeit, die der Panik folgte und vorausging, meine Ratlosigkeit, in die meine Panik eingebettet war, daß ich nicht mehr wußte, was ich jetzt noch machen sollte. Kein Wunder, daß das Leben immer weniger wurde, und ich beinahe als Feinschmecker geendet wäre mit seinen vorgewärmten Bademänteln und heizbaren Cabrioletsitzen. Wer aber war dieses Monster, mit den Haaren aus Nase und Ohren, das dich da im Spiegel beobachtete? – Bei aller Liebe zu Hänsel und Gretel: Wie konnte daraus ein kleines Ungeheuer werden? –

Schmerzmittel gibt es nicht, gab es nicht. Es gab die Liebe und ihre Metastasen, Hilde, die Liebe und ihre Metastasen. Sie versuchte Worte zu finden für die »alte Schachtel«, für die Liebe und ihre Metastasen, aber Schmerzmittel gab es nicht. Mit solchen Sätzen mußten wir nun piano piano leben und waren noch nicht einmal angezogen. Es war nur eine Erinnerung weit entfernt, da hatte sie noch zu mir gesagt: »Mit dir bin ich immer gut angezogen«, wie Gabi Stauch Stottele schließlich zu ihrem Mann gesagt hatte, als sie überhaupt nicht wußte, was sie anziehen sollte. Und der Abend war glanzvoll gewesen. Aber ich war noch nicht einmal angezogen und sollte auch noch zum Frühstücksbuffet hinunter. (Hinunter war das richtige Wort – genauer ging es nicht.) Das unvermeidliche Frühstücksbuffet wurde mir nun auch in den besseren Häusern (Tante Lucy) zugemutet; und den anderen auch. Doch das erstaunlichste an diesen Frühstücksbuffets war: Den anderen schmeckte es. Es richtete sie auf. Sie liefen immer wieder erwartungsvoll von ihren Tischchen weg zum Buffet, dem ersten Höhepunkt des Tages, als ob das Leben nun begänne, und ich weiß auch von einer Bekannten aus der Hotelbranche, daß in den Ferienhotels gelegentlich sogar der Früchtekorb, eigentlich als Dekoration gedacht, selbst in den besseren Hotels auf den Ferieninseln komplett abgefressen war. Und auch, daß die Bedienung, die nicht einmal mehr den Kaffee an den Tisch brachte, eigentlich nur noch eine Aufsichtsperson war, die darauf achtete, daß die Gäste die Dekoration nicht abfraßen, und jene, die lediglich eine Pauschalreise mit Frühstück gebucht hatten, nicht gleich das Mittagessen in ihre Handtaschen packten. – Sie standen immer wieder auf und liefen zu diesem Frühstücksbuffet mit dem Orangensaft, den sie zu Hause nicht einmal den Nachbarkindern angeboten hätten, und tranken lustvoll aus Plastikgläsern, die es zu Hause gar nicht mehr gab – wie eine Offenbarung. Und dort erzählten sie dann, was es alles gegeben hatte, wie reichhaltig schon das Frühstücksbuffet war. Dabei handelte es sich bei diesen Buffets, die mir zuwider waren, doch nur um eine vertuschte Selbstbedienung, um einen Kantinenbetrieb, der nun dazugehörte wie die Selfservice-Tankstelle, die ganz zu Beginn einmal den Menschen wie eine Errungenschaft wirken mochte, wie ein Fortschritt erschien. Aber aus den Menschen waren ja inzwischen Verbraucher geworden, die auch artig und wie selbstverständlich den Abfall in den schönen kleinen Mülleimer warfen, der mittlerweile auf jedem Tisch stand und mir von Anfang den Tag verdarb. Als ob ich ein Snob gewesen wäre. Dabei hätte ich mich nur auf das Fräulein gefreut, die mich gefragt hätte, wie ich geschlafen habe und ob ich Kaffee wünschte und so fort, und die mich »auf einen schönen Tag!« verabschiedet hätte, mehr nicht. Mehr wollte ich gar nicht.

Das Buffet war im übrigen komplett abgefressen, als ich schließlich kurz vor zehn im Frühstücksraum des Eckermann erschien. Die Gäste hatten schon bezahlt. Ich war der letzte, auf den die Frühstückskontrolldame sehnsüchtig gewartet hatte. Sehnsüchtig, damit sie gehen konnte, nachdem sie mich noch gefragt hatte, ob Kaffee oder Tee. Da alles abgefressen war, mußte man keine Angst haben, daß ich noch etwas für den Tag mitgehen ließ. Einen schönen guten Morgen!

Beim knapp gehaltenen Frühstück war es noch nicht vorstellbar, auch mir nicht, daß ich den Nachmittag desselben schönen Vatertages wohl im BLUE MOON verbringen würde, einer Wellness-Anlage mit integriertem Swingerclub.

Und am Abend würde ich vielleicht schon oben liegen, im BLUE MOON – und über dem Tresen würde HIER FICKT DER CHEF stehen.

Und so was wollte mal Förster werden.

»Seien Sie verführerisch!« hatte uns, in getrennten Sitzungen, die Eheberaterin nahegelegt. Von Hilde erfuhr ich, daß sie das auch zu ihr gesagt hatte. Hilde war zu »einem verführerischen Dessous, das Ihnen Ihr Mann niemals zugetraut hätte« geraten worden. Mir hatte Sie gesagt: »Versuchen Sie es doch einmal im Badezimmer, wenn die Kinder aus dem Haus sind!« – Von Kindern war nicht die Rede gewesen. Hilde jedoch mag sich in Ahlbeck auf diesen Rat-Schlag besonnen haben, wie auch auf das Hotelzimmer als Schauplatz der wiederkehrenden, nimmergeglaubten Lust. Und dann stand tatsächlich ein Sektkübel neben der Badewanne in Herzform. Und in unserem Zimmer entdeckten wir eine Spiegellandschaft an der Decke, die alles zeigte, außer dem Kopfbereich. Ich sah, wie Hilde schaute, und sie traute sich nicht zu fragen, warum ich so schaute. Sie wollte ja auch nicht hier sein. Sie wollte ja nur, daß ich wollte, daß sie wollte. Die Fernbedienung mit dem Schmuseporno: Brauchten wir dazu nun einen Film? – Mußten wir uns von uns selbst ablenken? – Irgendwann sagte Hilde aus Erbarmen mit mir, sie sei müde. Tatsächlich war ich es ja, der müde war, lange vor dem Viagra-Schwindel. Und auch am anderen Morgen: Es war unter der Dusche mit dem transparenten Panzerglas und den Spiegeln, und ich sah, wie das Wasser an ihr hinunterlief. Was für ein Glückskleeverlangen! Und wir dagegen, mit unserer Liebe und ihren Metastasen.

Mein Verbraucher-Vortrag war gut angekommen. Nun saß ich immer noch in diesem Raum, der noch in der Nacht zum Frühstücksraum umfunktioniert worden sein mußte. Abgeräumt, abgeträumt. Wie weit mußte ich noch fahren, um nicht schon am Morgen mit einem synthetischen Glas Orangensaft abgefertigt zu werden. Es schien mir, daß ich den Tag wie das Leben lang Abfertigungsversuchen ausgesetzt war, verkochten, kalten Frühstückseiern aus dem Käfig im Käfig. Das erstaunlichste für mich war: Den anderen schmeckte es.

Früher einmal spielten wir das ganze Programm durch, bis hin zur gegenseitigen Selbstbefriedigung, das auch eines dieser aufrecht und einsam dastehenden Wörter war wie »Erektion«, über die wir nie hinauskamen. Über welche Wörter kamen wir denn hinaus? – Gab es solche Wörter?

In der Gnadenbrotzeit unserer Liebe reichte es oftmals nur noch für einen Satz. Vorspiel und Nachspiel ließen wir meist ganz ausfallen. Aber im Anfang! Da spielten wir das ganze Programm durch. Die Klassiker, den Missionar, französisch und was es sonst noch an Wörtern gab, die nie ganz sagen konnten, was es eigentlich war, bis hin zur gegenseitigen, gemeinsamen, gleichzeitigen Selbstbefriedigung. Das war schon etwas. Oder nicht? Doch möchten Sie lieber Alfred heißen? Manchmal kam nun Alfred ins Haus und stieß dazu, offiziell kam er zum Nacktputzen.

Diese Nordabende im Juni, die nicht aufhören wollten, dieser Junischmerz, von dem die im Süden keine Ahnung hatten, dieses gnadenlose Licht. Um halb vier war es schon wieder hell. Diese Abende heidnischen Stumpfsinns mit dem über das Leben verteilten Sperma, diese Liebe mit ihren Haaren unter der *Bettdecke*. Wir gaben uns bald zu erkennen als Onanisten. Wir waren bald ein Onanistenpaar, das eine Onanistenehe führte zum Zwecke gegenseitiger Masturbation.

Ich bekam mein Geld, zweitausend Mark pro Abend nahm ich mittlerweile. Doch meine Zukunft war, vom Jagdhaus her, glanzvoller angelegt und auch gedacht. Zum Glück waren im Publikum keine Querulanten, Männer, die sich erst einmal aufstellten und nach dem Mikrophon schielten, keine Fragen hatten, sondern selbst erst einmal einen kleinen Vortrag hielten, bis der Gastgeber einschritt und auf die zu Ende gehende Zeit wies, sowie auf die Fragen der anderen. Keine Querulanten, und auch nicht der Offizier der Nationalen Volksarmee und keinerlei Fragen. Ich war mit einem kleinen Beifall und mit kurz und formell gehaltenen Dankesworten abgespeist worden, das konnte nicht an Bleckede liegen. Es lag wohl an mir. Gegessen hatte ich auch noch nicht, und als ich ins immer noch Helle hinausgetreten war, mußte ich wieder einmal sehen, wie sehr der Wetterbericht daneben lag. Ohne ein Querulant zu sein, wollte ich dem Deutschen Fernsehen wieder einmal vorschlagen, auf diesen Bericht, der so viele Menschen in eine psychische Zwangslage brachte, zu verzichten, oder nur noch im nachhinein zu bringen, wie das Wetter war, im nachhinein, der psychischen Stabilität Millionen Deutscher zuliebe, die aufgrund des Wetter-Astrologen in einer Dauerdepression waren, denn das tatsächliche Wetter war nie so schlimm wie das prophezeite. Es dauerte lange, bis ich diesen Zusammenhang durchschaut hatte, daß dieser Wetterbericht, der so grob und undifferenziert war, daß er für mich schon gar nicht stimmen konnte (was wußte dieser Fernseh-Fritz vom Himmel über mir!), möglicherweise ursächlich in Zusammenhang mit meiner manischen Depression stand. Zweifellos hatte ich zu viele Wetternachrichten gesehen in meinem Leben, so daß ich schon daran dachte, gegen das Deutsche Fernsehen auf Schadensersatz und Schmerzensgeld zu klagen. Aber ich war ja kein Querulant. Als ich ins Freie trat, war statt der vorausgesagten Eintrübung und dem Unwetter alles ganz hell und leicht. Ich wurde sozusagen nach Hause geschickt, konnte gehen, wohin ich wollte. So war es am vergangenen Abend gewesen.

So saß ich am Katzentisch, da wo sich der Weg zur Damen- und zur Herrentoilette gabelte, da hatte man mich hingesetzt, weil ich alleine gekommen war, weil dies der kleinste Tisch war, den man mir zugewiesen hatte, als ich mit dem Bierglas in der Hand von draußen kommend, wo es mir trotz des Elbblicks schließlich »doch etwas zu kühl« (wie schon meine Verwandten aus Bremen sagten) geworden war, hereindrängte. Die großen Tische waren samt und sonders frei. Ich war noch nicht einmal mit meinem Essen fertig, als das Fräulein schon begann, für das Frühstück einzudecken, und draußen war es immer noch hell. Da griff ich dann, eher aus Verlegenheit, weil ich nicht wollte, die Frau dächte über mich, ich beobachtete sie, aus Angst, ich könnte für einen Voyeur gehalten, ja mit einem solchen verwechselt werden, zur BUNTEN. Die BUNTE – ich hätte es lieber nicht tun sollen. Es war die

BUNTE!, die wieder einmal fast einen depressiven Schub ausgelöst hätte, an diesem Tag, der mich nun schon genug aufgewühlt hatte, und ich schon wieder dabei war, mich selbst zu trösten mit der Einsicht, die ich mir vielleicht nur einredete, daß mein Leben doch gar nicht so schlecht war. Ich las nun, daß am selben Abend Clinton in Wien aufgetreten sein muß, gerade abgehalftert als Präsident zwar, aber in Wien tanzte er wohl wenig später auf dem für ihn eingerichteten Präsidentenball und hatte den Scheck für den Vortrag vielleicht schon in der Tasche. 250 000 Dollar sollte er in Wien bekommen, wie ich las, während ich auf mein kleines Abendbrot wartete, das jederzeit kommen konnte, während Clinton vielleicht gleichzeitig schon zum Rotwein übergegangen war, beim glänzenden Festessen, also gerade jetzt, da ich dies las.

Clinton kam, im Gegensatz zu mir, aus eher unterbelichteten Verhältnissen, auch fehlte etwas das Salz. Es war wenig Glanz, es gab keine großen Lüster aus Rotwildgeweih, kein Rotwild, keine Halle, keinen Stammbaum. Ich fürchte, auch er konnte nicht einmal die Vor- und Nachnamen seiner acht Urgroßeltern aufsagen.

Ich hätte ihm sagen können, daß ich immerhin Vizekonsul von Surinam geworden war. Und: Du hast immerhin auch zweitausend Mark bekommen, das ist auch Geld. Doch bei mir handelte es sich jedoch um jemanden, der allein hier saß, unauffällig beobachtet von der Aushilfskellnerin, die immer wieder auf die Uhr schaute, während Clinton von solchen Schönheiten umgeben war, die darauf spekulieren konnten, an ihn heranzukommen. Er hatte immer jemanden bei sich. Der einzige Unterschied zwischen ihm und mir war, daß ich hier saß und er dort. Und wie zum Höhepunkt meiner Niederlage winkte nun auch noch Adelgundis von Liechtenstein herüber, die ich aus Heimschulzeiten kannte, die sich sogar in meinem Poesiealbum verewigt hatte. Sie arbeitete im Nebenberuf als Botschafterin des Päpstlichen Hilfswerks für die Armen und moderierte hochkarätige Wohltätigkeitsgalas, wie ich aus der BUNTEN erfuhr. Da war ich wieder ganz ebenerdig und so groß wie ich war. Im Fernsehen hatte ich erst vor ein paar Tagen eine Dokumentation über kleinwüchsige Menschen gesehen. Die Frau aus dem Frankfurter Raum, die gesagt hatte, am Morgen fühle sie sich ganz groß, aber im Verlauf des Tages werde sie immer kleiner, und am Abend sei sie so groß, wie sie sei: einen Meter und neunundvierzig – leuchtete mir ein. Etwa so groß war ich nun auch. Dabei hatte ich mich doch längst in mein Leben eingewöhnt, hatte mich von Adelgundis verabschiedet; sie führte ihr Eigenleben in meinem Poesiealbum, und ich war, bei genauerer Betrachtung, abgestiegen. Ich konnte eigentlich nicht mehr empfangen, wie die Formel in unserer Familie lautete, wenn ich auch immerhin mit einer Unfallchirurgin verheiratet war, und als ihr Gatte, bei Kongressen, immer wieder das sogenannte Damenprogramm absolvieren durfte.

Sie hatte nun zwei Unfallstationen zu betreuen: jene im Gertraudiskrankenhaus, und jene zu Hause, die ich war.

Und doch: Eigentlich konnte ich nicht klagen: Das Leben hat mir trotz allem immer wieder UPGRADES erteilt, obwohl alles nach Zerfall zu Lebzeiten aussah für jene, die über die Anfänge Bescheid wußten. Daher verkehrte ich fast ausschließlich mit solchen, die über die Anfänge nicht Bescheid wußten. Niedergeschlagen war ich, nicht neidisch. Andere hat man auf ihrer Tournee gelegentlich sogar in Wohnwagen untergebracht, und im Sommer konnten sie sogar noch das Schmatzen im übernächsten Wagen hören – der sicherste Beweis, daß hier gelebt wurde. Ich weiß von anderen, deren Einwände von der Agentur mit dem Hinweis, es handele sich durchweg um Drei-Sterne-Campingplätze, selbst der Hochadel reise gelegentlich so, abgeschmettert wurden. Es konnte ja sein, daß manch heruntergekommene Familie nun auf Butterfahrten moderierte. Und ich?

Allmählich dämmerte mir, daß sich Bleckede, ja der ganze Bezirk Lüneburg für mich feingemacht hatte. Nur konnten sie es nicht so zeigen. Der Mensch hier oben war in der Regel nicht sehr zeigefreudig. Das schätzte ich zwar sehr, dieser Charakter führte aber oftmals zu Irritationen: Für mich, je näher ich dem Meer kam, sah es immer so aus, als ob sich auch die Menschen von mir zurückziehen wollten wie bei einer gigantischen Ebbe. Ich war ja Berlin gewöhnt, wo ich jeden Tag einmal beiseite gedrängt wurde, fast weggespült, und wo fast jeder Satz von mir zunächst einmal korrigiert wurde, ob es stimmte, was ich sagte oder nicht. Berlin war der Ort, wo ich immer wieder nach unten hin korrigiert wurde. Auch war ich im Lauf der Jahre in die Ausländerrolle hineingewachsen, so daß ich mit Fremden meist Englisch sprach und so tat, als ob ich überhaupt kein Deutsch sprechen konnte, lediglich leidlich verstehen, und auf die Frage: »Und aus welcher Ecke stammen Sie?« – mit »I am French« antwortete. Ich wußte nicht viel von mir, aber daß ich aus keiner Ecke stammte, soviel wußte ich von mir. Einmal wollte ich wegen dieser Formulierung wegziehen von Berlin, wieder in den Westen, und hätte sogar eine Verhaftung durch die weißen Mäuse riskiert.

Es hatten sich alle feingemacht, das wurde mir an diesem Morgen im nachhinein immer deutlicher, es waren eigentlich Roben, was die Frauen trugen, oder Gewänder, die in Bleckede als Roben galten oder wenigstens als solche durchgingen. Schließlich hatte ich mir mit meinem derzeitigen Vortrag, der schon zwei Jahre vor dem Höhepunkt der Maul- und Klauenseuchen-Hysterie (welche die Elektrosmog-Hysterie abgelöst hatte, gefolgt von der kurzen Amalgam-Hysterie, der Verarmungs- und der Überalterungshysterie und der Hysterie, daß wir aussterben, welche die Angst vor dem Tod ablöste) von mir konzipiert worden war, einen Namen gemacht, so daß ich in keinem Fall mehr in Wohnwagen untergebracht werden konnte. – So folgte eine Hysterie der anderen. Der sogenannte Verbraucher mit seinem fordernden Gesicht strömte wieder, seitdem ich mit meinem Verbraucher-Vortrag reiste.

Das Verbraucher-Publikum, von dem ich lebte, verabscheute ich, angefangen mit dem Wort und dem bestimmten Artikel: der Verbraucher. Dabei war ich, nach einem, wie gesagt, gescheiterten Studium der Forstwissenschaft, eigentlich aus dem Lichtbildfach gekommen. Schon meine ersten kleinen Reisen hatte ich dokumentiert. – Für wen eigentlich? Es konnte doch nicht für mich sein? – Aber anders als der geizige Professor Sirrmann, der seine Lieblingsplätze für sich behielt, wollte ich immerhin, nachdem ich einmal Capri entdeckt hatte, der ganzen Welt bekanntgeben, was das für eine Trauminsel war, und ich fing erst einmal im Freundeskreis damit an, meine Lichtbilder zu zeigen, sozusagen das Pilotprojekt: ich mißbrauchte sie als Zuhörer und als ein Publikum, an dem ich mich schulen konnte. Sie haben das nicht einmal bemerkt, wenn auch Capri (»Paradies auf Erden«) als solches durchfiel. An die Öffentlichkeit gegangen bin ich aber erst mit meinem Tessin-Abend (»Lichtstube Tessin«). Allerdings schon zu spät, die Tessin-Euphorie, die damals noch die Schweiz, Elsaß, Vorarlberg und halb Baden-Württemberg erfaßt hatte, war schon im Abklingen; schließlich gab es nun schon lange genug Neckermann und die Inseln, wo man einmal in der Woche von mehreren mit der Bahn oder dem Auto erreichbaren Orten hinfliegen konnte. Aber immerhin, in den Lokalkritiken hieß es, daß ich meine Abende immer sehr charmant kommentierte, oder daß ich es verstand, das Publikum durch den Abend zu führen. Doch mit der Zeit wurde mein Konzept problembewußter und auch problemorientierter (diese Wörter stammen nicht von mir; ich referiere nur). Und zum Glück kam noch das Waldsterben hinzu, gerade in der richtigen Zeit, gerade für mich, wenn auch nicht für meine Wälder, so doch für mich als sogenannten Experten, der ich bald geworden war. Die nächste große, heute längst vergessene Hysterie war das Baum- oder Waldsterben. Daher habe ich bald auf

Öko umgestellt und entdeckte am Ende den Verbraucher, den neuen Menschen, der von der ersten Satellitenschüssel an glaubte, nun mit der Welt verbunden zu sein, nun die Welt im Haus zu haben; er glaubte an eine weltweite Verbindung, dabei war es vielleicht nur eine weltweite Verstrickung wie www.

*Früher hatte ich Angst vor dem Tod.
Nun hatte ich Angst davor, den
Vatertag alleine verbringen zu müssen.*

Die Amseln sangen mit; ich saß im Garten bei Bach und geöffnetem Fenster. Singet dem Herrn ein neues Lied! war wie eine Konkurrenz am Frühjahrshimmel von Vatertag und Christi Himmelfahrt. Es war das alte, nur fast noch schöner. Und erst die Nachtigallen, die ich niemals gehört hatte und die ich sofort erkannte. Ein richtiges erstes Mal war dies. Ich war davon erwacht und wußte alles. Die Nachtigallen brauchen eigentlich gar nicht viel, sagen die Ornithologen. Es genügen ein paar Büsche, das Wasser und die Nacht; und dann noch die Sehnsucht. Nur Männchen singen, und nur solange sie noch keine Frau haben. Das sollte kein Vögel-Exkurs sein.

Es war Christi Himmelfahrt, doch ich dachte: Vatertag. Trank noch einen Kaffee auf der Terrasse des Eckermann, hatte noch viel Zeit, packte meine Sachen in den Wagen, gab den Schlüssel ab, bezahlte das Telefonat mit Hilde (es gab keinen Tag, an dem wir uns nicht durchs Telefon eine gute Nacht gewünscht hätten), wurde freundlich verabschiedet und setzte mich in Freizeitkleidung ans Steuer, ließ das Fahrzeug anspringen, sah aus wie Rex Gildo und fuhr vom Parkplatz bis zur Straße und fädelte mich ins Leben ein.

Ich hatte noch viel Zeit, denn das BLUE MOON öffnete erst am Nachmittag.

Autowandern war meine Art der Meditation geworden, neben den Zigarillos, die meine Fortsetzung des Gebets mit anderen Mitteln waren. Jetzt fährst du erst einmal zur Elbe, gehst ein paar Schritte am Wasser und beruhigst dich! Sagte ich mir. Denn ich hatte mich trotz der Nachtigall immer noch nicht beruhigt, auch wenn diese Stimme mich fast schon wieder auf den rechten Weg gebracht hatte.

Freilich kam es nicht in Frage, zur selben Stelle zu fahren, wo ich gestern noch als Schwein beschimpft worden war. Und ich hatte auch noch das Wir-kriegen-dich im Ohr.

Meine Eltern wollten eigentlich (was soll dieses eigentlich?) ein Mädchen. Es war schon ein Name ausgesucht. Sabine sollte ich heißen. Mit zweitem Namen Helene, nach der einen Großmutter, was ich hätte unterschlagen können. Ich hatte ja zunächst, bis zum Tod meines Bruders, keine Stammhalterfunktion. Wenn ich mich recht erinnere, so war »Stammhalter« das Hauptwort, das ich im Blick auf meinen Bruder hörte, und zwar von Jagdgästen, die ins Haus kamen und immer wieder Wohlgefallen an meinem älteren Bruder fanden und ihm mit ihren Pranken übers Haar strichen, was damals noch keineswegs anstößig war und heute keine psychologisch geschulte Mutter durchgehen ließe. Soweit war es nun gekommen: Nicht einmal Kinder durften mehr gestreichelt werden, nicht einmal von ihren eigenen Vätern und Müttern, ohne daß dies von vulgärpsychologisch geschulten Zeitgenossen mißdeutet worden wäre. Welch ein Mißbrauch der Psychologie (deutsch, etwa »Seelenlehre«) –

Aber auch schon in Zeiten, als ich die Rolle des Stammhalters noch gar nicht spielen mußte, waren sie doch unwillig und ungehalten, als sie bemerkten, daß ich die mir zugedachte Rolle gar nicht spielen wollte. Daß ich sie gar nicht spielen konnte, war keine Frage. Es wurde ein Unwille vorausgesetzt bei jedem, der nicht so war wie sie. Also erschraken sie, als ich die Spielzeuggewehre und Fußbälle samt und sonders von mir wies. Nur die Orden ließ ich gelten aus Gründen, die ich schon genannt habe, sowie die Wasserpistole. Da konnte sich mein Sinn für den Schabernak, den ich von Onkel Otto geerbt hatte, wie es hieß, entfalten. Aber Vatertag spielen wollte ich nicht.

Jetzt sind Sie so alt und haben sich immer noch nicht von ihren Petitessen gelöst! – Wollen Sie ein Leben lang versuchen zu beschreiben, wie Sie das erste Mal vom Fahrrad fielen? So fragte mich Geigenmüller schon bei einer unserer ersten Begegnungen.

Ich hatte mich nun schon wieder etwas verfahren und wartete mitten im Wald an einer kleinen Straßenkreuzung auf jemanden, den ich fragen konnte, wie ich am besten zur Elbe zurückkam. Ich war nämlich nun schon fast am Rand von Bad Bevensen, ein Name, der mir von Hilde her irgendwie geläufig war, vielleicht gab es dort ein Herz-Zentrum. Nun wartete ich in der Nähe neumodischer Bauten, die in das Kiefernwäldchen hineingesetzt waren, und das gewisse Nichts hatten. Wohl die Reha-Klinik, dachte ich. Da kam auch schon ein Mann in meinem Alter in einem Ausgeh-Trainingsanzug auf mich zu, um an mir vorbeizugehen. Ich wollte ihn ansprechen, doch er machte überhaupt keine Anstalten, auf mich einzugehen. Am Ende hielt er mich für einen Sittenstrolch. – Der gewöhnliche Mensch war nämlich mittlerweile recht verunsichert. Vielleicht hatte er nur Angst vor meiner Frage, daß er sie nicht beantworten könnte, erzogen, die Wahrheit zu sagen; und nicht wie im Süden, wo ich nun gleich mehrere richtige Antworten bekommen hätte, ob ich rechts oder links fahren müsse, um wieder zur Elbe zu gelangen. Können Sie hören, rief ich nun, wie komme ich nach Bleckede zurück? – Da taute er, gerade auf meiner Höhe, auf, errötete und sagte: Ich weiß es leider nicht, ich habe nur Volksschule. – Fragen Sie die Dame mit dem Hund! – Vielen Dank, und da kam auch schon die Dame, die sofort wußte, wohin ich wollte. Ich hatte mich kaum verfahren.

Und schon saß ich auf dem Geländer der Schiffsanlegestelle bei Bleckede.

Es war nun halb elf, die ersten Vatertagsrudel waren schon unterwegs. Ich, einer allein, mußte aber noch keine Angst vor ihnen haben. Die zwei Männer, die ich noch nicht zum Vatertagspublikum rechnete, kamen mit ihrem Golf GTI angefahren, Einheimische, das sah ich nicht nur an der Nummer, sondern auch am postslawischen Verlauf ihrer Gesichtszüge. Mit ihren ausrasierten Nacken hätten sie vor kurzem noch russische Gefreite sein können, die im Kampf um Berlin als Kanonenfutter gedient hätten. Ihre Freundinnen hatten ihnen an diesem Morgen wohl freigegeben, sie waren auf Freigang. Ihre Frisuren entsprachen nicht dem Schönheitsideal von 1968, der Zeit etwa, als ich sehen lernte, als ich allmählich schwarz von blond unterscheiden konnte und zu unterscheiden begann.

So nah so fern. Sie nahmen sich für den Tag, was sie für den Tag brauchten. Und aus dem Kofferraum nahmen sie, was sie für die nächsten Stunden brauchten; wußten, was es war. Mich haben sie übersehen. Ich war ja kein Fisch. Ich war derjenige, der übersehen werden konnte. Fast schon wie meine erste Liebe. Nur eine Erinnerung daneben.

Es waren zwei Angler. Aber vielleicht doch ein Paar. Wie Adam und Eva, kurz vor der Vertreibung ins Leben. Oder wie eines jener Paare, die es damals noch gab, als man sich kurz danach das Leben nahm. Der eine wenigstens. Oder der andere.

Sie standen nun an der Todesgrenze, waren mit ihren Sachen direkt ans Wasser gegangen, von dem aus man, auch ich, hinübersehen konnte. Aus allem war ein friedliches Vatertagsmorgenidyll geworden. Der Wachturm hätte ein Aussichtsturm sein können, der verleitete zum Träumen. Die zwei als Mittelpunkt einer impressionistischen Skizze, als wäre es für immer, als Seelen der Landschaft mit dem Wasser, das schon auf halbem Weg in die Abstraktion war (in die Kanalisation und ins Meer) und ins Unsichtbare und auf dem Weg in alles, was es gab und mich ausmachte, auch wenn es nicht zu sehen war an diesem Morgen. Die Angler wuchsen noch in ihr Glück hinein.

Nun sah ich, daß ich immer noch glaubte.

Ich glaubte immer noch an Dinge, die nicht sichtbar waren in dieser Welt. Ich glaubte immer noch. Die Hoffnung und die Liebe waren ja auch nicht sichtbar, oder nur ganz selten wie ein Wunder. Ich hoffte, daß das Unsichtbare mehr war als das Sichtbare. So wie die beiden da standen. Das, was ich sehen konnte, war wenig; und doch so viel. Alles war möglich. Das Bild brauchte vielleicht auch mich und meine Sehnsucht. Das, was ich sehen konnte, war nicht viel. Und das meiste, was ich von der Welt sah, und sehen konnte, war doch grauenhaft. Oder nicht? Waren die Bilder, die mir von der Welt gezeigt wurden, von dem, was sichtbar war und im Fernsehen zu zeigen war, etwa nicht grauenhaft? Und auch das, was ich zu Hause gesehen hatte, die Photos von der Front, sowie die Orden und Auszeichnungen auf dem Samtkissen in der Vitrine im Jagdzimmer unter dem ausgestopften Auerhahn und den Eulen? Einst waren sie ein Stück weit geflogen, unweit der Erde, aber es war doch ein Stück weit auf der Seite des Himmels, bei Nacht.

Dieser Tag (Christi Himmelfahrt) war sehr ebenerdig geworden.

Auch hier Trainingsanzüge. Auch hier Menschen. Wie wäre es, wenn du nach der katholischen Kirche fragtest? Vielleicht gab es sogar hier eine katholische Kirche, auch wenn ich am Eingang von Bleckede nicht das Schild gesehen hatte, mit der Angabe der Gottesdienstzeiten; wahrscheinlich deswegen nicht gesehen, weil ich nicht danach geschaut hatte. Ich hatte schon seit Jahrzehnten nicht mehr darauf geschaut. In Berlin wußte ich nicht einmal die Gemeinde, zu der ich gehörte, ob ich es wußte oder nicht. Und Christus kam nur bis Hildesheim. In den kleinen Rundlingen des Wendlandes hatte ich, sagte mir nun meine frische Erinnerung, überhaupt keine Kirchen gesehen. Rundlinge waren diese schönen kleinen Dörfer mit nichts in der Mitte, und sie waren von Eichen umringt wie vom Urwald, es war eine Lichtung, die ganz ohne Kirche und Glocken auskam. Die Glocken waren die Nachtigallen von zu Hause. Denn zu Hause gab es keine Nachtigallen, aber alle Viertelstunde hörte ich, wie spät es war, daß es Zeit war.

Also sagte ich mir: Du kommst gerade noch rechtzeitig in die Himmelfahrtsmesse, vorausgesetzt, es gibt eine katholische Kirche an diesem Ort. Auch ich hatte meine Tage. Von da vielleicht die Hoffnung auf etwas ganz anderes, und wäre es Christi Himmelfahrt gewesen.

Da waren aber noch die Fische. Auch sie waren vorerst nicht zu sehen.

Die armen Fische, die glaubten, auf der Landseite hätten sie nun einen Freund fürs Leben. Sie waren schon dabei, mit der Angel Freundschaft zu schließen. Doch es wartete nur eine Begegnung, die zum Tod führte. Es war wie zu Hause. Da gab es auch solche Menschen wie diese Fische hier, fast unsichtbar, so daß die Angler schon zweifelten, ob es sie wirklich gab. Ein Angler ist ein Realist, aber auch ein Träumer.

Zu Hause gab es das zutraulich blickende Dorle, das ein Leben lang nicht hinauskam, so wie dieser Elbefisch, bis er mit dem Angelhaken ins Freie befördert wurde. Dorle Mutscheller, ein Leben in einem Häuschen, eine Säulenheilige war nichts dagegen. Sie glaubte, sie hätte im Bierfahrer einen Freund fürs Leben und in allen, die einmal in der Woche oder im Jahr angefahren kamen: im Bierfahrer, im Eiermann, in Fritz, der den Strom ablas. Das war das Publikum, das ins Haus kam. In ihnen hätte sie die Freunde fürs Leben finden können. Viel mehr Möglichkeiten gab es für eine wie sie nicht. Dorle saß am Anfang des Dorfes, das beinahe mit dem Ende zusammenfiel. Sie schaute allen hinterher, die kamen und gingen. Winkte hinterher wie Kinder, die später doch einmal davonfuhren. Sie blieb und betete noch den Rosenkranz, wenn der Besuch aus dem Haus war, und an den Sommerabenden setzte sie sich auf ihre Holzbank, draußen, während es dunkel wurde und ihre Nachbarinnen schon bei der VOLKSTÜMLICHEN HITPARADE saßen. Winkte hinterher, und wäre es der Staubsaugervertreter gewesen, so erwartungsvoll war sie. Als hätte sie auch im Staubsaugervertreter, der einmal im Jahr kam, gut dreißig Jahre lang, einen gehabt, den sie zu sich rechnen konnte. Doch eines Tages blieb auch er aus, vielleicht tot, vielleicht in Rente, vielleicht auf Mallorca – sie hat es nie erfahren.

Sie hat nie erfahren, was ein Dildo war. Und kein Spaß dieser Welt hatte ihre Sehnsucht ersetzt.

Sie hat das Dorf nie verlassen, nicht einmal zum Sterben.

Sie war weniger als ein Elbfisch.

Die Angler wuchsen noch in ihr Glück hinein. Wenn ich nicht gewußt hätte, daß es Angler waren, hätte ich sie für Menschen halten können, die in diesen Fluß und das Fließen verliebt waren, so standen sie mit ihren Angeln am Wasser und kurbelten gegen das Weiche hin. Gewiß war auch Liebe dabei, wie sie den Angelhaken gegen das Wasser hinwarfen, die Liebe zu diesem Fluß, und diesem Fließen, zu diesem Wasser, das es nicht mehr weit hatte, dieses Wasser, das nun bald im Meer war.

So andächtig und sehnsuchtsvoll sah es aus. Und wäre es auch nur ein Angeln gewesen, was es war: Es war auch eine Sehnsucht dabei, die Sehnsucht nach dem großen Fisch, die Sehnsucht nach dem Fisch des Lebens.

Drüben duckte sich alles unter einem Dach, als wären es Schwarzwaldhöfe gewesen. Und Sehnsucht war ein großes Wort. Es war Vatertag. Ich aber sagte nun nicht mehr so.

Die Himmelfahrtsmesse in der Kirche, die ich nun doch fand, begann um elf. Es war nun definitiv die Zeit, um die herum meine Berliner im Trainingsanzug zu den Flohmärkten hin unterwegs waren.

Ich fand auch die Kirche, in einem Neubaugebiet, gebaut für die Flüchtlinge aus Schlesien und dem Ermland, mehr ein Würfel als ein Haus, im Treppenhaus-Stil, ein Post-Mies-van-der Rohe (der eigentlich nur Mies hieß, seinen Namen aber mit dem Instinkt für den Klang aufstockte), der wenig Hoffnung ausstrahlte.

Die Gläubigen (darf ich so sagen) wurden nun auch, wie bei den Protestanten, vom Priester einzeln an der Türe begrüßt.

In den evangelischen Gebieten war nach dem Krieg überhaupt keine Kirche mehr gebaut worden. Und die bestehenden, oftmals mitten in besten Geschäftslagen, wurden nach und nach als I-a-Immobilien eingestuft und an Banken verkauft und abgerissen – wer weiß, wahrscheinlich wurden in den protestantischen Gegenden seit der Reformation überhaupt keine Kirchen mehr gebaut. Die gebauten katholischen wurden einfach übernommen. Und der schöne Norden war ohnehin heidnisch geblieben: Christus kam nur bis Hildesheim.

Aber nun fehlte das Publikum. Es war zu spät für die Ökumene. Das Lieblingslied dieses Pfarrers war wohl IMAGINE, und er hätte das auch noch an diesem Tag einer Himmelfahrt von der Gemeinde singen lassen: Imagine there's no heaven, above us only sky, über dessen erste Worte die Träumer nie hinauskamen, und dann einfach noch etwas mitsummten.

Da wurde ich von unschamhaften Gedanken eingeholt, die ich heute vor dreißig Jahren noch hätte beichten müssen. Was soll's, dachte ich, bald werde ich wieder unter Frauen mit Fußkettchen sein, die sich an behaarten Toupettträgern hocharbeiten, die wenig später am Tresen auf das Barrique-Verfahren schwören würden. Die Armen! – wußten sie nicht, daß da einfach ein paar alte Eichenbalken vom Bauschutt, mit einem Feuerwehrschlauch notdürftig abgespritzt, in gewaltige Plastikcontainer geschmissen wurden und da ein halbes Jahr liegenblieben?

Der Priester, einer der letzten, grüßte und war mit mir per Sie. Nur mit Gott war er per Du. Gott war noch der einzige, mit dem er per Du war. Und ganz kumpelhaft. Das gefiel mir überhaupt nicht. Denn ich war Gott bisher nicht begegnet und konnte nicht Du sagen zu jemandem, den ich überhaupt nicht kannte, wenn ich mich auch nach ihm sehnte, wie nach niemandem sonst. Wenn ich meine Tage hatte.

Die Beziehung des Priesters zu seinem Gott war inzwischen ganz vertraulich geworden, ganz intim, wie am Tresen, ganz gewöhnlich, so redete er dahin. Nur schien er nicht mehr so recht zu wissen, was er mit der Message des Tages (Gehet hin in alle Welt und tauft) eigentlich anfangen sollte. Das brachte die Funktionäre in einen Erklärungsnotstand. Das galt nun als Fundamentalismus. Auch die Taufe, und daß sie für alle war, galt nun als Fundamentalismus. Der Priester bat uns auch, wir sollten nicht so laut singen, gleich nach dem ersten CHRISTUS IST ERSTANDEN. Denn es könnte sein, daß Nachbarn noch schliefen oder Andersgläubige oder Ungläubige dies hörten, und wir wollten sie in ihrem Glauben doch nicht verletzen. Wir waren ja in einem Neubaugebiet. Dafür waren wir nun alle mit Gott per Du.

Aber ich hätte nun (seit der Stunde an der Elbe) wieder Christi Himmelfahrt gesagt; der Tag hieß offiziell immer noch Christi Himmelfahrt. Auch wenn sich nun vor allem die sogenannten Kirchen, die evangelische etwas mehr als die katholische, zu schämen schienen an diesem Tag, den sie auch noch feiern sollten.

Warum wollten selbst die Kirchen den Menschen die schöne Vorstellung, daß ein Mensch in den Himmel gekommen war, wegnehmen und wegerklären, als wären sie der Aufklärung (die doch den Himmel verdunkelt hat, wie die Reaktionäre – die Sehnsüchtigen unter den Reaktionären – sagen) verpflichtet und den neuesten Forschungsergebnissen. Aber das war doch auch nichts als Scholastik, Theologie von heute. Oder war den Menschen mittlerweile die »embryonale Stammzellenforschung« verständlicher als die Auferstehung von den Toten oder Christi Himmelfahrt und andere Wunder? Ich glaubte, daß den Menschen, die keine Experten und keine Theologen waren, sondern nichts als Menschen, gar nichts anderes übrigblieb, als die embryonale Stammzellenforschung und andere Ausgemachtheiten von heute anzunehmen wie früher einen Glauben, etwa an Christi Himmelfahrt. Christi Himmelfahrt war aber eine schöne Vorstellung. Ein schöner Genitiv. Oder nicht? Christi Himmelfahrt war ein schöner Genitiv. Auch wenn ich das Jahr über nicht daran geglaubt hatte. Und wenn ich auch nicht glaubte, so hatte ich nun doch Sehnsucht nach dem Glauben von einst, als ich so groß wie eine Schwertlilie war und in der Frühmesse in einer schönen Sprache, die ich nicht verstand, auswendig *Introibo ad Altare Dei. Ad Deum qui laetificat iuventutem meam (zu Gott, der meine Jugend schön macht)* hersagen konnte.

Schon seit Jahren schämten sich die Funktionäre für die Ungereimtheiten der Bibel, schon seit Luther, nein, seit Adam und Eva. Sie schämten sich für die Ungereimtheiten eines Buches. Was war das schon, gemessen an den Ungereimtheiten dieser Welt!

Zum Beispiel. Die Armen! – gemessen an diesem (jenem) Jahrhundert, in dem alle geatmet hatten. Es war doch ein gigantisches Durcheinander und Nebeneinander von Wilhelm dem Zweiten bis Mahatma Gandhi, Bokassa und Idi Amin, Bill Gates und Hitler, von Aktien und Verbrennungsöfen. Wenn schon nicht sie, die Theologen, die diesen Tag wegerklären wollten: Ich hielt diese Himmelfahrt auf einmal nicht für unmöglicher als das Zwanzigste Jahrhundert. Ich glaubte immer noch an Dinge, die nicht sichtbar waren in dieser Welt. Wenn ich auch nicht jeden Tag glaubte, so glaubte ich doch, wenn ich glaubte. Und hoffte, daß das Unsichtbare mehr war als das Sichtbare. Aber was mußte ich daran glauben: Ich sah es ja, daß es so war.

Mittlerweile hörte ich sie schon IMAGINE singen und mitsummen. Gewiß gab es Theologen, die dieses Lied für das Evangelische Gesangbuch vorschlugen, weil es so schön war.

Doch auch der katholische Priester bat uns, wir sollten nicht so laut singen. So groß war sein Glaube geworden.

Vielleicht war er aber doch da. Wie alles Große, das nicht sichtbar war und doch existierte. Wie Sehnsucht zum Beispiel. Dies sagt ein Voyeur.

Ich war übrigens in einem Offroader unterwegs.

Fast alle neuen deutschen Wörter kamen aus der Fernsehwerbung. Die Berliner waren nun auf dem Flohmarkt. Ich wollte ihnen ihren Unglauben nicht nehmen. Auch mein Glaube glich längst einer Verzweiflung; auch, weil ich immer von Mitleid mit der schwächeren Seite erfüllt war: Diese Kirche war fast leer: Nicht einmal eine Bank voll, einzelne Gläubige standen in der Kirche herum. –

Auch ich hatte früher Angst vor dem Scheintod wie vor der Ewigkeit, so daß wir aus ihr schon als Kinder ein Spiel machten, das gleichzeitig als Beweis diente, daß wir, wie alles, wovor wir Angst hatten, niemals verstehen würden. Das Spiel ging so (es war ein Zähl-, ein Zahlenspiel): bei eins beginnen und irgendwann aufhören. Gewonnen hatte der, der am weitesten gekommen war, der es am längsten ausgehalten hatte. Ich war nie so geduldig, daher habe ich in diesem Spiel auch immer verloren.

Rechts ging es nach Bad Bevensen ab. Es wäre Zeit zum Mittagessen gewesen.

Zu Hause hätte es nun ein Mittagessen gegeben. Einst, als es nach der Himmelfahrtsprozession nach Hause ging, wurden an jener Tafel unter den Geweihen und anderen ausgestopften Ikonen meiner Jägermeistervorfahren die Leibspeisen aufgetischt. Nun fiel mir auf einmal ein, es war nur eine Erinnerung weit weg, daß es auf der ganzen Welt niemanden mehr gab, der für meine Leibspeisen zuständig war. Auch mußte ich mir eingestehen, daß niemand mehr da war auf der Welt, der mir meine Leibspeisen hätte machen können. Daß es aus war mit meinen Leibspeisen. Daß ich seit Jahrzehnten meine Leibspeise nicht mehr aufgetischt bekommen habe. – Kein lieber Mensch mehr, eine, die es wußte, was meine Leibspeise war. Die wußte, was ich liebte, und was ich nicht liebte. Die wußte, was unbedingt dazugehörte, und was unbedingt fehlen mußte. Stillschweigend hatte sich die Welt verändert, die ich nicht mehr meine nennen konnte. Und eine Selbstverständlichkeit war.

Wenn auch mit keinem der neuen Diät-Fahrpläne, die mich ganze Wochen noch zusätzlich vom Leben abhielten, vereinbar. Und Klara, die Köchin, die gezeigt bekommen hatte, wie die Leibspeisen gingen und auch selbst einige erfunden hatte, war auch tot.

Und nach den Leibspeisen wartete das Schwimmen im Waldweiher auf mich, das eher ein Schauen und Liegen war und Schwimmen hieß (ich schaute den anderen, aber nicht irgendwelchen, sondern *ihnen* beim Schwimmen zu). Schon so lange hatte ich keinen verheißungsvollen Satz mehr gehört. Es gab keinen Menschen mehr auf der Welt, der mich gefragt hätte: Gehen wir schwimmen? – Gehen wir zusammen schwimmen?

Ich hatte es zum letzten Mal gehört zu Hause, mit neunzehn vielleicht, als ginge es ewig so weiter, als nähmen die Sommertage niemals ein Ende.

Der Vatertag war auch nicht mehr der alte. Da waren nun auffallend viele Fahrräder unterwegs, derer sich in den Jahren, als ich trotzdem noch Fahrradfahren lernte, die Erwachsenen allmählich zu schämen begannen. Die Welt war damals schon auf dem Weg zum Zweitwagen. Fahrradfahren war nun etwas für Kinder; etwas für jene, die kein Auto hatten und keinen Führerschein. Auch hatten sich unter die Väter auffallend viele Mütter gemischt, obwohl der Muttertag doch schon vorbei war. So daß die Väter überhaupt keinen Tag mehr für sich hatten. Und sogar an den Stammtisch, die Jagd und den Altar sowie an die Schnellfeuerwaffe im Kampf gegen den Terrorismus hatten sich die Mütter in manchen Gegenden hochgearbeitet. Aber den Muttertag gab es immer noch.

Und ich kam ihnen allen entgegen, nicht wie einer, der seine Tage hatte und glaubte. Sondern eher wie einer, der aussah, als hätte er einen Läusekamm für die Schamhaare nötig, wie einer, dem die Apothekerin von selbst zu Jakutin und Schamhaarkamm riet.

Und voller Sehnsucht war.

Ich hatte noch Zeit, bis der Club öffnete.

Nun war ich ganz für mich.

Ob ich so gedacht war? Oder war ich doch ein Unfall meiner Eltern, wie ich manchmal argwöhnte, und meine Geschichte war nichts als eine kleine Unfallgeschichte, die zur großen hinzukam?

II.
Jeder Tag konnte der Erste sein.

Dieses Buch ist an meiner
Sehnsucht entlanggeschrieben
wie an einer Hundeleine

*Wie mein Leben, erzählt nach Jahren, vom
Licht der Welt an verging und am Ende
niemand mehr da war, der meine
Leibspeisen wußte.*

*I*ntroibo ad Altare Dei –
Ad Deum qui laetificat iuventutem meam.

Frühmesse. Es ist noch dunkel, als ich mich mit dem Fahrrad auf den Weg mache. Aber ich habe, obwohl ich durch das Wäldchen muß, keine Angst, denn ich bin ja auf dem Weg zur Kirche und mein Schutzengel begleitet mich. Ohne Schutzengel hätte ich jetzt Angst. Auch, weil ich vom Fahrrad fallen könnte, weil es dunkel und glatt ist. Der Schnee hat die Farbe der Nacht. (Der erste Schnee schneit mich jedes Jahr auf diesen Weg zurück.) In aller Herrgottsfrühe.

Gelobt sei Jesus Christus!
In Ewigkeit Amen.
Das ist die katholische Begrüßung. So fängt der Tag an in der Sakristei. Bald habe ich meine blutroten und schneeweißen Gewänder übergestreift und bekenne meine Sünden, ohne daß ich dies weiß. Stellvertretend sage ich Confiteor für die ganze Welt, die an diesem Morgen aus Mike und den drei schwarzen Frauen in Kopftüchern, die ihre große Zeit hinter sich haben, besteht. Vielleicht nur aus Mike. – Stille Messe. Wir flüstern nur. Wir wissen nicht, was wir sagen und welche Sünde wir bekennen, denn es ist Latein, und alles auswendig. Es ist eine Sünde, die wir gar nicht begangen haben, und sind so weit nach unten gebeugt wie in Mekka. Es ist eine Sünde,

der wir entgegenleben und entgegenwachsen. Nach der ich mich sehne, ohne daß ich dies weiß. Durch die zwei gotischen Fenster kommt langsam seit siebenhundert Jahren Licht. Als ich wieder herauskomme, ist es hell. Ich stehe vor dem Leben. Die Welt ist jung und morgenschön. Der Tag kann beginnen. Ich werde vielleicht einen Schneemann bauen.

*Mein Vater kam einbeinig aus dem
Krieg zurück. Er überlebte diesen Krieg
zwar, jedoch einbeinig.
Es war eine einbeinige Rückkehr.*

Mein Vater gehörte zu den Versehrten, sein Leben hätte er unter den Unversehrten mit einem Versehrtenpaß weiterführen können. Aber für ihn kam dieser Ausweis wohl nicht in Frage. Er hatte gar keinen Versehrtenpaß, weil er wohl glaubte, daß er nicht unter Unversehrten lebte. Es gab nur noch Versehrte. Der einzige Unterschied für ihn, der ein Herz-und-Kopf-Mensch war, bestand darin, daß man ihm die Versehrung ansah, und den anderen Versehrten, die aber trotzdem keinen Versehrtenpaß bekommen hätten, nicht. Es gibt ja heute auch keine Versehrten mehr, sondern nur noch Behinderte und Behindertenfahrzeuge und ein behindertengerechtes, verbraucherfreundliches Leben. Es gibt ja auch keine Menschen mehr, sondern nur noch Verbraucher und Behinderte. Und alle sind wir, ohne daß dies gesagt wird oder werden muß, Kinder von Überlebenden. Und ich bin das Kind des Überlebenden auf einem Bein. Meine Geschichte begann, als schon alles vorbei und geschehen war. Auch das Bein kannte ich nur vom Photo.

Ich schämte mich oftmals, aber nur als Kind von fünf bis sieben Jahren, praktisch nur in der Kindergartenzeit, daß ich mit einem Vater, dessen rechtes Bein fehlte, herumlaufen mußte, aber nur, weil ich von meinen Kindergartenfreunden nach dem fehlenden Bein meines Vaters gefragt worden war. Ich schämte mich damals auch nur wegen des fehlenden Beines, nicht weil er aus allem und auch aus dem Krieg als Überlebender zurückgekehrt und somit auch ich ein Überlebender war, in dessen Sommerfeldern der Erinnerung Mengele-Landmaschinen herumstehen. Und der Tod war weit weg von diesem Namen, etwas ganz Entferntes. Und Mengele war nicht der Tod, sondern eine Erntemaschine im Weizenfeld meiner Erinnerung. Und ich schämte mich nicht für diesen Namen und den Tod und die Überlebenden. Ich schämte mich nicht für meinen Vater und die Fortsetzung der Geschichte, die ich war, nicht tot wie all seine Brüder und all die anderen, von denen ich später hörte, als ich kein Kind mehr war, längst aus dem Paradies vertrieben. Ich schämte mich für das eine Bein, aber nicht, weil es vom Krieg her kam und weil mir nun manche Freuden versagt gewesen wären. Nicht, weil mir mein Vater hätte höchstens wie ein Trainer beibringen können, wie man Fußball spielt, aber nicht vormachen, und schon gar nicht mit mir spielen.

Ich schämte mich so wie jener blonde Junge vielleicht, der so alt war, wie auch ich einmal gewesen war, sechs Jahre vielleicht, und der mit einem hinkenden Vater unterwegs war; vor ein paar Tagen in Uelzen, als sie zusammen den neuen Hundertwasserbahnhof besichtigten, das letzte Werk des Meisters. Wie dieser Junge schon mit sechs auf seinen Vater Rücksicht nehmen mußte, ihm schon voraus war und mit dem Händchen zeigte, wo es zum Klo ging, dem Höhepunkt des neuen Kunstwerks, das so schön war, daß in Uelzen dafür Eintritt genommen wurde, und nur dafür. Wie er mir leidtat! – und auch dieser Vater, der seinem Kind kaum hinterherkam und ihm wenig zeigen konnte, was auf der Welt los war, und vielleicht schon von seinem Sohn zu Bett gebracht wurde (wie in der »verschluckten Musik« von Christian Haller: »Am Abend, nachdem ich meine Mutter zu Bett gebracht hatte«). Wie er mir leidtat! –

Und auch mein Vater – mit dem ich bald Mitleid hatte, ja Erbarmen, wie mit einem, der alles überlebt hat, was fast alles war, was ich von ihm wußte oder sagen konnte – hat mich ja früher, ganz am Anfang, überallhin mitgenommen, als er noch glaubte, daß ich zu einem heranwachsen würde wie er, nur ohne Krieg und mit Bein, also genau umgekehrt wie er.

Überallhin hat er mich mitgenommen, so wie ich war, so wie er war, selbst auf den Hochstand und auf die Jagd gegangen mit mir ist er, aber nur am Anfang, als er noch nicht wußte, daß ich nicht sein würde wie er und unsere gemeinsamen Väter, die gelebt und geschossen hatten und spielend in diese, ihre Welt hineingefunden hatten (wie andere in einen Schuh).

War er mit mir allein, sang er. Sein Lieblingslied war DIE BRÜCKE AM RIVER KWAI – eine heiter-elegische Marschmusik, die ich nachsingen, ja nachpfeifen sollte. Und er zeigte mir vom Hochsitz aus die Wälder, die einmal mein sein sollten. Ich sehe ihn noch – wie er mir vormachte, wie man nicht friert. Absurd der Tod; und wie für ihn erst, der etwa in der Zeit starb, als sterben in den Todesanzeigen durch gehen ersetzt wurde.

Mein Vater hatte trotz allem zunächst die Hoffnung nicht aufgegeben, vor allem, weil es mich gab, weil er allen Grund haben konnte, daß aus mir einer würde wie er, nur mit Bein und ohne Krieg. Das war mein guter Vater. Auf dem Hochstand konnte ich mit ihm zusammen die Zeit beobachten, den Hasen, wie er seine Haken schlug, wie er getroffen wurde und wie die Zeit verging. Und wäre er einarmig gewesen, hätte er auch noch geschossen und mir so auch noch das Schießen beibringen wollen. Und wäre er einarmig und einer unserer Waldarbeiter gewesen und nicht der Waldbesitzer, wäre er noch so in den Wald gegangen, zum Holzmachen und hätte einarmig mit der Motorsäge hantiert und hätte mir, aus väterlicher Liebe, auch noch beibringen wollen, ja vielleicht auch beigebracht, wie man mit einer Motorsäge umgeht, wie man überlebt, wie man tötet und schießt. Einen solchen Vater hatte ich. Wie wäre es mir damals möglich gewesen, ihn nicht zu lieben. Ich schämte mich des fehlenden Beines nur, wenn ich mit ihm unter den anderen war, und ich »Papa« sagen mußte, wenn ich mit dem Holzbein (eine Spezialanfertigung) in seinen Wagen einsteigen mußte, wenn ich mich am Kindergartentor von meinen Kindergartenfreunden verabschiedete, die von ihren Müttern oder sonstigen zweibeinigen Lebewesen am Kindergartentor abgeholt wurden.

Bald schämte ich mich überhaupt nicht mehr, ich hatte Mitleid mit meinem Vater, manchmal so sehr, daß ich einen Phantomschmerz vernahm, und zwar in meinem Bein, wenn ich zu meinem Vater hinschaute, an die Stelle, wo einst ein Bein gewesen war. – Ich war ein Kind, das schon sehen konnte.

Winter war ein Wort mit Eisblumen am Fenster, und an ganz kalten Tagen machte mir mein Vater einst vor, wie man nicht friert, wie man sich an einem Tag, der auf den Hochsitz führte, gegen den kalten Tag am Boden wehrte, unten am Fuß des Hochsitzes, bevor er mich hinaufschleppte. Es mag nur eine Viertelstunde lang gewesen sein, nach den Gesetzen der Uhrzeit, ich aber möchte »immer« sagen.

Er machte es so wie in Sibirien; nur zehn Jahre später. Wie man mit den Armen kreist, wie man sie von sich wegwirft und pustet; alles, was er in einem sibirischen Lager gelernt hatte, gab er nun an mich weiter, damit ich wäre wie er. Ja, auch dieser Mensch wollte ein Leben lang, daß es weitergeht, auch mit mir, und mit ihm in mir, und glaubte, daß alles seinen Sinn hat. Noch auf dem Totenbett, als er schon nicht mehr sprechen konnte, aber Schauen und Zeigen, zeigte er mit seinem Kopf gegen die Sprudelflasche hin, die nicht geschlossen war. Er wollte, daß ich sie schließe: Das war der letzte Wunsch, den ich ihm erfüllen konnte.

Einst gab er mir weiter, was er in Sibirien gelernt hatte, oder er versuchte es. Ich liebte meinen Vater, der viel gefroren haben muß, wie es in Josefslust hieß.

*Wir hätten eigentlich »von Adamslust«
heißen müssen.*

Ich darf auch die Frau von der Baumschule nicht vergessen. Ich weiß noch: Sie hatte einen erektionsfreundlichen Namen. Ich nenne ihn hier nicht, da ich keine Verantwortung für Erektionen anderer übernehmen will. Sie stand noch den ganzen Sommer meist gebückt in der Baumschule, in die hinein ich von meinem Fenster in Josefslust aus sah. Der Voyeur sah sie wie alle anderen, die hier arbeiteten und sich bückten, aber etwas mehr als sie, so daß ich hätte zu Untaten schreiten können, ungestraft, mit den Augen. Sie hat zum zehnjährigen Arbeitsjubiläum – mittlerweile war sie fünfundzwanzig – ihren ersten Geschenkkorb bekommen. Eine Arbeit, die zu den vornehmsten Pflichten meines Vaters gehörte. Ich kam aus einer Gegend, in der es noch Geschenkkörbe gab. Das mag es in der DDR nicht gegeben haben, diesen feudalistischen Belohnungsreflex; dafür waren in der DDR, wie mir scheint, damals die Namen erektionsfreundlicher als hier im Westen, irgendwie sehnsuchtsvoller. Es waren Namen darunter, die auf Ziele wiesen, wo deren Träger vorerst nicht und vielleicht nie hinkamen: Paloma, zum Beispiel, und die ganze Palette des Fernwehs, Josianne, Fabienne, Angelo und Peggy. Während wir im Westen, im Umkreis der Baumschule höchst selten einmal einen erektionsfreundlichen Namen aussprechen konnten. Die meisten von uns hießen immer noch Gerd und Gabi, Erika und Moni, Renate und Karl Heinz. Auch Lucy und Tina kamen noch vor, sowie drei Willis hatte ich in der Klasse, stellen Sie sich vor! Die Geschenkkörbe waren entsprechend gefüllt. Sie waren – es ist nicht mein Wort – voller Fressalien, meist billigen Dingen aus der Dose, als ob wir noch in der Fresswelle lebten; Dinge, die es eben zu Hause nicht gab, wo das Essen noch aus dem Garten kam, und selbst die Hotels hatten damals noch irgendwo hinten einen kleinen Stall für die Hotelschweine, die die Abfälle bekamen, möglicherweise darunter auch die verkochten Reste eigener Angehöriger. In den Geschenkkorb kam das, was es zu Hause bei jenen, die die Eröffnung des ersten ALDI in der Gegend einen »echten Fortschritt« nannten, nicht gab: billige Fertigwurst von der Stange, SPEIK SEIFE, 4711, IRISH MOSS und dergleichen aus dem Hygienebereich für Frauen, angereichert durch Pralinenschachteln mit Schnapspralinen von Labels, die ich vergessen habe, die es heute vielleicht wieder bei schlecker gibt, und irgendwo dazwischen war noch Platz für ein Alpenveilchen. Das alles auf dem Photo mit der fünfundzwanzigjährigen Jubilarin und meinem Vater, der diese Termine gar nicht gerne wahrgenommen hat, und doch guckt er so wie der Landrat, als ob er nichts lieber gemacht hätte als dies.

Das war ein Geschenkkorb, falls Sie es nicht (mehr) wußten.

Gewiß galt mein erster Appetit den eßbaren Dingen, vielleicht auch einer Mischung aus beidem: aus dem Eßbaren und nicht Eßbaren, gaumensicher und gaumenfreudig, wie ich von den Mutterbrustzeiten an war. Mein zweiter Appetit galt jedoch allem, was es zu Hause nicht gab, Schnapspralinen mit und ohne Kruste. Längerfristig interessierten mich jedoch eher die Deos und Aftershaves, zumal ich diese englischen Wörter noch gar nicht verstand, aber schon lesen konnte, und ich mir vorerst unter »After shave« das absonderlichste vorstellen mußte und konnte, durfte und wollte. Das naheliegende Wort wäre jetzt wieder: wie ich schaute! –

Die fünfundzwanzigjährige Waldarbeiterin hatte jedoch einen für westliche Verhältnisse seltenen, in unserer Gegend mit ihren endemischen Namen nur ein einziges Mal vorkommenden erektionsfreundlichen Namen – wie BODY LOTION und andere Dinge, die nicht im Geschenkkorb waren; Dinge aus dem sogenannten Kurzwarenbereich und andere Dinge, die nicht ohne weiteres eßbar waren.

Stellen Sie sich vor: wenn Ihnen heute ein Gast ein Stück Speikseife mitbrächte zur Housewarming Party. Aber nur zehn Jahre zuvor, vor meiner Geburt, wären Sie selbst in Blankenese für ein Gelege eingelegter Eier umarmt und geliebt worden, oder auch für drei Kartoffeln. Es wäre kein Mitbringsel, sondern ein Lebensmittel gewesen, was es eigentlich nicht mehr gibt. Oder gibt es noch Lebensmittel? – Es gibt jetzt den Verbraucher, gewiß – aber lebt der von Lebensmitteln? – Heute wären drei Kartoffeln eine Beleidigung oder ein Scherz, als ein Geschenk eigentlich nur noch im Schwäbischen denkbar.

Lange ist auch der Scherenschleifer nicht vorbeigekommen. Oder auch der Alteisenhändler, der lange nicht an der Haustür gefragt hat, ob wir etwas hätten oder etwas brauchten. Der Hausierer kommt schon gar nicht mehr. Der Versicherungsvertreter erledigt seine Geschäfte mittlerweile per Handy. Damals aber kamen noch alle und machten Josefslust ihre Aufwartung, ganz persönlich.

Dies ist ein Nachruf auf alle Kurzwaren, Menschen und Dinge meines Lebens, die verschwunden sind, ohne daß ich dies gewollt hätte.

Die Zigeuner haben immer ein Vesper bekommen, allerdings im Vorraum, vor der Glasfront rechts. Da vorne hielt sich auch Bruno auf, der Lieblingshund meines Vaters, der nichts durchgehen ließ. Jeder, der an die Haustür kam, hat ein Obstwasser bekommen, der Postbote, die Krauthoblerin, die Stromableserin, der Hausmetzger und der Pfarrer. Aber nur der Pfarrer und Dr. Grieshaber wurden hereingebeten.

Gelobt sei Jesus Christus!

Lina behauptete, daß auch die kleineren Häuser noch bis

zu Beginn des 19. Jahrhunderts nach dem Spanischen Hofzeremoniell gelebt hätten. Immerhin wußte man vom Spanischen Hofzeremoniell. Und auf dem Dachboden lagen tatsächlich noch die verstaubten Abonnements der GARTENLAUBE und der DAME, neben dem VÖLKISCHEN BEOBACHTER und den frühen Jahrgängen des SPIEGEL. Von Lina nur nach Jahrgängen geordnet, ansonsten einträchtig auf der Seite des Abgelegten und Abgefertigten ohne jede weitere Differenzierung.

Die Männer bekamen überhaupt keinen Geschenkkorb zu ihren Jubiläen als Wald- und Forstarbeiter. Sie waren manchmal fünfzig, ja sechzig Jahre in den Wald gegangen, lebten dann noch eine Zeit und starben und bekamen zu ihren Festtagen einen sogenannten Wurststrauß, während die Ehefrauen derselben, die man sich zu einem solchen Leben immer dazudenken muß, mit einem Gebinde aus roten Nelken und Asperages, vielleicht noch einer Flasche KLOSTERFRAU MELISSENGEIST, 4711, BUERLECITHIN oder ECKES EDELKIRSCH (damals alles wohlklingende, mit Sehnsucht getränkte Namen) bedacht wurden.

Einen Wurststrauß wollte ich schon damals nicht. Es gab aber Menschen, die mit einem Wurststrauß, wenigstens augenblicksweise, glücklich gemacht werden konnten, und wir sagen: Adieu!

Ja, wir sagten Adieu statt Bye! Hi! Und dem veralteten Auf Wiedersehen.

Der ewige Schnee von gestern

Das Jagdhaus stand in einer Lichtung des fürstlichen Waldes, schön auf einem Hügel, der vielleicht einmal ein keltisches Grab gewesen war. Von hier aus konnten wir über den nahe liegenden Wald hinweg bis zu den Bergen sehen. Es gab nichts dazwischen. Es war eine schöne Natur, wie anderswo nachzulesen ist. Das einzige, was fehlte, ohne daß ich dies wußte, war die Nachtigall. Unmittelbar hinter den nahe liegenden Tannen sah ich oftmals den ewigen Schnee von gestern, der vermischte sich mit dem Abendrot wie bei Albrecht Altdorfer. Das Haus war ununterbrochen bewohnt und beschlafen seit dem Richtfest im Nachsommer 1773. Es war drei Jahre älter als die Vereinigten Staaten. In gerader Linie stamme ich von Menschen ab, die auf dem Richtfest dabei waren. Schon in der nächsten Generation gab es Grünspantote. Aber die nächste Generation war zum Glück und Unglück schon gezeugt, so daß es weiterging bis herunter zu mir. Immer war das Haus belebt von meinesgleichen. Seit dem Richtfest, genauer noch, seit dem Einzug im Nachsommer darauf, bis alles trocken war, gab es keinen Tag und keine Nacht, in der nicht einer von uns hier gelebt und geatmet hätte. Unser Atem ist in diesem Haus nie ausgegangen. Es war so groß wie am Anfang. Es stand da wie am ersten Tag, als man in Manhattan noch zur Jagd ging. Aber in meiner Berliner Wohnung türmten sich mittlerweile die Tabletts mit Angefressenem. Sieben Generationen von Jägern, auch Großwildjägern in der

Hohen Tatra, waren mir vorausgegangen und tot. Jagten nun vielleicht in den Ewigen Jagdgründen. Ich war der erste, der nicht zur Jagd gehen wollte, nicht einmal den sogenannten Jagdschein besaß. Es ist die pure Faulheit! Das war noch die günstigste Entschuldigung von seiten des Jagdhauses, und auch noch die einfältigste, passendste, wie sie glaubten. – Es kommt noch! – oder gar: Er kommt noch! – Derart wurde nach außen mein fehlender Jagdtrieb erklärt, mein Kampfunwille, der völlig ausfallende Kampfgeist, meine fehlende Freude am Töten. Bei meinen Vor- und Mitmenschen stimmte wohl etwas. Und bei mir stimmte wohl etwas nicht. – Es wird schon noch! Er ist ein verdammter Faulpelz! War immerhin noch besser für sie, als einen ersten depressiven Anfall zu diagnostizieren. Man konnte in jener Welt nichts Schlimmeres werden als verrückt, als »es«, wie es bei uns hieß »in den Nerven« oder »mit den Nerven zu haben«.

Je mehr die Zeit vorrückte, desto näher war ich selbst angesiedelt um diese Dinge herum. Ich war und bin ein Nachkriegskind, es war jeden Tag Krieg. Im Kopf war jeden Tag Krieg. – Wir verloren kein Wort darüber. Wir wußten es. Sie bewunderten diesen Menschen, Vater und Mann, der einbeinig aus allem zurückgekehrt war, auch noch wegen Dingen vielleicht, die ihn zu einem schlaflosen Menschen machten, der von allem nichts mehr wissen wollte.

Er war damals, als er mein Vater war, fünfunddreißig Jahre alt. Wie jung er war! – Soviel weiß ich, auch wenn es ein Leben lang zu keinem Gespräch kam zwischen ihm und mir.

Das ist fast alles, was ich von meinem Vater und mir weiß.

*Der Nikolaus kam, und ich war sieben Jahre
alt, alt genug, um bestraft zu werden.*

Die Nachbarn, sämtlich aus unterbelichteten Verhältnissen, lachten schon früh, als sich nach dem Tod meines Bruders in meiner Person das Ende dieser Jagddynastie abzuzeichnen begann. Zum ersten Mal bei einem der Nikolausabende, als ich auf die Frage des Nikolaus, was ich denn werden wolle, nicht mit »Großwildjäger« (ein Wort, das ich schon kannte), sondern mit »Mami« antwortete. Darauf werde ich noch zurückkommen müssen. Sie waren nun nichts als schadenfroh und hofften, daß wir, die so viele Generationen neben ihnen her (zwar nicht unter einem Dach, so doch unter einem Himmel) gelebt hatten, nun endgültig auf ihrer Stufe angekommen wären.

Der Nikolaus wollte nur herausbekommen, ob ich einer von ihnen war.

Man erwartete von mir, daß ich wäre wie sie. Kein Mensch hatte etwas dazugelernt, als ob es vor dem Ersten Weltkrieg gewesen wäre, dieses Leben. Ich wich ganz und gar von meinen Vätern ab, die ganz unglaubliche Dinge, bis hin zur Nahkampfspange in Gold (mein schwarzer Faden), zustande gebracht hatten und aus jedem Krieg mit Eisernen Kreuzen und mehr zurückgekehrt waren – oder eben nicht.

Jetzt saßen wir unter ihren Geweihen, den Tieren, die ich geliebt, die sie im Laufe ihres Lebens abgeschossen und ausgestopft hatten. Ich saß sprachlos unter diesen reglosen Gesichtern von Rotwild, Steinböcken und Auerhähnen, in einem Urwald aus Totem. Der einzige Unterschied für das Kind war – oder schien –, daß ich noch nicht ausgestopft war.

Ich war nun sieben Jahre alt, genau so alt wie meine erste Liebe. Es war im Kindergarten, als wir uns zum ersten Mal sahen, es lag schon drei Jahre zurück. Sie hatte den schönen Namen Gabriele. Drei meiner Kindergartenmenschen hießen Gabi, das waren fast fünfzig Prozent. Aber ich sehe sie noch, wie sie im Kindergarten-Garten gegen jenen Baum gelehnt steht und ich sie küssen will und irgendwie festbinden, für mich haben will. Dabei hatte ich vom heiligen Sebastian noch gar nichts gehört und keines der Bilder gesehen; ich kannte nur die Figur aus Holz, die seit fünfhundert Jahren in unserer Kirche einen Nebenaltar zierte, wie er dasteht und erlöst werden will. Und so war es und wird es bis zum heutigen Tag sein. Meine Kindergartenliebe jedoch war weit darüber hinausgewachsen und saß nun am selben Tisch, als schließlich die als Bischof verkleidete Frau Eiermann hereinkam. Gabi war erst sieben, und sie glaubte nicht einmal mehr an den Nikolaus. Sie hat ja, wie fast alle anderen, niemals erfahren, wie ich sie liebte, was in mir war, wie ich es nicht sagen und erklären konnte, nicht einmal mir selbst.

Die erste Gehirnwäsche, genannt Erziehung, hatte wohl lange vor dem Besuch des Nikolaus eingesetzt. Vielleicht schon, als ich das erste Mal stolperte, hinfiel, und es hieß, ich solle nicht weinen, sondern aufstehen und weitergehen. An diesem großen Tisch, wo ich nun mit Gabi und allen anderen auf viel zu hohen Stühlen wie aus dem Spanischen Hofzeremoniell saß, wurden an den Festtagen der Jagd genüßlich die Eingeweide der zur Unkenntlichkeit verfeinerten Jagdstrecke aus früheren Treibjagden verspeist. Es gab Menschen, wie meine Mutter, die es für möglich hielten, daß die Männer der Welt, in die hinein sie geboren wurden, allein wegen ihrer Liebe zum Rehglibber (das Innere eines Rehs) zur Jagd gingen. Und uns Kindern sagten sie nun, daß wir Angst haben sollten, denn bald werde man die Schritte des Nikolaus und seine Glocke aus der kalten Schneenacht heraus hören können. Bald würde die Tür aufgehen und es gäbe kein Entkommen mehr für uns. Er werde zu dieser Tür hereinkommen und uns belohnen und bestrafen für alles.

Daß es nur die alte Frau Eiermann sein würde, die bald in diesem düsteren, mit Holz getäfelten Raum, der mir manchmal wie ein Sarg von innen in die Erinnerung hineinscheint, stünde, konnte ich noch nicht wissen. Es hätte auch eine Folterkammer sein können, oder ein Folterstudio, wie es heute schon im Heimatteil der Zeitungen unter »Verschiedenes« inseriert wird, und war es ja auch, um uns für alles zu bestrafen, weißt du noch? – Das Mädchen von einst, das mich zu meinem Verlangen überwältigte, sie überwältigen zu wollen, wüßte von nichts mehr und hätte alles vergessen. Darunter auch mich. Ich war der einzige, der nicht vergessen hatte, wie der Nikolaus nun zur Tür hereinkam, auch wenn es sich nur um die unsägliche Frau Eiermann handelte, die einen Augenblick lang tatsächlich die Strafe in Person war, die mich für alles bestrafte – bis ich den Schwindel durchschaute: Hier wurde gespielt. Noch die Erinnerung an Frau Eiermann ist eine Strafe für alles. Frau Eiermann, die Lehrerin, der wir alle, die Kinder waren, in einem Raum ausgesetzt waren und nichts als Schönschreiben übten; für einen Linkshänder noch ein zusätzlicher Versuch von Gehirnwäsche über die rechte Hand, so daß ich mich nur an einen Stock und die Tatzen erinnern kann, die ich auf die falsche Hand bekam, mit der ich schönschreiben wollte.

Ich kann mich nur an Schönschreiben und Tatzen erinnern. Vier Jahre lang Schönschreiben und Tatzen, dazu wahrscheinlich auch das kleine Einmaleins. Ich war ein Linkshänder, das ist die ganze Geschichte von vier Jahren, das war alles. An ihrem Stock hatte ich sie sogleich erkannt. Den Aufgeklärteren unter uns schien es sonderbar, daß dieser Nikolaus den selben Stock mit sich führte, der bei Frau Eiermann im Schulzimmer neben dem Harmonium an der Wand hing. Als ich noch an den Storch glaubte, wurde mir gesagt, ich solle ein Stück Zucker hinauslegen: Es kam Lioba, meine Schwester. Also glaubte ich lange genug an den Storch – und im Grunde immer noch. Über diesen Glauben, der ein Kinderglauben war, bin ich nie hinausgekommen. Der Glaube an den Nikolaus war mir jedoch in der Person von Frau Eiermann und ihrem Stock bald verunmöglicht. Es war ein Instantzweifel, der mich befiel. Kein höherer Zusammenhang, und wäre es auf der Höhe eines Wunders gewesen, konnte meinen prinzipiellen Zweifel ausräumen. Es gab aber andere um mich herum, die an diesen Nikolaus glaubten, und wenn ich mich nicht täusche, waren unter diesen Gläubigen auch Erwachsene, ihrem Kinderglauben zuliebe. So saßen von Anfang an Gläubige und Ungläubige zusammen an einem Tisch, diesem Tisch, der, wie auch immer, viel zu hoch war für uns. Dazwischen unsere Mütter und Tanten, unter denen wir hätten hindurchrutschen können, so wie wir einst, und einst war gar nicht lange her, aus ihnen herausgerutscht, herausgeflutscht waren.

Von meinem festen Platz in der Kirche aus konnte ich die in ihrem Martyrium auf immer festgehaltenen Heiligen sehen, den heiligen Laurentius auf dem Rost, alle unsere Nothelfer, mehr als vierzehn, den lächelnden heiligen Bartolomäus mit seiner Haut in der Hand, wie auf dem Jüngsten Gericht der Sixtinischen Kapelle, so auch hier. Ich sah den heiligen Dionysius mit dem eigenen Kopf in Händen, die auf immer geräderte Katharina, und vor allem den schönen Sebastian, der mich zu meiner Überwältigung im Kindergarten-Garten verführt haben mochte. Diese Heiligen und Phantasien waren da in meinem Leben wie die ausgestopften Tierköpfe im Jagdzimmer. Ich wunderte mich später sehr, daß es Räume gab ohne all dies, ohne Weihwasserkessel, Herrgottswinkel und

Heilige, sowie jene Träume, die mich am Leben hielten und quälten. Ich wunderte mich später sehr, daß die Welt so leer sein konnte, wie sie war.

Von diesem Auerhahn hätten wir zweifellos erschlagen werden können, eine späte Rache, wie auch vom Auftritt des Nikolaus, der ganz einsam zu uns hereinkam aus tiefsten und finstersten, wenn auch verschneitesten und also weißesten Wäldern. Die Erinnerung schneit mich in diese Wälder zurück.

Bruno hatte das Tier aufgespürt, das noch ins Unterholz geflohen war, wo es verblutete. Das ist alles, was ich von diesem Urgroßvater weiß. Von den anderen vier weiß ich auch nicht viel mehr, auch wenn wir in die Familiengeschichte eingeübt werden sollten: Viel mehr gab sie nicht her. Ja, daß selbst der Fürst vorbeikam, um sich das prächtige Tier anzuschauen. Viel mehr Sätze waren aus jenen Zeiten, von denen wir abstammten, nicht geblieben.

Doch lange vor dem Besuch des ersten Nikolaus in meinem Leben, hatte die Angst eingesetzt. Das war im sogenannten Mutterleib, der ersten Welt, in der ich selig herumschwamm – oder doch nicht selig. Vielleicht hatte ich mitbekommen, daß ich ursprünglich gar nicht sein sollte. Kaum einen halben Meter über mir gab es Tränen, daß da etwas jeden Tag dem Licht der Welt entgegenwuchs, und noch immer nicht entschieden war, ob dies sein sollte oder nicht. Schließlich hatte ich Glück und man ließ mich am Leben. Unsere Familie hatte die besten Beziehungen zu den führenden Gynäkologen. Doch es war ein zweifelhaftes Glück, das ich hatte, das Licht der Welt zu erblicken. Schließlich wurde den Augen einiges zugemutet seither. Und kaum war ich da und schaute, hieß es auch schon, ich solle nicht so schauen. Und kaum, daß ich etwas hätte sagen können, wurde ich auch schon mit der Frage traktiert, warum ich so schaute.

Der Nikolaus kam; ich hatte das Jahr über schon Anstalten gemacht, in die Küche zu drängen, nach dem Kochlöffel zu greifen, und dieses und jenes getan, was mißbilligt wurde von der Jagdgesellschaft, deren Zukunft ich war. Dieses und jenes getan hatte ich das Jahr über, was mißbilligt wurde, lange vor den Tagen der sogenannten Onanie oder Selbstbefriedigung, die eindeutig gegen das christliche Gebot der Nächstenliebe verstieß. Schon vom Wort her: Selbstbefriedigung – was für ein unchristliches, eindeutiges, egozentrisches Wort.

Nun gut, diese Aufklärung hatte mir nichts gebracht außer der Erkenntnis, daß ich alleine war auf der Welt; und daß es so weitergehen würde bis zuletzt, und daß es eine unendlich scheinende lange Reise sein würde, tatsächlich wie einmal das Dorf hinauf und hinunter, wie von meiner vergeßlichen, unvergeßlichen Großmutter vorausgesagt. Und gleich zu Beginn stellten sich Sehstörungen ein, derer sich die Schulmedizin bemächtigte, die sich im Verlauf der Geschichte, auch meiner, immer wieder als Lebensretterin aufspielte mit ihren in Tier- und Menschenversuchen entwickelten Sofortpillen, die in Indien SOS-Pills hießen.

Daß meine Begegnung mit dem Nikolaus auf eine Konfrontation hinauslaufen würde, war mir in den Tagen vor dem fünften Dezember auf Kinderart klar. Ich konnte nachts jede Viertelstunde die Zeit schlagen hören, jene Glocke, die vor Jahrhunderten von Voreltern gestiftet worden war, die nicht überlebt hatten, es wäre denn über diese Glocke und Erinnerung. Wir waren eingeschüchtert wegen des Goldes und der immer benachbarten Rute, die der Nikolaus angeblich von Knecht Ruprecht mitbrachte, der verhindert war. Ich war bereit zu glauben und bin es vielleicht immer noch. Doch nach dem Stock, den ich aus dem Schulzimmer kannte, kam auch noch der Geruch hinzu, der mir von da an vertraut war, das war Fräulein Eiermann, die ich hinter dem schlampig angeklebten Bart erkannte.

Dieser Nikolaus in Personalunion mit dem Knecht Ruprecht war Fräulein Eiermann, hier wurde gespielt. Und so entdeckte ich zum ersten Mal die Verbindung aus Leben und Theater, wenn ich sie auch noch nicht verstand und niemals verstanden habe. Immerhin war ich hier auf die erste Simulantin und Schauspielerin meines Lebens gestoßen: Der Nikolausabend war das erste Stück, das ich sah. Ich habe das Theater nie gemocht, manchmal auch gehaßt wegen seiner Verläßlichkeit in der Abbildung und seiner Nachäffungspräsenz. Und die dazugehörenden Schauspieler mit ihrer vorgespielten Lebens- und Sexualkompetenz auch nicht. Ich wußte nie, was mit dem Leben war. Aber noch der schlechteste Schauspieler tat so. Ob das Leben Generalprobencharakter hatte oder nur eine Wiederholung war? Meist sah es nach Wiederholung aus, nach dem Absitzen einer Vorstellung, in der Darsteller und Zuschauer identisch waren.

Also kam der Nikolaus, und ich sollte auch noch singen.

Jetzt singen wir für den Nikolaus ein schönes Lied! Hörte ich, ich eine Personalunion aus Kindsein, Dasein und Verlorensein.

Ich sang, Rudolf Schock nacheifernd: Dein ist mein ganzes Herz.

Nach dieser Aufführung versuchte sich der Nikolaus in einem ziemlich harten Hochdeutsch, sie bemächtigte sich des Kommando-Tons wie in der Schule, in dieser Sprache, die wir von der Kolonialverwaltung her kannten. Jene, die nicht so selbstbewußt waren wie wir mit unserem Habsburger Deutsch, versuchten sich tatsächlich in diesem Kolonialidiom, trauten sich an der Promenade nicht mehr, ihre Muttersprache zu sprechen, und haben sie im Verlauf von zwei Administrationsfurien-Dekaden tatsächlich verlernt. Fräulein Eiermann sprach mit uns in diesem Deutsch wie Karl V. mit seinen Pferden. Sie scheiterte, nicht nur weil sie in ihrer Doppelrolle zwei Männer auf einmal spielen sollte. Mir, der ich den Nikolaus bald als Rolle von Frau Eiermann anzusehen begann, schien, daß dieser Nikolaus durch eigene Ungeschicklichkeit und zusätzliche Pannen bis dahin eine ziemlich schlechte Vorstellung gegeben hatte. Doch nun war ich an der Reihe.

Es war das erste Mal, daß ich mich gleichsam spielerisch und doch schon als Erstklässler der Welt stellen sollte, dieser sogenannten Öffentlichkeit, die glaubte, ein Recht auf uns zu haben und die uns einwies in die Political Correctness in der Version der späten fünfziger Jahre. Sie bestand in meinem Fall darin, daß ich erst einmal aufstehen mußte und meinen Namen sagen, und, wie in der Schule, sagen, wem ich gehörte.

Nun wurde ich zur Rede gestellt. Der Nikolaus-Knecht-Ruprecht-Fräulein Eiermann fragte, warum ich mich denn so gern an den Kleiderschränken meiner Schwestern und der anderen Frauen im Haus vergriffe. Das war der Kern der Frage, gar nicht viel feiner formuliert. Und warum ich denn so lange und so wohlgefällig mich vor dem Spiegel im elterlichen Schlafzimmer betrachtete, wollte der Nikolaus wissen. Hätte ich sagen sollen, weil ich lieber eine meiner Schwestern gewesen wäre, und nicht so allein, daß ich nach dem Tod meines Bruders niemanden mehr hatte – nur mich? Warum ich nicht eine meiner Schwestern geworden war, dies stellte sich mir als erstes metaphysisches Problem, das ich so wenig löste wie irgendein anderes. Ich wurde aufgerufen und vernahm: Ich sollte begradigt werden.

Am Ende dieses kleinen Schauprozesses wurde ich schließlich nur begnadigt. Aber ich sehe noch die Rute des Nikolaus, die am anderen Morgen schon wieder im Schulzimmer neben dem Harmonium hing.

Ich mußte sagen: Ich schäme mich.

Die öffentliche Unterwerfung wurde hingenommen, eine empfindliche, aber überstehbare Strafe wurde in Aussicht gestellt. Aber dann, als alles schon wieder im Lot schien, als Frau Eiermann in ihrer Funktion als Knecht Ruprecht schon dabei war, in ihrem Sack zu kramen, um das Geschenk für mich herauszuholen, kam dann noch die dumme Frage, was ich denn werden wolle, im Augenblick, als der Nikolaus nach jenem Ball griff, in der Hoffnung, daß ich Fußballspieler sagte.

Was möchtest du werden, mein Kind?
   Auf diese dumme Frage antwortete ich auch noch.
   Ich antwortete wahrheitsgemäß mit »Mami, Herr Nikolaus!« –
Worauf das ganze Jagdzimmer, mit Ausnahme meiner Mutter, auflachte. Auch der Nikolaus lachte. Das war also der Stammhalter aus Adamslust mit seinen Hörnern und Accessoires, die mich im Lauf der Jahre immer ratloser machten. Ich war ein schönes Vorbild!

Die kleinen Mitbestien, darunter auch meine kleine Liebe, lachten am meisten. Sie hatten instinktiv erkannt, daß mit ihnen etwas stimmte, und daß mit mir etwas nicht stimmte. Sie trumpften schon am zweiten Nikolausabend, an den ich mich erinnern kann, als Angehörige der rechten Seite auf, der Mehrheit, bei der etwas stimmte. Selbst Gabi und Mike waren ab da auf mir und meinen Lebensträumen herumgeritten und hatten sich angeboten, Mami zu spielen mit mir, und trumpften als Angehörige jener Mehrheit auf, bei der etwas stimmte. Und ich habe es auch tatsächlich gemacht, aus Liebe.

Dieser Nikolaus fraternisierte nun mit den richtigen Müttern und richtigen Kindern, mit der ganzen Nachbarschaft, die turnusgemäß in diesem Jahr im Jagdzimmer zusammensaß, mit den armen ausgestopften Tieren, die den neugierigen Blicken dieser Frauen, die sonst keine Gelegenheit hatten, sich in diesem Haus umzusehen, ausgesetzt waren. Der Nikolausabend war Frauensache, bewirtet wurden die Gäste jedoch von meinem Großvater. Es gab einen sogenannten kleinen Imbiß, der von Klara aufgetragen wurde.

Die Frauen rauchten alle, auch während wir sangen und der Nikolaus seine Sachen auspackte. Das gehörte zur Emanzipation am Ende der Fünfziger Jahre. In der Mitte des Tisches stand der ERNTE-23-STIEFEL mit dem Nachfüllset.

Es war ein auftrumpfendes Gelächter, als ob ich unter den Tisch gemacht hätte und mit sieben irgendwie noch nicht stubenrein wäre. Ich schaute zu ihr hin, mit der Hoffnung auf Rettung in den Augen.

Das Leben auf seine Witze hin durchleuchten?

Das Leben auf einen Witz hin erzählen?

Ich schaute in Richtung Muttertier, das mit seiner Perlenkette dasaß und gar nichts sagte. Es war die Haltung, unser Hausgespenst.

Ich begann nun auch noch in das Gelächter hinein zu weinen, noch etwas, wofür ich vom Nikolaus hätte bestraft werden können. Hier wurde gleichzeitig gelacht und geweint: Beides hatte dieselbe Ursache. Ich hätte davonlaufen sollen. Warum bin ich nicht davongelaufen, warum blieb ich immer sitzen, wenn es ernst wurde?

Mama versuchte mich als Mißverständnis zu erklären, behauptete nun, ich hätte »wie Mami« sagen wollen, was das Ganze aber nur noch schlimmer machte, denn nun wurde auch sie in das Gelächter einbezogen. Die Veranstaltung hätte abgebrochen gehört, und ich müßte eigentlich, um es erträglich zu machen, das Leben als Witz erzählen, mit den ersten Zusammenbrüchen als ersten Pointen.

Die Mutter erklärte die Wahrheit zu einer Lüge.

Und jene, die ich geliebt hätte, die eine aus dem Kindergarten, den anderen aus der ersten Klasse bei Fräulein Eiermann, versuchten noch das Gelächter zu übertrumpfen und den Ton anzugeben in der Abgrenzung von mir: jenem, der, um alles erträglicher zu machen, alles als Witz erzählen müßte. Doch das meiste blieb, wie auch bei Ihnen, ungesagt, und wenn je, dann doch anders gesagt als gedacht, dort drinnen, in jenem Kopf, der das Zentrum allen Glücks und Unglücks barg, über das wir nie hinauskamen.

Und ich wuchs zwar täglich auf meine Liebe zu (mögen andere von ihren Sünden sprechen), der Abstand an den Stufen des Altars jedoch blieb immer derselbe, und die Sehnsucht war ganz einseitig.

Selbst die Linden am Weg von unserem Haus bis zum Wäldchen, die von den Franzosen gefällt, abgeholzt nach Frankreich gefahren und von den Waldarbeitern, den Leuten von der Baumschule praktisch wieder an dieselbe Stelle gesetzt wurden, nur ein Leben später, nur eine Baum-Generation daneben, waren nun schon wieder fast erwachsen. Selbst die Linden wuchsen von beiden Seiten des Weges aufeinander zu, selbst die Bäume bewegten sich und gingen aufeinander und lebten aufeinander zu und bildeten einen Himmel und hätten bald heiraten können.

Während ich auf meiner Seite blieb, selbst in unserer kleinen Kirche, die, wie alle Kirchen von einst, in eine Männer- und eine Frauenseite getrennt war, und die anderen immer gleich weit entfernt waren von mir. Also war Sehnsucht möglich.

Das Verlangen nach Bildern war auch damals groß, nach Lebewesen wie dem Barberinischen Faun und Dingen, wo ich nie hinkam, mit Abbildungen von Kunstwerken mit Männern und Frauen, die ich mir nicht leisten konnte.

Das Verlangen nach den Bildern war groß, die Sehnsucht, etwas von der Welt zu sehen, die damals ganz weit weg schien, war so groß wie bei den Menschen in Afrika. Doch es gab die ganze Kindheit über nur ein sogenanntes Abendprogramm, dies in Schwarz-Weiß, das erst nach fünf begann, bis dahin das Testprogramm. Es gab nur ein einziges sogenanntes Programm (ein Wort wie Problem, ein Problem wie Wort), ansonsten nur das Testbild. Doch selbst vor dem Testbild, das wie ein lebender Paul Klee in Schwarz-weiß-Wiedergabe aussah, saßen manchmal die Sehnsüchtigsten von uns und wollten allein deshalb eine Armbanduhr zum Weißen Sonntag, um zu sehen, wann es fünf war, um nichts zu versäumen. An den Sonntagen meiner Kindheit, als das Fernsehen zunächst mit einem Programm auf die Welt kam an der Stelle, wo früher der Herrgottswinkel oder die Heiligenbilder waren, drängten fast wildfremde Menschen in jenes unserer Zimmer, das bald Fernsehraum hieß. Denn noch vor den Fürstenbergs waren wir es, die das erste Gerät besaßen, aus dem Bilder kamen.

Das Jagdhaus war besonders den Katenbewohnern ein lebenslängliches Ärgernis. Die sogenannten Flüchtlinge jedoch, die vorübergehend auch in diesem Haus Platz gehabt hatten, und Grund genug, zu fragen, warum dieses Haus so groß war und ihres, in einer schäbigen Siedlung am Waldrand, die Klein-Moskau hieß, so klein, ärgerten sich nicht. Vielleicht weil sie es gewöhnt waren, daß es große Häuser gab, in denen sie nicht wohnten. Am schlimmsten waren dann die ersten zugezogenen Einfamilienhausbesitzer im sogenannten Neubaugebiet, in ihren Instant- und Einweg-Anlagen, in ihren Amsel- und Birkenwegen, die damals angelegt wurden, indem die Gemeinde erst einmal prophylaktisch alle Kastanien, Birken und was sonst noch die Rechte-Winkel-Ästhetik störte, fällen ließ. Der expansionslüsterne Bürgermeister wollte ein UPGRADE; ab dreißigtausend Einwohnern durfte er sich Oberbürgermeister nennen, gewiß, sein Traum. Aber vorläufig lagen wir bei achthundert (heute wüßte ich nicht, wie viele es sind) und, gewiß, mittlerweile ist dieser Mensch längst tot. Er hat aber damals die Grundlagen geschaffen und Leute angelockt mit Inseraten in überregionalen

Zeitungen bis hin zur F.A.Z., sie eingeladen, ein Grundstück zu kaufen und an einem Ort zu leben, den sie bis dahin wahrscheinlich nicht einmal dem Namen nach gekannt hatten. An unserem Haus hatte sich nichts geändert, es stand da wie am Tag der Einweihung. Aber wir würden nun bald eingekreist, ja eingemauert sein von sogenannten schmucken Einfamilienhäusern, bewohnten Containern, von einer Waschbetonanlage; unser Großvater, der Unheilsprophet, hatte alles vorausgesehen. Es kam zwar alles ganz anders, Hochhäuser wurden nicht gebaut. Aber dennoch sähe das Jagdhaus wie eine Oase aus anderen Zeiten aus. Es war eingekreist von Emporkömmlingen, auch einheimischen; darunter den Kindern der ersten Tankstelle, Entschuldigung, des ersten Opel-Vertragshändlers, Gerd, der mit mir schon im Kindergarten war, den ich als solchen erst in der ersten Reihe bei Frau Eiermann entdeckte. Er habe ein Haus mit Turm an der Südwestecke gebaut, gleich hinter dem Jagdhaus, ein Haus, wie er es in Amerika gesehen habe. Ich kannte das Neubaugebiet ja nur vom Photo, ich hatte eine Luftbildaufnahme aus alten Tagen, und dann das Photoalbum, das mir meine Schwester Anima zum vierzigsten Geburtstag schickte, zum Andenken, mit allem, was sich verändert hat: Gegenüberstellungen nach dem Vorher-Nachher-Prinzip, wie auf Photos, die zeigten, wie man aussieht, wenn man das Diätprogramm kauft und innerhalb von vier Wochen einen halben Zentner abgenommen hat. Als Kind habe ich viel geträumt, auch davon, einmal alles von oben zu sehen, ohne schon im Himmel zu sein; der Traum stellte sich aufgrund der Luftbildaufnahme ein, die es gab mit dem Haus, in dem ich wohnte. Es sollte nicht sein; ich habe bisher jenes Gelände nicht von oben gesehen, und vorerst wird es auch nicht so weit kommen. Ich wollte es ja auch gar nicht mehr sehen: Das Album genügt. Kurz, das Jagdhaus war nun von Aufsteigern aus der Geschichte umstellt, die von der Geschichte nichts wissen wollten. Und weil sie darin nicht vorkamen, und auch, um ihre eigene Geschichte zu vertuschen, als ob sie die ersten wären, so wie die Amerikaner, die auch nichts von Geschichte wissen wollten, indem sie sagten, das sei doch Geschichte, verlangten sie, die Mauer müßte weg. Die Demokratie verlangte, daß wir die schöne Mauer einreißen sollten, um zu sein wie sie, nur etwas schäbiger. Befriedigt kehrten sie in ihre Amsel- und Alpenblickwege zurück.

Die unsichtbaren Mauern waren schon bis in den Himmel gewachsen. Dies war mein Mauerexkurs, der Ausblick, wie's weiterging, als es nicht mehr weiterging.

Es geht jedoch weiter, das Ruinöse und die absteigende Linie sollte man uns ruhig ansehen, schon damals am Nikolausabend: Ich war das wandelnde Beispiel, die Zukunft, das Zeichen des Abstiegs in eine andere Liga. Ich war eigentlich schon die rote Karte, die der Nikolaus meiner Mutter gezeigt hat.

Das ist aus den Annalen, das Schmerzpotential einer vielleicht nur finanziell heruntergekommenen Familie.

Wie soll ich es sagen: Dies alles geschah in einer Zeit, als ganz allmählich, piano piano »sterben« durch »gehen« ersetzt wurde in den Todesanzeigen. Und überhaupt, die Auflösung der Worte wie der Dinge: Der Gelehrte wurde durch den Experten ersetzt, das Wort »Gewissen« durch das Wort »kritisch«. – Und vor allem spielt meine Geschichte, die nicht spielt (kein »Spiel nicht mit mir!« wie in der Belle Epoque auf der Bühne), in einer Zeit auf einer Welt, in der die Hoffnung vom Spaß abgelöst worden war, und das Verlangen vom Wellness-Bereich, der Mensch vom Verbraucher, die Sehnsucht vom FIT FOR FUN, die Existenz von schöner wohnen – aber nicht bei mir. Ich war sehr einsam, schien mir der letzte zu sein, der noch Hoffnung hatte, der noch seine Tage hatte, ein Verlangen, daß dies, was ich hatte und sah, nicht alles sein konnte.

Gewiß, die absteigende Linie – im Vergleich mit der Nikolausabendgesellschaft – konnte man uns ansehen: Wir hatten keinen Carport, wir würden keinen Carport haben und keinen integrierten Wintergarten, und, das war uns schon anzusehen, keinen Swimmingpool. Das einzige, was sie, außer dem angebauten Wohntürmchen, von uns übernahmen, war der Geländewagen, und einige privilegierte Exemplare gingen nun auch zur Jagd, zur Großwildjagd bis nach Kenia. Andere fuhren auch in Offroadern herum, in ihren Pick-ups, ohne daß sie etwas für ihre Ladefläche gehabt hätten.

Meine kleinen Mitbestien leben nun in ihren Neubaugebieten und führen eine Einfamilienhausexistenz mit integriertem Carport; wie aus der Immobilienwerbung, bildschön. Es kam wenig später noch einiges hinzu: ihre Ringstraßenvehemenz, ihr Gemeinschaftsantennen-Eifer, ihr Verkabelungsdrang, ihre Einliegerwohnungsgenehmigungsanträge, ihre Whirlpoolphantasien, ihr Grüner-Tonnen-Stolz, ihr ökologisches Windräder-Bewußtsein, ihr Geräteschuppen-im-Landhausstil-Ehrgeiz, ihre Tennis- und Fitnessclub-Mitgliedschaften, ihre Sperrmüll-Kalender-Daten, im Jahr, als der Ikea-Katalog endgültig die Heilige Schrift überrundet hatte und überdies das meistgelesene Buch war und es hundertmal so viel ADAC-Mitgliedschaften gab wie wirkliche evangelische Gläubige, nein: hunderttausendmal soviel. Es kamen ihre verkehrsberuhigten Zonen hinzu, ihre mülltrennungsgerechten Amsel-Drossel- und Finkenwege – kurz: ihre Equipment- und Wellnessexistenz, ihr Indoor- und Outdoorleben auf einer Fun- und Daseinskompetenzbasis.

Eines Tages würde ich (und würden auch sie) einer Krankenschwester ausgesetzt sein, ich würde mithören, wie sie mit dem Assistenzarzt spricht und sagt: »Er kann nicht loslassen« – und ich würde in einem Bett liegen, das vorerst ein Sterbebett war und bald ein Totenbett sein würde, nur ganz kurz. Denn sie würden mich schon, noch bevor ich auf Zimmertemperatur abgekühlt sein würde, zum großen Aufzug schieben und mit mir hinunterfahren, ich weiß. – Am Ende würde ich wildfremden Menschen ausgesetzt sein, die zufällig Tag- oder Nachtdienst hatten; würde einem Zufall ausgeliefert sein, den der Dienstplan diktierte.

Und ich würde alles mithören, was diese Menschen über mich sagten, die ich ein Leben lang nicht kannte, und als letzten Satz vielleicht, den ich noch hören konnte, würde ich noch mitbekommen, wie die wildfremde erbarmungslose Krankenschwester, vulgärpsychologisch geschult, mein Leben in diesem schauderhaften Satz abschließend beurteilt: »Er kann nicht loslassen«. – Von vielen abscheulichen Sätzen, die ich gehört habe, auch in bezug auf mich und das Leben, war dieser Satz heute schon der abscheulichste. Loslassen! – wie ich dieses Krankenschwesterwort haßte! – Dieses Telephonseelsorger-Wort, dieses Welterklärungswort aus dem Reich der Unterwelt der Psychologie.

Aber immer noch setzten sie ihre Suchanzeigen auf. Es gab immer noch eine Suchanzeigen-Sehnsucht, diese grobschlächtigen Sehnsuchtszeichen in den Lokalanzeigen, da, wo früher die Ehewünsche standen, vordem – neben dem »Tiermarkt« – die größte und wichtigste Abteilung einer Lokalzeitung überhaupt, nun fast schon verschwunden. Dafür expandierte die Rubrik »Verschiedenes«. Ich konnte nun online lesen:

»Paar Mitte vierzig. Er möchte eine devote Sie zum Nacktputzen vorbeibringen.« – Es wird doch nicht Gabi sein? –

Und gleich dahinter, beginnend mit einer Handynummer, die nicht mehr dreistellig war und schon ganz am Anfang verraten hätte, woher der Suchende kam, vom fernsten Land nämlich, wo die Nummern noch dreistellig waren, ganz professionell, ja schon fast international: »Ich mit Niveau und Stil, 34 Jahre, 188, schlank und sehr spontan, gut situiert mit Haus und TT Cabrio will nicht mehr länger solo in der Badelandschaft plantschen und solo ins Romantikhotel fahren. Suche daher wirklich spontane und unkomplizierte Sie zwischen 20 und 35 Jahre, in die ich noch mit 80 verliebt sein möchte, zu der ich stehe, in guten wie in schlechten Zeiten, die im Bikini genauso gut aussieht wie im Schlafanzug bzw. im Abendkleid wie in einer 501.«

Das war schon fast ein autobiographischer Roman.

Und stand im ganz gewöhnlichen Kreisanzeiger. Es war jetzt mehr die Sehnsucht nach dem Rundum-Schätzchen, nach dem ganzen Paket, nach dem all-inclusive.

Auf »Wilderer sucht jüngeres Schmalreh«, dachte ich schon zu antworten. Mal sehen, was daraus wird, ungeachtet aller Komplikationen, die sich dann einstellen könnten. Auf die Jagd ging es also immer noch. Wollten sie immer noch. Inserierte da jemand aus meiner Verwandtschaft? – Als ich darüber nachdachte, gefiel mir die Anzeige doch nicht mehr so, und ich ließ es. Ich ging offline.

Gut, ich sollte Vorbild sein?

Aber für diese Welt, die doch nur darauf aus war, mich in dieser Rolle scheitern zu lassen und keine größere Freude hatte als zu sehen, wie ich dastand und schaute?

Trotz allem hing ich an diesem Haus. Und hätte es niemals so gemacht wie die zugewanderten Landvillenbesitzer, die kamen und gingen. Sie kamen und dachten, es wäre für immer. Dabei war es, im besten Falle, bis zu ihrer Überstellung ins Alters- oder Pflegeheim, in die Seniorenresidenz – oder, mit etwas Glück, bis zum plötzlichen Herztod im Schlafbereich der I-a-Immobilie. Schon die erste Generation der dynastischen Neugründung wollte gar nichts mehr wissen von dieser Villa im Landhausstil, von diesem Traum ihrer Eltern, und verkaufte, oft schon vor dem eigentlichen Ableben. Oder ließ heimlich den Makler oder einen sogenannten Sachverständigen ins Haus zu einer ersten Einschätzung der Immobilie. (Soweit kam es bei mir ja nicht; eines Tages, zu meinen Leb-

zeiten, erschien das Jagdhaus zuerst in der ZWANGSVERSTEI-
GERUNG; wenig später schon wieder als »Landhaustraum« in
der BELLEVUE.)

Da stand ich also vor dem Nikolaus und mußte sagen: Ich
schäme mich.

Die Nachbarinnen triumphierten schließlich stillschweigend.
Man hörte auf zu lachen, sprach nicht mehr darüber und ging
zu anderen Katastrophen über. Das eine Muttertier, das Vorbild des Vorbildes, hatte versagt.
 Ich war aber nun auch eingewiesen in mein Dissidenten-
tum, mein Dissidentenleben, schau nicht so!

Der Großvater, der Unheilsprophet, welcher in seinen Kin-
dertagen noch das Gewehr des Fürsten tragen durfte, hatte
Donata schon wenig später gewarnt: sie könne ruhig den
Opel-Vertragshändler heiraten. Die nächste Generation würde halb debil sein und Fingernägel kauen. Da hat er sich aber
getäuscht. Donata hat diesen Menschen, den ich kennengelernt habe als einen von jenen, die schon im Kindergarten an
der falschen Stelle lachten, zum Beispiel, wenn eine von unseren Gabis hinfiel und weinte, gar nicht geheiratet. Und Gerd
selbst hat das Jagdhaus gekauft und im Garten einen Swimmingpool und ein Gartenhaus mit Türmchen gebaut, als ob er
uns gleichzeitig nachäffen und verhöhnen wollte. Auf die
Jagd geht er auch, und zwar an Stelle meiner Väter und Onkel – an meiner Stelle.
 Warum das Fingernägelkauen bei meinem Großvater und
auch sonst, wie ich erfahren sollte, derart verrufen war, derart
skandalumwittert, warum es so verräterisch, ja alles sagend
sein sollte, habe ich auch nie herausgefunden. Ein Personal-
chef schaute insgeheim zuallererst auf die Fingernägel, ob sie
angeknabbert waren, hieß es. Vielleicht doch, weil sich ein
Betrieb vor Kannibalen schützen wollte.

Einst war ich kein unglückliches Kind, das begann erst mit diesem Nikolausbesuch. Ich kam immer nach Hause, bevor es dunkel war.

Kam zurück, von allem, was schön war. Und dann fuhr mir Klara mit einem nassen Waschlappen übers Gesicht. Aber noch widerwärtiger war es mir, wenn sie mich unterwegs mit einem Taschentuch und etwas Spucke saubermachte, wenn ich in die Brennesseln gefallen war. Oder wenn sie mir gar mit der bloßen Hand übers kleine Gesicht fuhr. Oder wenn ich den Jagdjanker nicht anziehen wollte, der mir verordnet worden war. Oder wenn ich mit einem weißen Stofftaschentuch auf dem Weg zum ersten Zahnarztbesuch war. Oder wenn ich ins Bett mußte, wenn es draußen noch hell war. Das wollte ich am wenigsten. Vor allem, weil es in einem Zimmer war, ganz für mich.

Das Hauptproblem (das keine Lösung hatte, sondern nur eine Geschichte) war jedoch das Ballproblem. Denn jetzt kam der Nikolaus auch noch mit einem Ball an. Ich wollte ja nichts von einem gewöhnlichen, nach Geschlechtern getrennten Spielzeug wissen, von keiner Kinderpistole, keinem Werkzeugkasten, nicht einmal vom ersten Karl May-Buch, »Der Schatz im Silbersee«, das wenig später unter dem Christbaum lag, und ich begann auch noch am selben Abend zu lesen. Und dabei blieb es. Den Bildband für Kinder »Die großen Feldherren«, den ich von Onkel Ehrenfried bekam, wollte ich nicht einmal anschauen. Man mußte sich neben mich hinsetzen und mit mir durchblättern. Die Aufnahmen waren schwarzweiß, er muß wohl direkt aus der Bibliothek dieses Onkels gekommen sein. Gleich auf der ersten Seite war ein Hakenkreuzstempel, ein Zeichen, das ich schon kannte, und das Geleitwort endete mit: »Heil Hitler!« – Das war ein Name, den ich auch schon gehört hatte. Doch ich war überhaupt nicht zu bewegen zu irgendeinem Spielzeug, das mich dazu verführen sollte, wie man spielend die Welt erobern lernt, zu keinem Werkzeugkasten für Jungen, auch mit einem kleinen Chemielabor haben sie es einmal versucht und immer wieder mit Spielzeugpistolen, den neuesten Panzermodellen der Bundeswehr, kleinen Starfightern und der Kriegsmarine für die Badewanne.

Das Hauptproblem hatte jedoch Ballform – ich war nicht so wie mein Kindergartenfreund, der seinen ersten Ball sogar mit ins Bett nahm und ihn streichelte wie einen Hasen oder wie ich eine Puppe gestreichelt hätte, die ich nicht bekam, und stattdessen einen Bär. Das war das höchste der Gefühle, die ich haben durfte, die mir zugebilligt wurden. Oder auch den Steiff-Hasen durfte ich streicheln, während die richtigen immer wieder erschossen und immer wieder von Klara zubereitet wurden. Kaum hatte man versucht, mir einen Ball in die Händchen zu geben, habe ich ihn auch schon wieder von mir weggeworfen, so gut es ging. Ich wollte einfach nicht spielend die Welt lernen. Überhaupt die Welt: Ich wollte nicht spielend in sie hineinfinden wie andere in einen Schuh. Das sorgte erst für Verstimmung bei denen, die mit diesen Sachen angekommen waren, dann für Beunruhigung bei denen, die mich liebten. Ich war ja schon sieben und galt auch nach dem Glauben der Psychoanalyse, von der sie zum Glück gar nichts wußten im Jagdhaus, längst als zu Ende entwickelt. Es war nicht Faulheit, daß ich nicht apportierte wie ein Hund oder ein Fußballspieler. Aber was war es? – Ich wollte einfach den Ball nicht zurückbringen, nicht den Knochen, mit dem sie mir eine Brücke ins gewöhnliche Leben bauen wollten. Mein erstes Wort war ja: nein. Auch wollte ich nicht gekämmt werden. Doch das ist eine andere Geschichte.

Ich fürchtete schon, vom Nikolaus noch eine Spielzeugpistole überreicht zu bekommen oder ähnliches, so daß mir am Ende der Nikolaus- und Christkindzeit diese Bescherungen als Strafe erschienen: Kein einziges Mal war etwas dabei für mich.

Schließlich war es noch ein Ball, den der Nikolaus aus seinem Sack zog. Der wievielte? – Es gelang mir wiederum nicht, Freude vorzutäuschen, oder mich zu freuen wie ein richtiges Kind. Es kam mir vor wie eine Aufgabe, die ich nun auch noch bewältigen sollte: Es war wie ein zusätzliches Problem in Ballform. Ich wurde genötigt, das hochideologische Geschenk in Empfang zu nehmen. Der Ball war abermals eher eine Drohung, eher eine Konfrontation als ein Geschenk. Ich nahm ihn und legte ihn neben mich hin. Ich hatte nichts als die Empfindung, ein unglücklicher Mensch zu sein. Ja, man hat mir früh die Instrumente gezeigt.

Der arme Ball! – Ich hätte ihm ein anderes Herrchen gewünscht. Er kam, wie mancher arme Hund einfach an das falsche Herrchen. Ich habe kein einziges Mal mit ihm gespielt. Das konnte nicht spielen genannt werden. Ich machte also gar keine Fortschritte im Spiel und in der Welteroberung. Jeden Ball habe ich verschwinden lassen, ich habe sie, der Reihe nach immer wieder in den Bach geworfen und Leb'wohl! gesagt. Auch noch diesen letzten der Bälle meines Lebens.

Bald war der Nikolaus wieder in seinen dunklen Wäldern verschwunden, und bald danach gingen auch die Mütter, die Tanten und die Kinder, auch Mike und Gabi, und es war mittlerweile noch dunkler als je zuvor.

Ich wich also ganz und gar von meinen Vätern ab, die unglaubliche Dinge, bis hin zur Nahkampfspange in Gold, zustandegebracht hatten, und aus jedem Krieg mit Eisernen Kreuzen und mehr zurückgekommen waren und mich, vielleicht aus Liebe, Hasenherz nannten. Sie haben mich ja nur als Kind auf der Welt gesehen. Mein Großvater hatte schon ein erstes Gewehr, das Kindergewehr, das erste Jagdgewehr vorgesehen, das ich zur ersten Heiligen Kommunion bekommen sollte wie andere ihre erste Uhr. Die Kommunion-Uhr habe ich vergessen, auch ich muß damals meine erste Uhr bekommen haben. Der Großvater hat die Übergabe des Kommunionsgewehrs nicht mehr erlebt. Noch bevor ich aufgeklärt war, stand ich schon an seinem erst Sterbe- dann Totenbett. Ein Stockwerk über mir ist er gestorben, indem er in einem unbewachten Augenblick eingeschlafen sein muß. Ich habe ihn da liegen gesehen, erst lebend und sterbend, dann tot. Es war das erste Mal, daß ich einem Sterbenden, und dann einem Toten, von dem ich in gerader Linie abstammte, ins Gesicht sah, dazu einem Menschen, der noch ein paar Tage vorher auf der Jagd gewesen war. Vielleicht wurde mein Vater im selben Bett gezeugt, und ich auch, in dem er jetzt lag. Vielleicht war es nur dasselbe Bettgestell oder wenigstens dieselbe Stelle.

Hilflos, wie wir dem Tod gegenüber waren, dachten sie, ein Kind wäre vielleicht eine Brücke, die Lebende und Sterbende verbände.

Sie haben mich also in meinem Jagdjanker, den ich dem Sterbenden zuliebe dann doch überstreifte, in die erste Reihe geschoben, mich vorgeschoben, an dieses Lebe- wie Sterbebett gestellt, damit mein Großvater seine Zukunft vor sich stehen sähe, ganz nah, ich konnte die Schweißperlen sehen und schaute auf die Hände, ob da schon Leichenflecken zu sehen waren, etwas, das wir von den Erwachsenen aufgeschnappt hatten vom uns alle erwartenden Tod.

Ich wurde in meiner Verkleidung dem sterbenden Großvater gezeigt. Er hat noch einmal gelächelt und nicht gemerkt, daß es eine Verkleidung war, und mir, indem er ein letztes Mal zu lächeln versuchte, seinen Segen erteilt in der Erinnerung an vergangene und zukünftige Jagden.

Ich war jene Brücke zwischen ihnen und diesem Sterbebett. Doch da stießen zwei Welten zusammen: Der eine wollte weg, und der andere wollte hierbleiben.

Ich war der Lückenbüßer ihrer Sprachlosigkeit.

Als dieser Großvater tot war, blieb er noch zwei Tage und zwei Nächte an derselben Stelle liegen. Er wurde auch als Toter noch einmal photographiert. Aber keiner von uns Lebenden hat dieses Bild je wieder angeschaut; und nie mehr haben wir über dieses Bild gesprochen, das wir in uns tragen. Ich sehe ihn noch.

Großvater war tot, aber aufgeklärt war ich immer noch nicht.

Der Aufklärungsatlas von Tante Herta, den meine Frau aus DDR-Zeiten in ihrer Bibliothek hatte, zeigte mir dann, viel zu spät, nein: als es längst zu spät war, wie man es machte. Ich habe es nie richtig gelernt und bin wie ein Autofahrer ohne Führerschein unterwegs.

Es war in diesem DDR-Aufklärungsatlas mit dem Geleitwort von Margot Honecker ganz wie zu Hause bei uns: Immer sah ich einen Mann, der sich über eine Frau hermachte, ungewiß, ob sie zu umarmen oder sie zu erdrücken, als ob es Liebe wäre. Dazu auch noch Wörter wie »ungewollt«. – Hier blieb ich draußen, wie das Hundchen vor der Metzgerei. Hier ging es nicht um mich. Hier war ich nicht gemeint. Das Glück dieser Bilder war etwas, das mit mir nichts zu tun hatte. Es war eine fremde, es war eine andere, es war die alte Welt, so daß ich das erste Mal die Empfindung hatte, allein auf der Welt zu sein.

Auch eine Art Gehirnwäsche, nur Vatis und Muttis seit Adam und Eva.

Die Nikolausgeschichte ging in eine Erektionsgeschichte über, ich sollte auf den Schreck der ersten Erektion vorbereitet werden und auch schon zugleich auf mein Leben als Stammhalter. Wenig später hat mir mein Vater schon im Einverständnis mit der Mutter die ersten Nacktphotos von Frauen in den Schreibtisch geschmuggelt.

Das war, um mich mit meinen Blicken zu domestizieren. Um sie zu bündeln und auch auf die entscheidenden Stellen hin zu fokussieren. Längst hatten sie gemerkt, daß ich überallhin schaute. Meine Geschichte ist eine einzige Erektionsgeschichte.

Es wird schon noch,
    Wir sollten es noch einmal anders versuchen,
    Die Kinderpsychologin in Oberstdorf soll sehr gut sein,
    Da kann man doch noch etwas machen,
hörte ich die oftmals dunklen Unterhaltungen meiner Eltern, die im Dunkeln über die geöffnete Tür, die ihre Schlafzimmer verband, oftmals so laut wurden, daß ich alles über den Kamin mithören mußte.

Noch auf Jahre hinaus mußte ich mich also mit dem Nikolaus und dergleichen herumschlagen. Dieser Tag aber war geschafft.

Ich glaubte zwar nicht mehr an den Nikolaus, aber der Nikolaus glaubte vielleicht noch an mich: daß doch noch etwas zu machen wäre, daß doch noch einer würde wie sie, daß ich auf einen geregelten Geschlechtsverkehr zuschlief.

Anna und Rosa (und ich, war nun zehn)

Nach dem Endsieg wollten sie heiraten. So sagten sie. Vorerst war die Ehe als Not- oder Fern- oder Feldehe geschlossen worden; der Bräutigam war während der Trauungszeremonie vor dem Vollzugsbeamten des Standesamts (des Bürgermeisters im Rathaus am Sonntagmorgen nach der Messe, da hatte er seine Sprechstunde) im sogenannten Feld, vertreten durch zwei Zeugen von Seiten seiner Familie. Das Kraft-durch-Freude-Bett wurde schon einmal mit einem Zuschuß der Wehrmacht angeschafft. Karl sollte nachkommen. Das war der Mann, dessen Tod die Hochzeitsnacht mit Anna verhindert hat. Oder das war der Tod, der alles verhindert und Schluß macht mit den Terminen und vollen Kalendern.

Ich war nun zehn und Amerika war schon ein Wort, das groß über meinem Leben stand. Es gab noch das Schild AGENTUR DES NORDDEUTSCHEN LLOYD mit der Inschrift VON HIER NACH AMERIKA auf Augenhöhe am Häuschen von Anna und Rosa, das später verschwunden war. Da sah ich zum ersten Mal das Meer. Es war etwa so groß wie der alte Briefkasten aus Holz, auf dem immer noch REICHSPOST stand, und das Schiff, mit dem es von hier aus nach Amerika ging.

»Es ist nicht zu fassen, wie klein ihr alle wart!«

Unter den Häuschen im Dorf war dieses wohl das kleinste; es lag auch noch in einer Kurve, an einer strategisch wichtigen Stelle, von der aus Anna und Rosa, eine der beiden, die gerade in dem einzigen Sessel am Fenster sitzen durfte, die Straße hinauf und die Straße hinunter, das ganze Dorf überblickte, ohne daß sie aufstehen mußte. Sie mußte dazu nur den Kopf drehen. Wegen des offenen Beins, noch eine Hauptperson meiner fernen Vergangenheit, konnte Rosa selten noch aus dem Haus. Der Doktor, der einmal in der Woche kam, hat ihr das nicht verboten; aber sie richtete sich nun so im Leben ein, als wäre es vorbei und trug auch seit dem Krieg, der für sie soviel bedeutete wie Karl, ihr Mann, der im Krieg geblieben war, ihre schwarzen Kleider – als ob der Tod eine Person wäre, mit dem sie nun verheiratet war. Und wenn sie doch einmal hinausging, wenigstens über die Straße bis zum Kaufladen und in die Kirche, trug sie dazu ein Kopftuch und eine Tasche, wie eine nach Schöneberg verirrte Spätaussiedlerin aus Usbekistan, wie eine Wolgadeutsche, die als Kind von Stalin nach Usbekistan verbannt worden war. Daß sie kaum noch hinauskam, führte sie selbst auf diesen, wie sie sagte »bösen Fuß« zurück. Sie hätte ja durchaus noch gehen können, aber wahrscheinlich schämte sie sich, von den anderen gesehen zu werden. Sie war nämlich sehr schamhaft und hielt beim Lachen immer die Hand vor den Mund, selbst vor Kindern. Selbst vor, nein, gerade vor Kindern, die ins Häuschen zu Angelika kamen, hatte sie eine natürliche Scheu, damit sie ihre einmal schön gewesenen und jetzt in der Landschaft weithin fehlenden Zähne nicht sehen konnten, und hatte das Lachen, wenn sie mit anderen Menschen zusammen war, so gut wie aufgegeben. Auch da stand schon ein Fernseher, der, um ihn zu schonen, mit einer selbstgestickten Handarbeit zugedeckt war, auf der ich lesen konnte: O NÜTZ DER JUGEND SCHÖNE STUNDEN, DENN SIE HAT KEINE WIEDERKEHR; EINMAL ENTRÜCKT EINMAL ENTSCHWUNDEN, ZURÜCK KOMMT KEINE JUGEND MEHR. So entzifferte das Kind von einst, dem die Jugend noch bevorstand und das beim besten Willen diesen Spruch nicht verstand. Aber auch dieser Vers baute mit an der Unvergänglichkeit unserer Vergänglichkeit, und auch dieser eine Sessel wurde noch geschont mit einer Decke, die mit Rosen bestickt war, die jenen im Poesiealbum glichen. Von diesem Platz aus sah sie auch dem Ausscheller zu, der einmal in der Woche sich an verschiedenen Stellen des Dorfes aufstellte und das Neueste in die Welt hinausschrie. Es war meine erste andere Welt, die ich in Annas und Rosas Häuschen entdeckte, in nur einem Kilometer Luftlinie vielleicht. Und auch die »offenen Füße« und das Leben in diesem Sessel, die Fügung in dieses Ein-Raum-Leben, das sich praktisch auf ein Hinausschauen beschränkte, kannte ich von zu Hause her nicht. Außer meiner Mutter, die ihr früh ergrautes Haar, dessen leicht blauer Schimmer auf die Perlenkette abgestimmt war, zu einem eleganten Zopf À L'ALLEMANDE gebunden hatte, schienen mir alle Frauen einen sogenannten bösen Fuß zu haben, ein offenes Bein. Und keine Haare, sondern Kopftücher. Der böse Fuß war auch eines der Hauptwörter, mit denen ich lebte und wuchs, ohne daß ich jemals einen solchen offenen Fuß gesehen hätte, oder gar begriffen, was das war. Alle Frauen des nahe liegenden Dorfes schienen gehbehindert zu sein, und weil es noch keinen Rollstuhl gab und kein orthopädisches Geschäft, blieben sie einfach daheim und fügten sich der Erkenntnis oder dem Glauben, daß das Leben vorbei war. Sie war damals eine alte Frau, vielleicht schon fünfundfünfzig, und zog die schwarzen Kleider nicht mehr aus. Und wenn sie nicht gestorben wäre? – Trotzdem lebte Rosa noch gern und achtete darauf, daß Angelika immer schön gezopft in die Schule kam, und den ganzen Winter über schien sie damit beschäftigt, für Angelika die schönsten Sommerkleider zu schneidern; farbige, leichte Gewänder mit schönen Mustern auf hellblauem Grund, Stoffe, die Rosa hatte kommen lassen und für die sich Angelika schämte. Sie hätte lieber etwas Neues aus der Stadt gehabt, oder wenigstens aus dem Neckermannkatalog.

Alle Frauen im Dorf schienen also Kopftücher zu tragen, gehbehindert zu sein aufgrund des offenen Fußes und mit dem Leben abgeschlossen zu haben. Außer Angelika. Doch sie war keine Frau. Was war sie dann?

»Wir waren so klein, daß wir gar nicht ganz auf der Welt waren«, dies sagt ein Photo, das Anna und Rosa, Angelika und mich zeigt.

Dazu noch das Häuschen, das meiner Erinnerung nach aus einem einzigen Zimmer bestand. Vom Jagdhaus aus gesehen, erinnerte mich der Ort, wo die beiden Schwestern lebten, an einen aufgegebenen Stall in den Abruzzen. So standen wir an der Haustür, als ob sie in eine Höhle führte, klein wie einer der Trulli in Apulien, und warteten auf das Leben.

Das Photo wurde zur Erinnerung an unsere Maul- und Klauenseuchenzeit gemacht, am Tag der Entlassung nach Hause. Denn ich war zufällig bei Angelika gewesen, als das Haus wegen eines Falls von Maul- und Klauenseuche beschlagnahmt wurde.

Eigentlich sollte ich wegen der hausinternen Ressentiments, die aber zu meiner Zeit allmählich ausstarben, und aus einem weiteren Grund, der mir vorerst unbekannt blieb, nicht zu Angelika. Wir spielten immer noch, an den langen Abenden von April bis September, unter anderem auch das einzige Ballspiel, bei dem wenigstens bei uns alle mitmachten, Völkerball – das anderswo ein Mädchenspiel war. Wir spielten immer noch, auch wenn es Mädchenspiele waren, außer dem Doktorspiel, wo – angeblich spielerisch – die sogenannten Geschlechter zum ersten oder letzten Mal zusammenfanden.

Eines Tages habe ich sie, zwei Jahre älter als ich, und schon fast so groß wie Anna und Rosa, aber immer noch klein genug, daß wir miteinander spielen durften, ohne daß es ein Skandal gewesen wäre, beim Einkaufen im KONSUM entdeckt. Ich hatte einen Mohrenkopf geholt und stand nun vor dem Laden, um diesen Mohrkopf zu genießen. Aus mir bis heute unerklärlich gebliebenen Gründen zog es mich unmittelbar nach meiner Entdeckung, die von den Augen ausgegangen war, zu dieser Erscheinung, die eigentlich schon zu alt war zum Spielen, die aus dem Spielalter doch schon heraus war. Und ich war doch auch schon zu alt für die gewöhnlichen Kinderspiele und wurde schon, wie meinesgleichen, von den Mädchen ferngehalten; wir waren schon sortiert, so wie die Hähnchen und Hühnchen, und einige von uns wurden schon für junge Stiere gehalten, und wurden auch so gehalten, wie junge Stiere, die nicht mehr mit den Kühen auf die Weide durften. Und trotzdem ist es hin und wieder passiert. Dann lag mitten auf der Weide ein Kälbchen, von dessen Werden niemand gewußt hatte, außer Gott, und wurde der Mutter weggenommen, und auf einem Schubkarren ins Dorf zurückgeschoben. Unsere Sprache war damals noch sehr von Leben erfüllt. Wir waren noch nicht so abstrakt wie heute. Wir nahmen unsere Wörter und Bilder aus dem Tierreich.

Angelika hatte so lange gebettelt, bis Anna und Rosa schließlich das Knautschlacksofa aus dem Neckermannkatalog kommen ließen, um auch zu sein wie die anderen, die damals alle modern waren, die alle ein Sofa hatten, ja ganze Sofa-Garnituren, wie im Fernsehen. Dann wurde es nach einigen Wochen auch geliefert und zu den anderen Dingen ins Zimmer gestellt, so daß nun die gehbehinderte Rosa überhaupt nicht mehr gehen konnte. Angelika hatte schon lange gebettelt, sie möchte Gäste einladen, und da bräuchten sie ein richtiges Sofa. Dafür wurde es nun angeschafft, damit die Zwölfjährige sich nicht mehr vor den anderen schämen mußte, die alle mittlerweile ein Wohnzimmer eingerichtet hatten, so wie im Fernsehen, etwas, das es bisher nicht gegeben hatte. – Damit auch Angelika das Sofa zeigen konnte – zeigen, denn sich draufsetzen ging nicht, dafür war es zu schade. Dafür gab es die alten Holzstühle in der Küche – oder das Bett. Das Häuschen muß also doch mehr als einen einzigen Raum gehabt haben, denn es gab noch diese Schlafkammer mit dem Bett aus der Kraft-durch-Freude-Zeit. Die Schlafkammer war in den Häusern das Allerheiligste; sie war tabu, selbst für Kinder. Aber gerade dieses Bett ist eine Hauptperson meines Lebens.

Es war ein riesiges Ehebett aus der gerade gewesenen Kraft-durch-Freude-Zeit, ein Schauplatz für Nahkampf-Virtuosen, die heute vielleicht eher das Knautschlacksofa wählen würden. Rosa, die nie verheiratet war, lag mit ihrer Schwester Anna in diesem Bett; und in der Mitte, im sogenannten Gräbli (was von Graben oder von Grab kam – ich habe es nie herausbekommen) lag immer noch Angelika. Man konnte damals noch ohne üble Nachrede sagen, daß die drei zusammenschliefen. Angelika sagte zu Anna Mama. Anna war wohl ein paar Jahre jünger als Rosa und ging damals noch mehreren Berufen nach, Molkerin, Zeitungsausträgerin und Hebamme, um das Weiterleben der drei Frauen zu sichern. Und zu Rosa sagte sie Tante.

Das Bett war mitten im Krieg angeschafft worden. Es hatte dafür einen Zuschuß von Kraft-durch-Freude oder dem Amt für Rassenhygiene gegeben, so daß das Bett praktisch umsonst war. Auch weil der Mann von Anna niemals in diesem Bett zu liegen kam, nicht einmal auf Fronturlaub. Denn wie es hieß, war er gefallen. Gefallen – noch so ein Wort, mit dem ich aufwuchs. Daß Angelika zwar gerade zwei Jahre älter war als ich, wußte ich wohl: Das konnte ich schon an meinen kleinen Fingern abzählen. Darüber jedoch, daß der Krieg, wenn zwar noch nicht lange, aber immerhin vorbei war und Angelika wie ich auch erst nach dem Krieg geboren sein mußte, machte ich mir keine Gedanken. Ich war noch nicht richtig aufgeklärt (die übrigens harmlosen Photos in meinem Nachttischchen zählten nicht), und es konnte ja sein, daß es im Fall von Angelika etwas länger dauerte als sonst, bis der Storch sie gebracht hat. Auch wenn der Vater von Angelika mindestens zehn Jahre vor ihrer Geburt gefallen war. Dies schreckte mich nicht, denn ich lebte damals noch in einer Welt, in der Wunder möglich waren.

Ich sollte nicht zu Angelika. Aber aus unerklärlichen Gründen zog es mich hin, gerade zu ihr. Sie war mir damals am liebsten. Und so war es für mich ein Glück, als der Amtstierarzt aus der Kreisstadt angefahren kam und das Häuschen, in dem ich gerade war, wegen des Ausbruchs von Maul- und Klauenseuche beschlagnahmte.

Annas Mann war zwar aus dem Krieg nicht zurückgekehrt; sein Kraft-durch-Freude-Bett hat dieser Karl nie gesehen. Dafür hing neben dem Guten Hirten ein Photo von diesem ausgebliebenen Mann und Soldaten, der nun wie zum Trost, immer noch gesehen hat, wie Rosa, Anna und Angelika in diesem Bett zu liegen kamen, bis Anna für immer das Licht ausmachte und später das Bild von der Wand genommen wurde. Denn ich kann mir nichts anderes denken, als daß es von der Wand genommen wurde und das Kraft-durch-Freude-Bett längst verbrannt ist. – Da lag Angelika also im Gräbli, da verbrachte Angelika ihre Nächte, da, wo die beiden dreiteiligen Matratzen zusammenkamen, in der Mitte, bis sie endlich – »als es nicht mehr ging«, sagten die Frauen dafür, daß Angelika nun schon ihre Tage hatte – in ihrem eigenen Bett liegen mußte und aus dem Paradies vertrieben war. So empfand dies Angelika wohl als Ende der seligen Kindheit, da sie die ersten Nächte allein in einem Bett verbringen mußte. Wie ich sie verstand.

Meine Eltern waren aufgeregt, vor allem, weil es im Häuschen bei den Molke-Weibern oder Milchweibern, wie sie hießen, war, wo ich beschlagnahmt worden war. Ich habe die Aufregung an ihren Gesichtern abgelesen, doch erst an der Stimme meines Vaters, als er mit seinem Unimog-Geländewagen angefahren kam und sich in einem merkwürdigen Tonfall mit Anna verständigte, und fragte, was ich für die Nacht brauchte. Ich merkte, daß es ihm lieber gewesen wäre, ich wäre woanders beschlagnahmt worden, und merkte, daß er hätte dringend mit Anna unter den sogenannten vier Augen sprechen wollen. Auch am Tag darauf merkte ich an meiner Mutter, die ganz fremd hinter der Absperrung stand und zu mir herüberwinkte, als ich im Fenster stand, wie aufgeregt sie war, nicht nur befremdet. Denn zwischen uns war ein Seil wie ein Kirchenseil mit einem Schild in jeder Himmelsrichtung, auf dem von außen, was wir nicht sahen, ein Totenkopf zu erkennen war, dazu das Wort Maul-und Klauenseuche! – Betreten polizeilich verboten! – Wir waren vom Amtstierarzt, dem Oberveterinärrat Hermle, der eine Art Kuckuck auf die Haustür und an jeden Fensterladen geklebt hatte, abgeriegelt worden. Anschließend hatte er einen weißen Kreis mit Kreide um das Haus gezogen. Auch wir waren aufgeregt und riefen oder schrien einiges hinaus; aber, was Angelika und mich angeht, so waren wir eher stolz darauf, zum ersten Mal in unserer Geschichte die Hauptpersonen zu sein. Weil ich zufälligerweise mit den hochinfektiösen »Milchweibern« in Berührung gekommen war, galt ich nun selbst als mögliche Quelle für Maul- und Klauenseuche, diesem monströsen Wort. Es war zunächst ein Abenteuer von der Art, wie ich sie liebte. Ich mußte nicht in die Schule und nicht nach Hause. Und wir mußten uns das wichtigste zurufen, weil Anna und Rosa kein Telefon hatten. Und Neugierige und Schaulustige hatten sich vor dem Haus aufgestellt und winkten. Es war wie später am Aussichtspunkt an der Grenze. Für mich kam noch hinzu, daß ich ganz in ihrer Nähe war und sie sehr genau sehen konnte.

Die beiden Frauen hatten auch noch eine Kuh für die tägliche Milch. Ausgerechnet Hilde, die längst zur Familie gehörte, wurde nun von fremden Männern in Schutzkleidung abgeholt und brach auf dem Weg in den Viehwagen mehrfach zusammen, das ganze Haus weinte, auch ich ließ mich von den Tränen anstecken. Ich kürze ab.

Zunächst war alles ganz einfach. Aber nur für Angelika und für mich, und nur tagsüber. Anna, zum Beispiel, durfte nicht in die Molkerei und auch uns Kindern dämmerte allmählich, daß wir beschlagnahmt und eingesperrt waren. Anna lief mit hochrotem Gesicht zwischen der Küche und der Wohn- und Schlafkammer hin und her. Und als es dann ans Schlafen ging, stellte sich heraus, daß es kein Gästebett gab, und ich sah auch, wie sich Angelika für das Gräbli zurechtmachte. Ich wußte ja nicht, wie sich andere für die Nacht zurechtmachen. Ich jedenfalls hatte bis dahin noch keinen Nachttopf gesehen, und auch nicht die alten Frauen in langen und dicken Nachtgewändern und dazu ungezopft, das heißt, mit offenem langem weißem, im Falle Angelikas blondem Haar. Angelika sah schon halb wie eine Tizian-Madonna aus. Sie machten das Kreuzzeichen und schliefen bald in ihrem Kraft-durch-Freude-Bett ein, während ich wachlag.

Unser Storch kam gerne im Frühjahr, etwa in einem April, der einer schweißtreibenden Heuernte gefolgt war. Die anderen, zu denen der Storch nicht ins Haus kam, hatten dagegen vom Hochsommer nicht so viel. Sie lebten oftmals zwanzig Jahre und mehr auf die Sehnsucht hin, auf jene, auf die nichts als Heimweh folgte, bis zu dem Tag, da sie es aufgegeben hatten, noch einmal dorthin zurückzukehren. – Es gab Menschen, die hatten keinen Führerschein und kein Auto, und wenn sie das eine oder das andere auch gehabt hätten, oder sogar beides, hätten sie immer noch nicht gewußt, wohin sie hätten fahren sollen. Es gab Menschen wie Anna, die hatte den Traktorführerschein, und sie fuhr auch, als sie nicht mehr so gut gehen konnte, und auch schon vorher, jeden Tag zweimal mit dem Traktor zur Molkerei, und auch zum Einkaufen in den Laden, und das Fahrzeug lief oft eine halbe Stunde und mehr, während sie drinnen einkaufte und über Gott und die Welt sprach. Es gab auch ein kleines Goggomobil, Herr Luba fuhr ein solches, auf dem 6 km/h zu lesen war, mit dem er eine Stunde zum Blutdruckmessen in der Apotheke unterwegs war. Kein Wunder, daß diese Menschen von der Welt nicht viel gesehen haben. Herr Luba war ja wenigstens im Krieg gewesen und anschließend in der Gefangenschaft etwas herumgekommen, bis nach Amerika – und dann irgendwie zu uns (er stammte aus Bessarabien). Doch Anna und Rosa hatten ja nicht einmal ein Goggomobil, kein Wunder, daß sie von der Welt nichts gesehen haben und daß sie nichts vom Leben hatten. Es gab Menschen, die nicht verheiratet waren, es gab Männer und Frauen und Jungen und Mädchen, die gar nichts von jenen Sommern hatten, auf die hin der Storch kam. Menschen, denen nichts als die schöne Aussicht blieb. Die, kaum, daß es schön war, großflächig zerstochen wurden, während sich andere großflächig abschleckten, mehr nicht. Menschen, deren einziger Beweis, daß es Sommer war, Schnaken oder Moskitos waren. Und der Beweis, daß sie lebten, Einstiche waren – die Quaddeln das einzige, was von der Sommernacht blieb. Und die Erinnerung an einen unbändigen Juckreiz alles war, was vom Sommer blieb.

Aber es war auch im Herbst schön bei uns, sogar im Winter, wenn die Graugänse aus dem Nordosten zu uns heruntergeflogen kamen, als ob ich von der Touristeninformation wäre oder Heimweh hätte.

In guten Jahren, die selbst Rosa gekannt hatte, war sie manchmal noch so in Fahrt, daß sie ihrer Schwester, der sie in der Molkerei aushalf, bis der böse Fuß kam, ein Stück Käse hinterherwarf aus Freude am Leben, manchmal sogar die Kelle, mit der Anna den Rahm abschöpfte. Aber nun ist die Molkerei wohl abgerissen. Und der Farrenstall vis-à-vis wohl auch, die Gespräche und das Geschäker mit dem Farrenstallwärter sind zu Ende. Auch später hörte ich oft etwas, aber es fehlte vielleicht der Klang, den ich Anna verdankte, Hebamme und Chefin der Molkerei, und noch vieles, eigentlich alles; den Klang, wie sie die Kanne hievt und wie die Milch in den Trog aus Messing läuft, alles, auch das Vergessene. Und ich sehe sie auch noch mit ihren Armen dastehen, mit dem Gesicht wie ein Gewichtheber, kurz bevor sie an die Kanne ging – und gewiß hat sie uns auch mit diesem Gesichtsausdruck herausgezogen. Es fehlte also etwas. Selbstverständlich auch der Sternenhimmel. Diese zwei Sterne waren noch kein Himmel. Und es waren ja gar keine Sterne, sondern nur Planeten. Dagegen einst, wenn ich das Fenster öffnete, sah ich oftmals den Himmel offen. Oder nicht? Oder nachts, wenn ich von meiner Tante unter freiem Himmel mit dem Fahrrad nach Hause gebracht wurde, unter zahllosen Sternen, wie damals bei Abraham. Damals konnte ich schon zählen. (Es fehlte die Nacht am Himmel über Berlin. Nie war es so dunkel, daß ich sehen konnte.)

Für Anna, die mit dem Nachtgeschirr vom Misthaufen zurückgekommen war, galt ich ja noch als Kind, und sah nichts. Auch wußte sie, was ich nicht wußte, wer Angelika eigentlich war, von wem sie abstammte.

Die beiden Frauen waren auf ihre Weise sehr reinlich. An der Stelle des Tages, wo der Mensch heute im Bad verschwindet, und sich für den Tag oder die Nacht mit Deos absichert, und ein Leben führt, das seine Tages- und Nachtcremes hat, stand Anna, zum Beispiel, schon am Morgen mit ihrem Kopftuch und machte die Betten. Niemand konnte ihr nachsagen, daß um sieben Uhr morgens die Betten noch nicht gemacht waren und auch mit dem Nachtgeschirr war sie längst vom Misthaufen zurück. Und niemand konnte ihnen vorwerfen, daß bei ihnen am Abend zu lange das Licht brannte. Seitdem der Fernseher mitten ins Zimmer gekommen war, das Erste Deutsche Fernsehen als weiteres Familienmitglied, war die TAGESSCHAU das Zeichen, ins Bett zu gehen. Mit dem Wetterbericht wurde der Tag verabschiedet, unabhängig von jeder Jahreszeit, ob es noch hell war oder nicht. Als Kriegerwitwe trug sie, unabhängig von jeder Jahreszeit, schwarz bis zu ihrem Tod. Und die schönen blonden Haare sah ich am anderen Morgen im Sessel am Fenster sitzen, und gelegentlich aufschreien – au! –, das ganze Leben war schwarzweiß. Das Leben war eine Milchkanne, die von einem schwarzen Kopftuch geleert wird.

Zu Ende auch die Hebammenzeit. Es gab bessere und schlechtere Wurfmonate. Die Hebammenarbeit war eine sehr unregelmäßige in jener Gegend. In guten Jahren kam sie bis zu zehnmal in die Häuser und hat uns der Reihe nach herausgezogen. Und bei der Taufe, etwas, wohin die Eltern nicht mitdurften, vor allem die Mutter nicht, sang sie FEST SOLL MEIN TAUFBUND IMMER STEHEN.

Es folgte ein Leben, das ich mit Warten verbracht und vertan habe. Mir schien damals, und scheint auch wieder heute, daß es ein Leben und eine Sehnsucht nach jenen Stellen zwischen den Zeilen (Körperzeilen) war, auf die nichts als Heimweh folgte.

Dieses Buch ist an meiner Sehnsucht entlanggeschrieben wie an einer Hundeleine.

Sie hatte schon an meiner Taufe mitgesungen. Und auch wenn es auf unseren Photos immer sehr ernst zuging, da wir ja wußten, daß dies das einzige war, was von uns bleiben würde, was von unserem Leben übrigblieb, und wir uns immer mit geschlossenem Mund photographieren ließen, was uns – nebenbei – zeigte, daß wir sprachlos waren, hat Rosa auf diesem Photo noch einmal ernster und mit noch geschlosseneREM Mund als die anderen geschaut; immer so, als ob es die letzte Aufnahme wäre. War es ja auch, eine der letzten Aufnahmen, immer wieder. Aber auch vielleicht deswegen mit geschlossenem Mund, weil mit der Zahnstellung etwas nicht stimmte. Weil die sogenannte Zahnstellung, ein Wort, ohne das die beiden bisher gut gelebt hatten, nicht stimmte: Die eine hatte vielleicht zu viele, die andere gar keine Zähne mehr. Doch das war schon bei geschlossenem Mund zu sehen, und selbst noch auf einem kleinen Schwarzweißphoto. Anna lief immer mit einem Taschentuch herum und hielt es vor ihren Mund mit den fehlenden Zähnen, als ob sie etwas hätte. Und auch Rosa, als ob sie sich von einem Taschentuch Halt verspräche, hielt mit fünfzig noch die Hand vor den Mund beim Sprechen, und sie wurden auch noch rot, als ob es ihnen immer noch nicht gleichgültig wäre, welchen Eindruck sie auf die Welt machten, so empfindsam waren sie. Dabei hätten sie sich gar nicht verstecken müssen. Sie hatten nur keine Zahnspange bekommen, das war noch bei Rosa auf dem Photo mit dem geschlossenen Mund zu erkennen. Da hatte zeitlebens etwas im argen gelegen, es war keine sogenannte aggressive Zahnstellung, kein Unter- und kein Überbiss. Aber Zähne müssen da gewesen sein, und es sah eher nach zu vielen als nach zu wenigen aus bei Rosa. Der Mund sah irgendwie zu voll aus. Fast schon zweireihig wie bei den Haien, aber von Grund auf gut. Und Angelika sagte »Kukkuck!«, wenn sie zur Tür hereinkam, statt »Hallo« oder »Guten Morgen«. – Ich versuchte, nachdem ich wieder zu Hause war, dort dieses »Kuckuck«, das mir einleuchtete, einzuführen. Man hat mich zurechtgewiesen, und meine jüngste Schwester hat mir bei dieser Gelegenheit zum ersten Mal den Vogel gezeigt.

Wir waren also in Annas und Rosas Häuschen vergittert und großräumig abgesperrt. Fenster und Türen waren polizeilich versiegelt; es waren nicht viele Fenster, zweiundeinhalb vielleicht, wenn ich das Fensterchen im angrenzenden Holzschuppen dazurechne. Dort war auch die Toilette, das Häuschen im Häuschen, wo die alten Zeitungen herumlagen, das nun schon fast ein Leben lang so genannte Klo. Die Frechsten sagten schon Scheißhaus dafür.

Anna und Rosa sagten noch »Abort«, als der Fernsehapparat schon mitten in ihrem Zimmer stand und auch schon Hakle feucht »für den modernen Menschen von heute« angeboten wurde. Ich war diesen Ort und diese alten Zeitungen nicht gewöhnt. Ich war es gewöhnt, in fremden Betten zu schlafen, aber nicht in einem solchen, und in einem solchen Häuschen mit ganz anderen Lebensläufen und Verrichtungen bis hin zum Weihwasserausteilen, kurz bevor das Licht ausging. Auch ich bekam mit einem Wedel das Weihwasser, wurde mit diesem fast gefrorenen Wasser bespritzt, um vor den Dämonen der Nacht geschützt zu sein, kurz bevor das Licht ausging. Die Verrichtungen von Anna und Rosa und auch Angelika, bevor sie endlich unter ihren Bettdecken verschwanden, bis alles so weit war, die Bettflaschen, der Ofen, die Bettschuhe, die Bettmützen, denn es war Winter. Ich weiß noch. Es schneite mich zurück in meine Maul- und Klauenseuchenzeit. Da lag ich nun in meinem Notbett, das mir nun doch auf dem Knautschlacksofa hergerichtet war, obwohl es eigentlich geschont werden mußte und nur zum Vorzeigen da war, und konnte, als es dann doch wieder hell wurde am anderen Morgen, die Eisblumen an meinem Kinderfenster sehen, durch das ich die Welt nicht mehr sehe.

Einst, wenn der Winter begann, gab es recht bald Bettflaschen und Eisblumen. Es war ein Leben vor Eroberung der Welt durch die Zentralheizung, so daß jeder Anhaltspunkt, ein Ort, wo ich die Wärme mit Händchen, ja Füßchen, greifen konnte, verloren ist.

Als ich auf meinem Knautschlacksofa aufwachte, sah ich auch, wie Angelikas Haare oben aus dem Gräbchen herausschauten; und unten die dazugehörenden Füße, auch von der Seite konnte ich einiges erkennen, schaute einiges heraus, obwohl es noch nicht ganz hell war. Heute vermute ich, daß sie mir zuliebe so im Bett lag, während Mutter und Tante sich schon mit dem Feuermachen und dem Herd und der ersten Milch in der Küche zu schaffen machten. Wir hörten die Geräusche eines Wintermorgens in einer Landküche und glaubten, die zwei wären so sehr mit sich beschäftigt, während wir schliefen. Angelika, die schon schaute, ob ich schaute, hatte dabei ihre Augen geschlossen, aber so, daß ich sehen konnte, daß sie mich sehen konnte. Angelika fing nun leise zu stöhnen an, aber nur so laut, daß ich es hören konnte, und tat so, als ob ihr etwas weh täte. Angelika? –

Sie fragte mich, ob ich zu ihr hinüberkommen könnte, denn sie müsse mir die Stelle zeigen, wo es weh tue. Also stand ich von meinem Knautschlacksofa auf und stand in meinem Schlafanzug, der mir mit den anderen Sachen gestern noch in Spezialhandschuhen durchs Fenster gereicht worden war, vor dem Kraft-durch-Freude-Bett und sah, daß mein unscheinbares, von mir selbst bisher kaum beachtetes Geschlechtsteil (später nannte ich es Max und war per Du) und nur ganz selten einmal beim Doktorspielen ein bescheidener Triumph meinen Mädchen gegenüber, entschieden von mir weg in Richtung Angelika zeigte, und schon dabei war, die Schlafanzughose zu verlassen – so daß ich Angst bekam. Zwar war dieses Ding (ich hatte damals noch kein Wort dafür, dachte bei Schwanz noch an etwas, das hinten war, wie bei meinen Tieren) noch keineswegs jene lebensbejahende Frucht wie zehn und zwanzig Jahre später. Aber doch so, daß ich Angst bekommen mußte, denn es war nicht wie sonst beim Doktorspiel. Angelika hatte schon wieder vergessen, was sie mir zeigen wollte, wo es weh tat, aber dann fiel ihr doch noch ein, daß sie mir ihren Bauchnabel zeigen wollte, um ihn mit meinem zu vergleichen. Das haben wir auch getan. Aber dazu, sagte Angelika, mußt du zu mir ins Bett kommen, ganz nahe her, sonst können wir nicht vergleichen. So kam es, daß ich bald neben ihr im Gräbli lag, und daß wir sahen, daß wir fast denselben Bauchnabel hatten, das heißt, die selbe Hand oder wenigstens dieselbe Schere muß damals an der Arbeit gewesen sein, und wir fuhren uns gegenseitig über unsere Bauchnabel, aber ich etwas mehr als sie; und das war fast alles, schon hatte Angelika ihr Interesse an mir wieder verloren. Vom Bauchnabel weg kam ich zu den anderen privilegierten Stellen ihres Körpers. Angelika fragte mich, was das für ein komisches Ding sei, ich wollte sie aber gleichzeitig küssen, ich weiß auch nicht, warum, während ich zitterte und merkte, daß irgendetwas daran nicht in Ordnung war. Doch ich war schon von Anfang an gaumensicher und wußte es wie die Schildkröte, die ausschlüpft und ins Meer davonschwimmt. Dann setzte sich Angelika auf mich, und tat so, als ob sie mit mir reiten wollte; dabei spielte sie nur. Sie dachte, wir spielten, wir glaubten, es wäre ein neues Reiterspiel, das wir nun entdeckt hätten, das schöner war als die bisherigen, und dachten uns nichts Böses. Angelika hatte sich auf mich gesetzt, als ob sie mit mir reiten wollte, so daß ich es für immer wüßte. Und wußte. – Das war es schon. – Wir sind aber nicht weit gekommen. Denn in diesem Augenblick ging die Tür auf, und Anna kam herein, und bald war ihr Kochlöffel in zwei Teile.

Seither sind wir nicht viel weitergekommen, Anna aber hatte nun einen Kochlöffel weniger, den sie in ihrer mir unerklärlichen Wut über mir zerbrochen hatte, wahrend sich Angelika zu Rosa in die Küche geflüchtet hatte und mich meinem Schicksal überließ. Sie wolle alles im Jagdhaus melden, was nie geschehen ist. Anna, die als Hebamme und Molkerin, Waldarbeiterin und was weiß ich die Welt doch kannte, zerbrach ihren Kochlöffel aus Holz über mir, vielleicht auch aus Unwillen, weil die Kannen so schwer waren.

Bald nach der Beerdigung des Jägermeisters und Nahkampfvirtuosen von einst (ich war nun schon Student der Forstwissenschaft und hatte Angelika von ganz nahe zum letzten Mal an jenem Morgen gesehen) erfuhr ich, daß das Kind der Molkerin von *ihm* war.

Fährt ein weißes Schiff nach Hongkong

Wie bei einer Chromosomenaberration zog es mich bald zum Meer, obwohl ich doch vom Fuß des höchsten Gebirges aus dem Herzen Europas stammte. So hat sich dieser Ozeandampfer, ein Schiff für Auswanderer, in mich hineingeschwindelt wie ein blinder Passagier; von jener kleinen Hausmauer weg über meine Augen ins Zentrum dieses Speichers, der mein Gehirn ist, dieses Speichers mit allen Glücks- und Unglücksdaten, dieses Containers, dieses Frachtschiffs auf dem *Meer der Seele.*

Es gab längst keine Auswanderer mehr, aber es gab immer noch mich.

Und diesen Ozeandampfer, vielversprechend und verheißungsvoll, wenn auch im Lauf der Jahre etwas angeknabbert, der auf mich zusteuerte, ein Landtier mit Seminomadenreflex.

Ich wollte ein Leben lang das Meer sehen. Ich war ein richtiger Voyeur. Ich wollte immer noch das Meer sehen mit eigenen Augen, nicht nur im Fernsehen oder auf Schultzes Dias in der Geographiestunde oder in den Flotten-Bildbänden der kleinen häuslichen Bibliothek, die eigentlich nur sogenannte Militaria enthielt; Waffen, Gewehre, Jagdhunde (selbst unser Bruno – der Labrador hieß immer Bruno, gefolgt von Max, so wie die dazugehörenden Herrchen abwechselnd Otto und Franz Joseph hießen – zählte für die Puristen zu den Waffen) sowie Kriegsschiffe, auf denen die Matrosen fehlten. Das Wasser, in dem diese grau-braunen Dinge lagen wie Blei, konnte nicht das Meer sein. Das konnte nicht »das Meer« genannt werden. Ich glaubte schon damals, daß das Meer keine Enttäuschung wäre – und so war es. Ich wußte schon, daß das Meer niemals enttäuschen würde, nur der Rest wäre eine Enttäuschung. Und so war es.

Stay uf

Ich war ja noch ein Kind, eine Art Kind, und alles Leben war in Hörweite. Das war unser Maß. Wir sagten: »Anna ist auch gestorben«. – Lebten wir nicht alle in Hörweite?

Schon damals waren die Todesanzeigen ziemlich verkommen, nicht erst, seit »sterben« durch »gehen« ersetzt worden war und das Kreuz durch eine geknickte Weizenähre. Aber noch nicht so verkommen, daß ich mir eines Tages sagen mußte: Das sind doch gar keine Todesanzeigen mehr! – Das ist doch unlauterer Wettbewerb, heimliche »promotion« – manche Todesanzeige wäre eigentlich längst eine Sache des Kartellamtes. Es konnte doch nicht sein, daß für einen verstorbenen Mercedesmanager oder einen von der Deutschen Bank oder einen Politiker seitenlang getrauert wurde. – Und keiner weinte auf der Beerdigung, und alle waren da, so wie bei Rosa, als der halbe Friedhof weinte wegen einer Frau, von der nicht viel mehr bekannt war, als daß sie einen offenen Fuß hatte und zwanzig Jahre zum Fenster hinausgeschaut hat, zu sehen, wer kam und ging. – Aber die Chefetagen legten Wert darauf, daß ganzseitige Anzeigen mit den Logos der Multis in der Mitte Todesanzeigen sein sollten. Und daß vom Tod möglichst wenig die Rede war. Die waren doch froh, daß sie wieder einen loshatten und konnten die angeblichen Todesanzeigen noch bei der Steuer unter »Werbung« verbuchen. Aber das war nicht nötig, denn die großen Häuser zahlten keine Steuer.

Aber auch kleineren Häusern und Labels aus dem sogenannten Mittelstand, selbst Familienbetrieben, deren Oberhaupt, das die Firma gegründet hatte, gerade gestorben war, gelang es immer wieder, sich auf der Todesanzeigenseite der F.A.Z. geschickt zu plazieren. Sie dachten sich immer wieder wettbewerbsverzerrende, ja wettbewerbsvertuschende, verbraucherfreundliche, neue, von der Werbeabteilung erdachte Formulierungen aus.

Endgültig war klar, daß hier nicht mehr gestorben, sondern gegangen wurde.

Aber das war nicht mein Thema. Zurück in die Zentrale!

Anfang Mai sagte ich zu meinem Apfelbaum mit den ersten süßen Früchten von Anfang September: Blüh endlich! Ich bettelte geradezu. Und dann blühte er, noch bevor seine Blätter kamen.

Auch der Storch kam gern im Frühjahr, und es war erst eine Sehnsucht in der Luft, auf die nichts als Heimweh folgte.

Die Sehnsucht dieser Menschen war überschaubar.
Nun gut, damit konnte ich (in Berlin) nicht auftrumpfen.

Stay uf, Buebele! – Vorne an der Straße, am anderen Ende des Dorfes, von Dorle Mutscheller aus gedacht, gleich am Beginn, hinter dem Wäldchen, vom Jagdhaus aus gedacht, in einem seit 1897 nicht mehr renovierten Haus, wo nichts mehr hinzugekommen war, außer dem weißen Kreis, dem Zeichen für den Ernstfall, das anzeigen sollte, daß sich darunter der Luftschutzkeller für das Oberdorf befand, lebten die vier ledigen Wangerbrüder, Cousins von Anna und Rosa, die in den Wald gingen, wie es hieß, bis sie nicht mehr konnten. Ihre Berufsbezeichnung lautete ja nicht Waldarbeiter. Alle waren dasselbe; von den einen hieß es, daß sie in den Wald gingen, die anderen gingen aufs Feld oder in den Stall oder in die Fabrik. Die Wangerbrüder gingen in den Wald und schliefen in zwei Ehebetten aus dem 19. Jahrhundert. Sie waren sich im Lauf ihrer Jahre immer mehr abhanden gekommen, lebten am Ende nur noch von Speck und Most und banden sich schließlich an Stelle eines Gürtels die Hose mit einem Kälberstrick zu. Als später, noch ein Haus weiter, die erste Landgalerie eröffnete, in einer umgemodelten Scheune so wie im Wendland, krochen sie die Berberitzenhecke entlang und versuchten, einen Blick auf das Vernissagenpublikum zu werfen. Die Wangerbrüder – einen Fernseher hatten auch sie. Mit einem Vorschlaghammer war ein Loch zur Stallseite hin geschlagen worden, damit sie hören konnten, wenn nachts im Stall etwas nicht stimmte, und auch, um Holz zu sparen.

Stay uf, Buebele! Hörte ich und sagte auch die Frau aus Indiana, die mit ihrem Trailer und ihrem Mann das Winterhalbjahr über in Florida unterwegs war. Ob ich ihr sagen könne, was das bedeute. Das sei das einzige, was von ihrer Urgroßmutter aus Deutschland übriggeblieben sei. Und auch von ihrem Großvater. Und das Kind mußte das warme Bett verlassen und hat noch, bis es sich dazu entschließen konnte, die Eisblumen am Fenster betrachtet, so kalt war es bei uns. Sagen Sie: Hat es bei Ihnen zu Hause auch bis in den Mai hinein geschneit? – Mußten Sie sich auch fast das ganze Jahr ein Leben lang immer wieder freischaufeln und freigeschaufelt werden? – Und wenn Sie losfuhren, war es dann auch fast immer mit Schneeketten? – Immerhin gab es einen Wagen und existierten auch heizbare Häuser, von denen ich immer wieder weggehen und zurückkommen konnte. Später kamen auch Flugzeuge hinzu.

Doch sagten Sie nicht, daß auch Sie bis in die Seele hinein froren? –
    Oder sagte das nur noch Ihre Großmutter? –
    Wie war das Leben bei Ihnen zu Hause? –

War es noch etwas, das sich zu Fuß abspielte? –
Oder gab es schon einen Geländewagen mit beheizbaren Sitzen? –
Wären Sie auch gerne mitgereist? –
War bei Ihnen zu Hause der Tod auch ein Eisbrocken?
Schon im Schulzimmer, wo alle zusammensaßen, die zwischen dem letzten Kriegsjahr 1945 und dem Koreakrieg 1953 erst gezeugt und dann auch geboren wurden, oftmals im selben Bett war dies geschehen, wurden die Schulkinder aufgefordert, die Kälte zu malen (etwas, worin wir uns auskannten, worin wir, von den Eisblumen an, kompetent zu sein schienen); ein Winterbild, als ob die Kälte nicht genug gewesen wäre, mit ihren Eiszapfen die rinnenlosen Dächer entlang, die jederzeit einen von uns erschlagen konnten, und in früheren Zeiten auch schon Menschen und Tiere erschlagen haben, von denen nichts übrig geblieben ist als dieser Tod – das heißt, diese Geschichte. Aufgefordert, etwas zu malen, haben wir einen Eisbrocken gemalt. Aufgefordert, den Tod zu malen, hätten wir unaufgefordert unsere Eisbrocken gemalt. Tod und Kälte waren fast dasselbe. Bald gibt's Schnee! Sagte mein Großvater Ende November und starb. Immer wieder war jemand tot, von denen, die ich mit Vornamen angesprochen hatte und Du sagte. So wurden es immer weniger. So daß am Ende vom Anfang meines Lebens nur noch ich übrig blieb.

Nun war die Ernte eine ausgestorbene Möglichkeit, um über den Winter zu kommen, und Eisblumen waren es, die den Jagdhausbewohnern die Sehnsucht nach Wärme schenkten, das zum Licht unbedingt dazugehörte, so daß es auch im Winter blühte.

Dann kam Klara zur Tür herein, ohne anzuklopfen, aber mit Kopftuch und sagte: Schau! – Stay uf! – die Eisblumen – Klara war noch als Mädchen in unser Haus gekommen, war nun die letzte Frau mit Kopftuch, die auch nicht mehr mit Dauerwelle anfangen wollte, nicht mehr damit, zur Friseuse zu gehen. Die Bettflasche war ganz kalt. Ich hatte sie weit von mir weggestrampelt. Sie sagte immer noch Volksempfänger für ein gewöhnliches Radio und kochte noch am Volksherd wie Anna in den Zeiten des Volkswagens.

Mit den Eisblumen war es aus am Tag, als die Zentralheizung und die doppelt isolierten Fenster ins Haus kamen. Nicht einmal das Wort blieb. Es wird auch bald ausgestorben sein.

Zu Hause wunderten sie sich im kommenden Frühjahr, warum ich nun doch mit dem Ball zu spielen begann; und hatten sich schon im Winter gewundert, warum ich, der doch so schamhaft gewesen war, daß ich nicht einmal das Unterhemdchen ausziehen wollte, als der Doktor ins Haus gekommen, um meinen jungen Körper zu examinieren, und zu fragen, was das denn war. Vielleicht war ich davon krank geworden. Und sie wunderten sich auch, weil ich nun schon im Mai ins unbeheizte Freibad drängte, um, wie ich sagte, schwimmen zu lernen. Ich war längst alt genug, zu sterben, empfand ich, jenes JOINT VENTURE aus Glück und Unglück, und konnte immer noch nicht schwimmen. Sie freuten sich, mich mit dem Ball zu sehen, auch wenn es vorerst nur ein Spiel mit den Mädchen war, wie sie glaubten, und Völkerball ein Mädchenspiel. Trotzdem schöpften sie Hoffnung, sie waren glücklich, mich am Ball zu sehen, auch wenn ich vorerst noch sehr ungeschickt hantiert haben mochte. Sie schöpften Hoffnung, und wurden von mir, ohne daß ich dies gewollt hätte, wiederholt auf eine falsche Fährte gebracht: die Hoffnung, daß ich so wäre wie sie.

Die Fürstenbergs

Die Fürstenbergs lebten im Obstgarten. Das war eine Kolonie mit kleinen und kleinsten Häuschen, Klein-Moskau, genannt, von denen man 1950 im Westen dachte, sie wären groß genug für eine zehnköpfige Familie aus dem Osten, die es damals immer noch gab. Viel mehr Platz gab es, ehrlich gesagt, damals auch für die Einheimischen im Westen, nicht. Unmittelbar nach dem Krieg wohnten die Franzosen im Jagdhaus, mit einer in jeder Hinsicht gourmetartigen Existenz (als Botschafter seines Landes) an der Spitze dieser seltsamen Aufwartung der Weltgeschichte; und im Gefolge eine Eselskarawane mit schönen nubierartigen Marokkanern, die sich wie eine böse Fata Morgana näherten, und erst einmal wie Josua und die Seinen um Jericho wie um Josefslust herumzogen. Es war an diesem achten Mai an diesem Ort unter der Sonne keine Spur von Befreiung (die verstanden sie erst später oder nie), sondern auch hier Todesangst, übertragen von den Frauen auf die Kinder, die vielleicht im Heimaturlaub 1940 nach dem Siegestaumel von Frankreich gemacht worden waren, und nun fünf Jahre alt, im Sommer 45 den letzten Kindersommer ihres Lebens vor sich hatten, bevor der Ernst des Lebens begann. Es war ein prunkhafter Schrecken wie in alten Zeiten, welcher die maroden Einheimischen, fast nur noch Frauen und Kinder und alte Männer, einschüchtern und beeindrucken sollte. Wie einst, als Friedrich der Zweite um 1200 mit Kamelen, Elephanten, Papageien und Mohren an den Toren von Konstanz erschien. Die weißen Tücher halfen gar nichts. Der Obernazi, ein Mann der ersten Stunde, war mit seinem Dienstfahrzeug (als Bauernführer des Reichgaus Baden hatte er so etwas), in dem er verdiente Nationalsozialisten auf den Reichsparteitag nach Nürnberg mitgenommen hatte (es handelte sich hierbei vor allem um die noch auf kleinen, gezähnten Schwarzweißphotos bildschöne BDM-Führerin Isolde), zwar noch über eine Geheimstrecke in den Bregenzerwald geflohen – und von dort noch weiter. Bis er schließlich wie einer, mit dessen Schicksal man Mitleid haben mußte, unbehelligt und hochverehrt mitten unter uns starb, und noch in der Zeit, als der Nikolaus zu uns kam, beinahe unser erster Nikolaus geworden wäre, aber er konnte nicht mehr so gut gehen und sehen: Das war der einzige Grund, warum die alte Eiermann kam, die im übrigen auch als nationalsozialistische Handarbeitslehrerin herumreiste und Pionierarbeit leistete. Es muß ein wunderbarer Tag gewesen sein, vom Wetter her, aber für die Frauen und Kinder der Nazis und auch die Nazis selbst ein schrecklicher Tag, und auch für jene, die keine Nazis gewesen waren und das Dorf nie verlassen hatten. Es war ein Tag, an dem ein Kind Todesangst haben mußte, denn auch bei den Siegern handelte es sich um Krieger, von denen sie gehört hatten, daß Rache geübt und kein Unterschied gemacht würde. Es würde ihr Todestag sein, hatten sie gehört – nichts anderes. Die Kinder hatten ja noch nicht BBC hören können. Aber Todesangst gab es schon. Vom Licht der Welt an konnte ein Kind schon schreien. Es wurde auch gleich einer erschossen, und zwar der erste, der falsche, aufgrund eines Mißverständnisses vielleicht, ein junger, armer Verrückter, ein Kind, dem man das Kind nicht mehr ansah von nun fünfzehn Jahren, mit einer leichten geistigen Behinderung, wie ich hörte, der dem Euthanasieprogramm nur deswegen entkommen war, weil es schon abgeblasen war, weil man es noch gar nicht so merkte, und weil er Eltern hatte, die den Jungen nicht hergeben wollten. Als die Franzosen schließlich die Dorfstraße heraufkamen, hatte Horst aus Angst, als man ihn im Keller entdeckte, vor allem »Heil Hitler!« gerufen und wurde, da niemand französisch konnte und er immer wieder aus Angst vor den Mohren »Heil Hitler!« rief, auf der Freitreppe der Wirtschaft erschossen, ein Missverständnis.

Der damalige Pfarrer, damals der einzige Mann, der außer dem an der Heimatfront verbliebenen Bauernführer des Gaus Baden noch am Geschlechtsverkehr teilnahm, hat die Frauen und Mädchen (wußte er nichts davon, daß die Krieger – auf albanisch »großer Blutsäufer« – es möglicherweise auch auf die schönsten sogenannten Pimpfe und ihre kurzen Lederhosen abgesehen hatten? –) in der Kirche eingesperrt, und den zurückbleibenden Zehnjährigen gesagt, es sei deswegen, damit die Frauen und die Mädchen nicht gefressen würden, und die Armen, die doch genauso Todesangst hatten, dazu ganz alte Frauen und 90jährige Greise, ihrem Schicksal überlassen. Später hat Frau Fürstenberg berichtet, daß selbst ihre Großmutter an ihrem 85. Geburtstag mehrfach und nacheinander (»die Bretterwand entlang«) vergewaltigt worden sei; sie hat es allen erzählt, auch jenen, die dies überhaupt nicht hören wollten, vor allem den Frauen, die vom 8. Mai 1945 an mehrere Tage in der Kirche eingeschlossen waren. Ich hörte dieses Tu-Wort zum ersten Mal als Kind aus dem Mund von Frau Fürstenberg.

Aber alle, die dabeigewesen waren, und mit auf den Parteitagen in Nürnberg gewesen waren, und damit auftrumpften, aus der Kirche ausgetreten zu sein, und aus Abscheu vor dem Juden Jesus das Kreuz vom Herrgottswinkel auf den Misthaufen geworfen hatten und damit auftrumpften, wollten nicht dabeigewesen sein.

Auch meine eigenen Überlebenden, von denen ich in gerader Linie abstammte, haben zu Zeiten meiner Musterung (soweit war es nun bald wieder gekommen, daß in den selben Räumlichkeiten in Ravensburg die Söhne der Überlebenden und der Toten, die auf ihrem letzten Heimaturlaub noch einen Stammhalter gezeugt hatten, ihre Schwänze und Ärsche auf ihre Kriegstauglichkeit hin vorzeigen mußten) gesagt, daß sie – es waren auch Nahkampfspangenträger darunter – sich nie etwas zuschulde hätten kommen lassen, immer streng nach der Haager und Genfer Konvention gehandelt hätten. Sie seien ja in der Wehrmacht gewesen, auf Innere Emigration an der Front.

Das glaubten sie bis zuletzt. –

Und wenig später kamen fünfzig Flüchtlinge aus dem Osten. Zu ihrem verschwiegenen Schicksal (außer denen mit etwas Farbe und Blut gefüllten Berichten von Frau Fürstenberg, die ein Erzähltalent war, und überdies Wörter wie »Hosenladengeld« erfand), hatten die Fürstenbergs und die anderen zu uns Verschneiten auch noch den Hochmut von jenen unter uns auszuhalten, die ihre Häuser nicht verloren hatten. Doch im Lauf von zehn Jahren schon bekamen die Fürstenbergs Boden unter den Füßen, bauten sich ihr Häuschen in Klein-Moskau. Auch ein Hund kam dazu, nachdem die ältesten drei Töchter über eine schnelle Heirat geflohen waren. Mit der Abfindungssumme für das verlorene Häuschen in Elbing (auch dort hatten sie schon in einem Häuschen gelebt) haben die Fürstenbergs dann den ersten Farbfernseher angeschafft. Sie waren die ersten, die ein solches Gerät besaßen. Es kostete, wie es im Dorf hieß, 10 000 Mark, fast so viel wie Mufflers für ihren vorher schon prämierten Bullen bei der Versteigerung in Donaueschingen erzielt hatten. So lange dauerte es, bis die Entschädigung kam. Da hatten sie fast schon vergessen, wie sie darin gelebt hatten. Herr Fürstenberg dachte schon daran, später einmal, wenn alle aus dem Haus waren, über sein Leben, erst als Landarbeiter auf einem Gut in Westpreußen, dann auf großer Fahrt fast bis nach Amerika (im Krieg), danach als Waldarbeiter bei uns, ein Buch zu schreiben oder eine Hundepension zu eröffnen. Das hat er auch geschafft. Sogar mein Vater gab einmal Herrn Fürstenberg seinen Labrador in Pension, als er für Wochen zum Jagen nach Kanada flog. Er wollte das Tier nicht bei uns lassen, weil er glaubte, wir verzögen es. Als Max dann aber nach drei Wochen zurückkam, legte er sich nicht an seinen Platz in der Vorhalle, sondern drängte ins Schlafzimmer und schleckte uns der Reihe nach ab. Max schleckte uns über Gesicht und Füße – von wegen Erziehung bei den Fürstenbergs!

Frau Fürstenberg, seine Frau, war doch nicht wie die Joggerinnen in den USA, die dreißig Jahre später an den Prachtstraßen und Boulevards ihre Latexware vorzeigten, und auf diese Weise der Öffentlichkeit über ein vorzeigbares Hinterteil ihre geheimsten Lüste preisgaben und jeden Park zu einem Outdoorgelände machten. Von den ursprünglichen Ideen der Gartenarchitekten um 1900 war seit der Einführung des Jogging nicht mehr viel geblieben. Nicht so Frau Fürstenberg, auch wenn sie die erste Jogginganzugbesitzerin in der Gegend war: Sie hielt es nicht so wie die Jogger, die im Grunewald ihre Po-Übungen machten. Sie war eigentlich konservativ und lag bei der Liebe nach wie vor am liebsten im Bett, während ich nebenan diese nie gehörten und augenblicklich erkannten Stimmen hörte.

Bald gingen wir am Sonntag zu den Fürstenbergs, um die Kinderstunde zu sehen, und alles, was an einem Sonntagnachmittag im Fernsehen kam und möglich war. Dazu die Geräusche von nebenan, wo Herr und Frau Fürstenberg im Bett lagen und angeblich schliefen.

Nur eine Zeitlang wurde es bei uns geduldet, daß die Kinder hereinkamen und dann sich auf Stunden ins Fernsehzimmer vor den Schwarzweiß-Apparat setzten, um alles zu sehen, unabhängig von den Jahreszeiten, ob man hätte Skifahren oder Wandern, Segeln oder Schlafen können. Eine Stunde wäre wohl genehmigt worden, nicht aber ein Tag, der gleich nach dem Mittagessen begann und sich bis zum

Abendessen hin erstreckte. Alles vor dem Fernseher, sogar den Internationalen Frühschoppen mit Werner Höfer hätten wir geschaut, und eine Zeitlang haben wir artig vor dem Bildschirm ausgehalten bei der sogenannten Wochenschau, von der wir nicht viel mehr hatten als vom Testbild, bis endlich die Kinderstunde begann, die AUGSBURGER PUPPENKISTE, und die Bösen der Reihe nach vom Pferd geschossen wurden – und wie sie lachten, einfach so. Bei den Fürstenbergs war alles dazu noch farbig.

Können Sie sich noch an die Programmvorschau erinnern, die eigentlich unseren Brüdern und Schwestern hinter dem Eisernen Vorhang zugedacht war, damit sie erführen, wie es weiterginge?

Hockten Sie auch einst vor dem Testbild und warteten darauf, daß etwas kam? Schon das Testbild wurde uns ganz zu Beginn als ein Wunder verkauft, und war es ja vielleicht auch. Vater und Mutter Fürstenberg hatten sich zu Beginn jenes Sommers mit der AUGSBURGER PUPPENKISTE auch vor den Bildschirm gesetzt, dann aber wurde ihnen dieses Programm vielleicht doch zu einfältig. Das Kinderprogramm damals war von luxuriöser Einfachheit, selbst noch der Höhepunkt aller Kindersendungen meines Lebens, WIR WARTEN AUFS CHRISTKIND mit Klaus Havenstein, welche mich mehr bewegte als das anschließende Christkind, wie bei uns die anderswo sogenannte Bescherung hieß, wo dann die Bälle und Werkzeugkästen und Abenteuerbücher übergeben wurden. Immerhin wurden wir damals nicht schon am Nachmittag verdorben, oder doch? Wir saßen bei den Fürstenbergs, die für ihre verlorene Heimat über das Lastenausgleichsgesetz etwas Geld bekamen – es reichte gerade für den ersten Farbfernseher (das durfte ich doch zweimal sagen?) –, aber vielleicht ist doch noch etwas übriggeblieben, vielleicht stammte die Hollywoodschaukel auch aus dem Lastenausgleichsgesetz, das womöglich in Tranchen ausbezahlt wurde, diese von mir bewunderte Hollywoodschaukel mit den ersten

137

Palmen meines Lebens, welche die Fürstenbergs damals in ihr Wohnzimmerchen gestellt hatten, um noch moderner zu sein als die anderen, um als eine ins südlichste Hinterland der Welt geflohene Avantgarde der Moderne den Einheimischen zu zeigen, »was man jetzt hat«, »was man trägt« (hier sah ich auch die erste Freizeitkleidung, ein Prototyp des Berliner Trainingsanzugs) und »Wie man sich fithält«: Auch das erste Heimfahrrad habe ich in diesem Wohnzimmer der Fürstenbergs gesehen. Niemals aber Herrn oder Frau Fürstenberg auf diesem Fahrrad bei den Übungen, von denen sie sprachen und uns erklärten, wie man es richtig macht. Besonders Herr Fürstenberg, aber auch seine Frau, saßen noch später, als ich nicht mehr in ihr Haus kam, aber noch im Vorbeifahren durch das offene Fenster hineinschauen konnte, im Trainingsanzug vor der SPORTSCHAU und den Übertragungen aus den Sportstadien dieser Welt. Im Berliner Modell, der klassischen Berliner Sonntagskleidung, dem flohmarktgerechten Trainingsanzug, saßen sie da. So habe ich fast alles zum ersten Mal bei den Fürstenbergs gesehen, auch wie die Bösen der Reihe nach vom Pferd geschossen werden. Das war BONANZA, das ich zu Hause nicht sehen sollte, denn ich sollte nicht verdorben werden mit Spielfilmen; ich sollte richtig schießen lernen und spielend in den Kampf hineinfinden, der das Leben war, im Gegensatz zu BONANZA, wo die gute Welt nur gespielt wurde. Aber ich hatte ja nach wie vor keinen Kampfgeist, der für die Olympischen Spiele und Weltmeisterschaften erforderlich ist, selbst für die Übertragung eines Kampfs in der Glotze und das Davorsitzen und Am-Bildschirm-Verfolgen war ja ein gewisses Quantum von Kampffreude nötig; wurde dieses Quantum an passivem Kampfgeist unterschritten, gehörte einer nicht mehr dazu. – Auch wenn auf der Turnstunden-Wiese, die gleich hinter der Schule war, angeblich nur gespielt wurde. Es war in jener Gegend nämlich gar nicht einfach, überhaupt ein ebenerdiges Gelände zu finden, wo diese Mannschaftsspiele, die geübt werden sollten, möglich waren. Zu denen mir Herrn Fürstenbergs *Mumm* fehlte und auch jener sogenannte »innere Schweinehund«, den ich nie überwunden habe, da ich ihn niemals innen entdeckte, da, wo er angeblich sein sollte, wenn ich dem Sportlehrer, späterem Krafttrainer und früherem Kampfsportler und Frontkämpfer, Glauben schenken durfte. Ich habe es versucht, so wie später die fernöstliche Meditation, an der ich auch gescheitert bin, wohl, weil ich ihr kleines Einmaleins (Konzentration, Stille, Leere – all die Wörter unterwegs zum Nirvana) niemals begriffen habe. Wohl auch deswegen, weil die fernöstliche Meditation auch eine Art Kampfsport war.

So wurde für die Tranchen, die nach und nach ausbezahlt wurden, dieses und jenes angeschafft. Die Fürstenbergs hatten ja immer das Neueste, selbst einen bis dahin nie gesehenen Vogelkäfig mit dem Papagei darin, für den es vielleicht auch noch aus dem Lastenausgleich gereicht hat, der möglicherweise immer noch im selben Käfig lebt, und Vater und Mutter Fürstenberg sowie meine Kindheit und jene Sonntagnachmittage überlebt und überstanden hat.
 Wir waren ja oder galten ja noch als Kinder, und die Kinder gingen nach wie vor zur Heiligen Kommunion. Wir waren ja immer noch keine richtigen Zweibeiner.

Aber nun saßen wir mitten in dieser Sonntagnachmittagsgewissheit, Vorspiel späterer und spätester Sonntagnachmittage. Die ganze Papageienschule lachte, alle, die ich vom Papageienunterricht her, als der mir die Schule vorkam, kannte. Alle lachten, selbst die Mädchen, was mir unerträglich erschien. Es war nicht zum Aushalten, auch weil bei jeder neuen Lachsalve (die noch gar nicht, wie in den Comedyshows, vom Band kam, die gar kein Lachkommando war, sondern O-Ton, ganz natürlich), wenn wieder einmal einer vom Pferd geschossen wurde, dieser Papagei in alles hineinkrächzte. Und wohl auch hineingeredet und hingekrächzt hat, als sich ein paar Jahre danach die Fürstenbergs vor der Beerdigung von Frau Fürstenberg in diesem Raum mit dem Papagei und der toten Frau Fürstenberg versammelt hatten, um zu weinen. – Und die Schmerzenslaute nachäffte, die Schmerzen, denen die Fürstenbergs, die aus einer anderen Weltgegend kamen, freien Lauf ließen. – Weinen war nämlich etwas Fremdes, Peinliches, wie Sprechen auf Hochdeutsch. Geweint wurde höchstens im Fernsehen, nicht einmal richtig auf dem Friedhof. Selbst da waren Tränen manchmal nichts als ein unvermeidlicher Fauxpas.

Um sich vom Fernseher verabschieden zu können, und damit sich auch der Fernseher von ihr verabschieden konnte, dem sie so viele schöne gemeinsame Stunden, Bilder und Abende verdankte, bestand Herr Fürstenberg darauf, wie es hieß, daß während der ganzen zwei Tage, als sie tot im Bett lag, der Fernsehapparat lief, mit dem Papagei als Totenwächter. Auch wenn damals nach wie vor nach 23 Uhr nichts als das Testbild zu sehen war, allerdings farbig. Das zufällige Programm kam zu den Tränen, den Schmerzlauten und dem Papagei, der alles in einem Resumee zusammenfaßte, hinzu.

Eines Morgens hatte sie, wie es hieß, tot neben Herrn Fürstenberg im Bett gelegen und sich nicht mehr gerührt. Und als sie nicht mehr aufstehen wollte, obwohl Herr Fürstenberg sie angestoßen hatte und schon dabei war, sie als faules Stück zu beschimpfen, wie mir bei einem Telefonat nach Hause von meiner Universitätsstadt aus berichtet worden war, habe Herr Fürstenberg schließlich den Fernseher angemacht, als letzte Rettung. Doch umsonst, selbst dieses Gerät hatte nun keine Macht mehr über sie. Das war der sicherste Beweis, daß sie tot war.

Angelika war nicht mehr da, und sie haben gelacht. Wie es mich schmerzte, daß ich allein war. Es war das erste Mal, daß ich allein war auf der Welt, seit dem Kindergarten und seit dem Photo mit dem Geflammten Kardinal. Es war aber das erste Mal *deswegen.* – Wie sie lachten, einfach so! – Von Hugo und Mike erwartete ich von Anfang an nichts anderes, als daß sie lachten, wenn einer tot vom Pferd fiel. Auch wenn es sich um einen Schurken handelte und im Fernsehen der Gerechtigkeit wieder einmal zum Sieg verholfen wurde.

Die alte Fürstenberg (so alt war sie doch gar nicht, Ende dreißig vielleicht?) hatte sich nun doch mit ihrem Mann in die angrenzenden Gemächer zurückgezogen, da sie für diese Art Kinderstunde nicht mehr in Frage kam, auch wenn sie aus dem Fernsehen kam und also sozusagen höchstes Ansehen genoß in den Augen von Frau Fürstenberg.

Frau Fürstenberg hatte sich zum Mittagsschlaf nebenan begeben, was ein Bald-nicht-mehr-Kind, das ungern zu Bett ging am hellen Tag, erstaunte, und wir konnten neben der AUGSBURGER PUPPENKISTE her bald die Geräusche eines solchen Sonntagnachmittagschlafes hören. Völlig ungewöhnliche, nie gehörte Geräusche waren es, wie Jahrzehnte später, als ich zum ersten Mal eine Nachtigall hörte und auf der Stelle wußte, was es war. Für mich war es, wie für die Nachtigall, die sich nach der Nachtigall sehnte, ein Schmerz der Ferne, gar nicht unanständig oder gar obszön, sondern sehr sehnsuchtsvoll klang es, wie die kurzen kleinen Lust- oder Schmerzensschreie von Frau Fürstenberg in Intervallen zu uns herüberkamen, die sich in das Gelächter von der AUGSBURGER PUPPENKISTE mischten, während ich ganz allein da saß wie Jahrzehnte später, als in Intervallen die Sehnsucht der Nachtigall zu mir herüberkam. – Ich war der einzige, der dies hörte. Ich war nun schon dabei, das Kind, das ich doch war, endgültig zu verlassen und längst auf den Schmerz geeicht. Doch es war von Adam und Eva an nicht sicher, was es war, Freude oder Schmerz, wahrscheinlich beides, wahrscheinlich eins. *Kommst du* und *ich komme* hörte ich. Doch wo waren sie? Sie waren doch nebenan. Erst hatten sie noch gewimmert und geschrien. Dann war es plötzlich ganz still. Die anderen hätten vielleicht gedacht, es wäre Frau Fürstenberg vielleicht etwas passiert. Aber meine anderen waren ganz auf die Vorkommnisse im Fernsehen konzentriert.

Schon in den Gewaltorgien der AUGSBURGER PUPPENKISTE gab es immer wieder Tote. Es waren die ersten Toten, die von den Lebenden belacht wurden, die ich sah. War es nichts als altklug von mir? – Ich weiß nicht: Sie lachten mir immer an der falschen Stelle. Vom ersten Mal an, von Anfang an. – Und so ist es geblieben. Das wären die richtigen Filme für die Kinderstunde, dachten wohl der Programmdirektor und die Jury von der Freiwilligen Selbstkontrolle, daß hier in regelmäßigen Abständen Kinnhaken ausgeteilt wurden, die gelegentlich zum Tod führten.

Und die Erwachsenen, die Fürstenbergs, die kein einziges Mal hereinschauten, dachten wohl auch so, und hätten nur mitgelacht, wären sie nicht bald in ihrem Schlafzimmer gekommen, und nicht hier herein. Wir hätten ungestraft Doktor spielen können. Und haben es auch manchmal getan, aber nicht vor dem Bildschirm. Wir konnten ziemlich sicher sein, schon aus Erfahrung, daß die Fürstenbergs, die angeblich nebenan schliefen, nicht herauskamen.

Ihnen war es wohl recht, daß die Schüsse so laut waren.

Derweil waren in einem anderen Lachfilm namens DICK UND DOOF schon wieder mehrere Bratpfannen über mehreren Köpfen eingeschlagen, jeweils das Startzeichen für eine neue Lachsequenz. Und ich, der nicht Mit-Lachende, hätte an dieser Stelle verraten, wer ich war und was ich hörte. Sie lachten automatisch an der richtigen Stelle, an jener, wo später in den comedies das Gelächter eingeblendet wurde, das Gelächter auf Befehl, von einem nie zu Gesicht gekommenen Publikum. Sie lachten schon, als der Bösewicht, der nichts anderes verdiente, den ersten Kinnhaken ihres Lebens in die Fresse bekam, und auch dann, als einer zum ersten Mal in ihrem Leben tot im Straßengraben liegenblieb: Da lebten sie auf und lachten.

Und doch

Und doch, mitten in diese Papageienwelt hinein mit ihrem Gekrächze und Gelächter, das vom Papagei noch einmal nachgeäfft wurde, mitten in diese Ebenerdigkeit des Gelächters hinein, das eigentlich nichts als ein Mitlachen an der richtigen Stelle in einem falschen Leben war, kam das, was die Dichter, und auch noch andere, den Liebesschmerz oder die Liebe nennen, chagrin d'amour. Die Liebe – lassen wir es bei diesem einfachen Wort.

Kurz: Es waren Zähne, die ich auf dem Gipfel des Gelächters entdeckte in meiner Erinnerung. Und gerade, als sie am meisten lachten, bin ich am meisten verstummt.

Mit Angelika war es noch etwas anderes gewesen: die Unschuld, als wollten wir uns wirklich etwas zeigen, als wäre es ein Spiel, das durch Kochlöffel beendet wurde, als wäre es Glück, das durch die Schläge von Anna in zwei, nein: tausend Teile zerbrach.
 Jetzt aber waren es nichts als Zähne.

Nun hätte ich mir eine Wasserpistole gewünscht, um sie zu treffen, die vor dem Bildschirm saßen und lachten und dabei ihre Zähne zeigten. Mir genügte eine Wasserpistole, um sie damit immer wieder an den entscheidenden Stellen zu treffen. So spielten wir, vom Augenblick an, da ich ihre Zähne entdeckt hatte, die, im Gegensatz zu denen ihrer Tanten und Mütter, so schön waren, daß sie mich damit beißen konnten und ich gezielt schoß, damit sie mich überfielen und sich in mir festkrallten und – bissen. Ich war ja nicht sehr geschickt. Ich habe das Schießen mit der Wasserpistole eigentlich nur deswegen gelernt. Und mein Großvater hellte sich schon wieder auf, in der Hoffnung, daß aus mir doch noch etwas würde, als er mich spielen und üben sah, auch wenn es vorerst nur eine Wasserpistole war. Alle atmeten auf, als ob sie sich (nicht) getäuscht hätten. Und schon wieder wurde mit Bällen und anderen Mitteln manipuliert und gelockt. Schon wieder war ein Termin beim führenden Jagdausstatter anberaumt. Ich sollte erneut vermessen werden und endgültig meinen Festjanker bekommen.

Es war ja nur dieser einzige Jagd- und Spieltrieb, der sich gerade noch rechtzeitig, wie sie glaubten, einstellte und in meiner Sehnsucht bemerkbar machte. Es war so viel wie nichts, was war das schon, ich habe ja mit meiner Wasserpistole so gut wie nie getroffen. Vielleicht habe ich nur davon geträumt. Vielleicht hat sie nur aufgeschrien und so getan, wie später die Männer und Frauen bei ihren vorgespielten Höhepunkten mit mir. Es war keineswegs Einübung in die Schadenfreude, daß ich lachte, wenn sie fast getroffen wurden und ich auflachte. Es war die Glut persönlich.

Die Pistole war die nächstbeste, die aufzutreiben war, gar nicht von Waffen Kirsch, der für den einschlägigen Nachwuchs eine Spielzeugabteilung führte.

Mein Großvater wartete wie alle anderen nur darauf, daß ich ihn naßspritzte, und war enttäuscht, daß mir dazu, wie Schultze gesagt hätte, nun doch der Mumm fehlte. Wenn sie in meine Nähe kamen, machten sie Anstalten, als ob sie gleich getroffen würden und gingen schon im voraus in Deckung, in der Hoffnung, daß sie getroffen würden. Sie wollten ja nur getroffen werden.

Gleich unsere ersten Spiele waren ja Doktorspiele.
Wollten wir wirklich, daß unsere Welt heil war?
Allmählich wurde ein Mensch aus mir, ein anderer.
Sie dachten, wir spielten nur.

Damals waren wir eine Augenfreude für Menschen, die auf dem absteigenden Ast waren. Wir waren zu viert oder zu fünft und nach Geschlechtern noch nicht getrennt und spielten Quälen, ein Lieblingsspiel. Unter dem Vorwand, daß es ein Spiel war, haben wir unsere angeborene Grausamkeit zelebriert. Niemand, der es von den Erwachsenen sah, ist eingeschritten und hat dem Spielopfer geholfen. Unter dem Vorwand, daß es ein Spiel war, haben wir uns alles Mögliche ausgedacht, so wie im Krieg, das Abschlecken mit Spucke war noch das wenigste. Wir waren wie Katzen, die mit der Maus spielen. Aber dann, am Karfreitag, beim Mitsingen von OH HAUPT VOLL BLUT UND WUNDEN konnten wir mitsingen wie Russen und weinen, Tränen über alles, weil es war, wie es war, einmal im Jahr, als ob wir Dostojewskifiguren wären, die im Vollrausch gerade mit einer Wodkaflasche einen Saufkumpan erschlagen haben, über dem wir weinend zusammenbrechen.

Mir aber schien, daß ich nichts als dieser Sehnsucht, jener ganz bestimmten Stelle, entgegenlebte, auf die nichts als Heimweh folgte.

Jeder Tag konnte der erste sein.

Das einzige, was ich von mir wußte, war, daß ich nichts von mir wußte.

Die schöne Andrea, zwei Reihen vor mir, zuständig für die himmlische Liebe, Tochter eines Chefarztes für Anästhesie, hatte ich ausgewählt, damit sie mich mit Krankheitsbildern belieferte, die auf keinem Röntgenbild dieser Welt erschienen. Im nachhinein muß ich sagen: Ich hätte es viel einfacher haben können, um mich fast allem zu entziehen. Ich hätte einfach Asthma sagen müssen.

Auch Allergie war noch ein Fremdwort, das allenfalls sehr gebildete Philosophen kannten.

Allein um dem Turnunterricht zu entkommen, habe ich mir einen Gips und eine Schlinge anlegen lassen und bin so auf Wochen in der Welt herumgelaufen.

Es war noch die Zeit der Mischgetränke, und ich selbst wußte nicht so recht, was mit mir war, und wohin unterwegs ich war.

Fangen wir erst einmal mit einer TENDOVAGINITIS an. Unter dem Gips juckte es immer mehr, ich hatte aber nicht das Zeug zum Martyrium, nur zum Simulantentum, und das linderte den Juckreiz dann doch ein wenig. Es waren, nach Geigenmüller, dem ich das später einmal erzählte, hier schon die ersten Anzeichen des Vollbildes des echten Münchhausen-Syndroms: Am Ende glaubte ich, daß ich hatte, was mir fehlte.

Andrea hatte zu Hause herausgefunden, daß jenes Krankheitsbild, das sich Tendovaginitis nannte (auf deutsch »Sehnenscheidenentzündung«), auf keinem Röntgenbild dieser Welt erschien. Ich hätte es, wie gesagt, einfacher haben können. Aber das Wort gefiel mir. Ich hatte Freude an Wörtern, die ich nicht verstand, wie Philosophie, zum Beispiel, und dachte, damit wäre ich dem Geheimnis näher, bei meinem Hang zur Mystifikation. Glaubte, ich könnte mit dieser Krankheit Eindruck machen wie jene Simulanten, die die Arztpraxen bevölkern und doch keinen Eindruck machen, außer Kopfschütteln und Verärgerung bei den Kassen und schon im Sprechzimmer, bei denen nichts zu diagnostizieren ist, die nichts haben, außer eben dem Münchhausen-Syndrom. Vaginitis gefiel mir. Doch einen Arzt, der mir einen Gips angelegt und ein Attest geschrieben hätte, hatte ich deswegen noch lange nicht.

Nun aber war gerade ein neuer Chirurg ans nächstliegende Krankenhaus gekommen.

Er war vom ersten Tag an spektakulär verrufen, da er mit seinem Freund, den er als seinen Assistenten ausgab, angereist war. Es war der erste Schwule, als es dieses Wort noch gar nicht gab, der unter uns wohnte. Er war als Flüchtling aus Bayern gekommen, wo diese Art von Leben ganz unmöglich war, während sie in unserem Bundesland immer noch so gut wie unmöglich war. Der arme Chirurg! Er war auch noch von Andrea und mir als Opfer ausgesucht worden, weil der, wie wir glaubten, am ehesten auf mich hereinfiele oder hereinzufallen bereit wäre. Das hatten wir uns auf der Liegewiese beim Waldbad ausgedacht, wo ich, wenn mich die Erinnerung nicht täuscht, zusammen mit Andrea und den anderen, meinen fünfzehnten Sommer verbracht habe und immer noch wuchs, auch im Winter, selbst im Schlaf. Wenn ich damals nach einem unendlich lange scheinenden Winter im Juni zum ersten Mal wieder ans Licht kam, mußte ich mich an meinen Körper erst wieder gewöhnen.

Das war bald geschehen. Und am Tag, an dem das Bad im September schloß, glaubten wir damals, wir müßten sterben. So sehr hatten wir mit diesem Sommer gerechnet, daß wir glaubten, es wäre für immer. Den Grund, warum ich nicht mehr zum Schulturnen wollte, habe ich Andrea natürlich nicht gesagt. Es war nur ein Vorwand, der in die Zeit paßte, als ich ihr erklärte, es wäre aufgrund der politischen Situation (so weit konnte ich mich schon allgemeinverständlich ausdrücken), ganz unmöglich, in diese Turnstunden zu gehen, in diesen Drill, diese Vorschule, die in die Schule der Nation führte, wie Bundeskanzler Kiesinger die Bundeswehr gerade genannt hatte, und von da geradewegs in den nächsten Krieg zu gehen. Sport und Faschismus seien praktisch dasselbe. Schon in der Terminologie. Vielleicht hatte ich sogar recht. Das war ja selbst noch dreizehn Jahre später meine Argumentationsschiene, mit der ich vor Gericht scheitern sollte. Überhaupt, Fußball wäre nur eine Ausrede von Ehemännern, ihrem Elend wenigstens auf ein paar Stunden zu entkommen, für verheiratete Schwule, die so ungestraft die legendären Fußballer beobachten konnten, wie sie sich bekämpften, übereinanderwarfen, umarmten und abschossen. »Verheiratete Schwule« habe ich wohl auch nicht gesagt, da es bis dahin gar keine Schwulen gab, nur Verheiratete und Unverheiratete gab es.

Ich war fünfzehn und dachte, ich hätte ein Recht darauf, daß ich ihm gefiel. Nach dem Tod meines Bruders war ich ein für alle Mal allein aufgewachsen und konnte nun erst recht nicht mehr, und bis zum heutigen Tag nicht, mit keinem Menschen über mich sprechen. Ich sehnte mich, dies nebenbei, nach der Liebe, nach dem Vollbild der Liebe, und war allmählich bereit, dafür den Verstand zu verlieren: so sehr war ich bereit. Ich wartete nur noch. Jeder Tag konnte der erste sein.

Dies war mein Hoffnungsschmerz. – Der Assistent gefiel auch mir, als ich ihn, während er mir aufgrund der Diagnose Tendovaginitis die Gipsschiene anzulegen versuchte, ausführlich beobachten konnte. Ich beneidete den Chefarzt, der überall hinkam. Er hantierte ungeschickt, während ich zitterte und schaute und mich auch etwas schämte, daß ich mit meiner Lügengeschichte ohne weiteres angekommen war.

Wahrscheinlich hat er es das erste Mal gemacht. Der Assistent kam mit dem Gips nicht zurecht. Er hat eher gefummelt als gearbeitet. Schließlich hat der Chef selbst Hand angelegt und mich zugegipst. Er hat mir ein Attest geschrieben, das mich bis auf Widerruf vom Schulsport befreite. Nun hatte ich ein Problem weniger und habe zu Hause und der Welt triumphierend meinen eingeschienten Arm gezeigt wie die Jäger ihre Trophäe und auf dem Schulsekretariat mein Attest übergeben. Wahrscheinlich hat der Turnlehrer alles durchschaut, und auch noch die angebliche unheilbare Tendovaginitis, sowie den Chefarzt. Aber er konnte nun nicht mehr gegen mich einschreiten. Man konnte mir bis zum Abitur nicht beweisen, daß ich nur ein Simulant war. Denn zu jedem Quartal kam ich wieder mit meinem Attest an, so wie andere mit ihrem Krankenschein. Aber beim Chefarzt ging es gar nicht vorwärts. Außer dem Gips, der immer wieder erneuert wurde, habe ich nichts von ihm bekommen. Immer wieder wurde zwar verlängert, so daß ich praktisch bis zum Abitur einen Verband getragen habe und immer wieder mit einem Gips herumgelaufen bin, der jeweils erneuert wurde, als ich absehen konnte, daß es nicht besser geworden war mit meinem Arm. Aber das war auch schon fast alles. Ich dachte, so einer müßte doch anbeißen, ich war bereit, mich streicheln zu lassen.

Andrea glaubte wirklich, daß es mir nur um einen Gips ging.

Schon dachte ich: Du bist offenbar nicht schön genug. Dieser Chefarzt ist schwul, du bist fünfzehn, und er will nichts von dir wissen. Ich verstand die Welt nicht mehr, die mir doch immer wieder gesagt hatte, wie schön ich sei. – Simulierte sie nur. Das Kapital der Simulanten ist alles, was auf keinem Röntgenbild erscheint, ist alles, was es gibt, was es nicht gibt. Mein Simulantenschmerz war groß. Andrea wollte ja nichts von mir wissen.

Ich saß da mit meiner Debütantenfresse und wartete auf einen ersten Schritt. Ich wartete auf einen ersten Schritt, und wäre es mit der Hand gewesen.

Aber ich war ja nicht homosexuell. Es war alles noch viel komplizierter. Ich wusste nicht, was ich war. Es war mein Ich ein gigantisches Durcheinander wie in der Welt und Weltgeschichte, aus Verbrennungsöfen, Massakern und Requien, Schauprozessen und Apotheosen und königlichen Hochzeiten, die wir in der Tagesschau tranchenweise serviert bekamen. Gerade noch hatte Königin Elisabeth II. ein von ihr angeschossenes Wildtier mit dem Stock totgeschlagen und gelacht dabei, und irgendeine Tierschützerorganisation, die es wohl auch in Großbritannien gab, war empört wie der deutsche Fernsehmensch, dann kam auch schon der Börsenbericht, das Wetter und was weiß ich. Bevor ich schlafen ging, nahm ich immer noch das Weihwasser und schaute unters Bett, denn drinnen lag niemand. Wenn ich mich recht besinne, ist die einzige Kontinuität meines Lebens Queen Elizabeth II., wie sie über die Jahre verteilt auf die Jagd geht, irgendwelche Lebewesen eigenhändig erschießt oder erschlägt und lacht dabei und immer wieder zur Thronrede hereinschreitet, unter dem eingespielten Erklingen von *Pomps and Circumstances* in der Glotze.

Wenn ich mich recht erinnere, war das Fernsehen das einzige, was mich wahrlich mit der Welt verband.

Schwul hieß damals homosexuell. (Das Wort führte schon zum Erröten, manchmal zum Tod.) Ich las im Großen Herder

Lexikon, das in der Schulbibliothek stand und auch zur Ausstattung des Jagdzimmers gehörte, unter dem Stichwort, daß zu dieser unseligen Krankheit oder Veranlagung eine ganze Reihe von Defiziten des Charakters kämen, so der Hang zum Simulantentum und die Gefahr des Abrutschens ins Kriminelle. – Im besten Falle führten diese bedauernswerten Geschöpfe eine unaufrichtige Doppelexistenz. Die H. sei eine Krankheit, von der die Wissenschaftler nicht sagen könnten, ob sie unheilbar sei oder nicht (Stand der Forschung 1955 – vgl. Der Große Herder). So einfach war die Zeit, es waren anderswo die Swinging Sixties, auch wieder nicht. Der Große Herder: Das war die einzige Autorität, die ich konsultieren konnte, um überhaupt etwas darüber zu erfahren; der in der Nachkriegsausgabe einfach nachgedruckte Artikel des Herder Lexikons der Vorkriegsausgabe war die einzige Autorität in der katholischen Jagdbibliothek, und auch in allen Bibliotheken, die mir damals erreichbar waren, in meinem damaligen Leben, die sich zu diesem Problem äußerte. Es wird Menschen gegeben haben, die auf diese Sätze hin aufgegeben haben. Die etwas ganz anderes gemacht haben. Doch ich dachte nicht daran, aufzugeben. Ich war ja nicht homosexuell, sondern fünfzehn. Diese Todesurteile enthielten mich nicht. Da konnte ich nicht gemeint sein. Ich war fünfzehn, bitteschön, mit nicht zu bändigenden Sehorganen, die in alle Richtungen gingen. Meine Augen waren so stark, daß sie wie Hände waren, mit denen ich überall hinkam. Meine Augen waren so viel wert wie Hände. Meine Augen waren Hände.

Ich lief also mit meinem Gips herum. So weit war ich also gegangen, um so etwas Primitivem wie zwei Stunden Schulturnen zu entkommen. Dem Simulantenanfänger half noch die Tendovaginitis weiter, die so wenig aufs Röntgenbild kam wie ein Wunder.

Ich schaute und flüchtete und schaute und flüchtete ein Leben lang vor der Sichtbarmachung meiner selbst, und wäre es auf einem Röntgenbild gewesen mit seinen Knochen und bläulich verfließenden Einzelheiten wie Zigarrenrauch. Das war in einer Welt, dieser hier, die auf Grund der Illusion bestand, daß alles, was war, sichtbar war.

Entschuldigung, ich bin ein umerzogener Linkshänder und denke von da vielleicht etwas um die Ecke. Obwohl ich alles sehen wollte, flüchtete ich ein Leben lang davor, gezeigt zu werden. Und wäre es ein Röntgenbild gewesen. Der tiefste Grund war vielleicht die Angst vor einer möglichen Enttäuschung, daß dann zu sehen wäre, daß nichts zu sehen war, wäre und sein würde. Daß auf dem Bildschirm zu sehen war, daß nichts zu sehen war. Das war schon bei den Fürstenbergs so.

Ach, der arme Chefarzt. Vielleicht liegt er immer noch in einem der schönen Pflegeheime, in einem Augustinum mit Rundumbetreuung. Wahrscheinlich liegt er mittlerweile ganz in der Nähe davon. Und auch die Liebe und den Assistenten gibt es gar nicht mehr. Später kam ich nämlich darauf, daß es auch Liebe sein konnte, was die beiden verband, wie bei Vati, der Mutti sagte, und bei Mutti, die Vati sagte.
    Aber in der Schule hatte es nur geheißen, daß der eine den anderen in den Arsch fickte. Das habe ich damals zum ersten Mal gehört.

Und zu allem machten wir auch noch Wallfahrten.

Die Pausen auf dem Weg zur Wallfahrt in die Innerschweiz zu Bruder Klaus haben wir mit Bockspringen überbrückt, wie einst Marie-Luise auf dem Weg nach Lourdes. Wir dachten uns nichts dabei. Andere haben auf der Juniwiese neben der Straße – es gab ja noch keine Autobahn, nicht einmal einen Parkplatz, der Bus hielt einfach auf der Straße an – Streckübungen und Purzelbäume gemacht oder auch nur simuliert, wie später im Flugzeug, nach einem zermürbenden Transatlantikflug in der Schweineklasse.

Da ich auch gerade auf einer Wallfahrt nicht für den Sport zu haben war, andererseits auf Nächstenliebe gestimmt, meine Nächsten in ihrer Unschuld nicht enttäuschen wollte bei ihren Bocksprüngen, lief ich auch nicht demonstrativ davon und blieb auch nicht demonstrativ im Bus sitzen und simulierte auch nicht demonstrativ den Schlaf, sondern, mild gestimmt, auf Wallfahrt, schaute ich meinen Mitwallfahrern bei ihren Streckübungen zu, und wie sie nun auch schon dabei waren, zum Bockspringen überzugehen. Irgendein hochgemuter Wallfahrer muß damit begonnen haben. Und bald, die Pause dauerte wohl eine Stunde, schon nach fünf Minuten, waren sie auch noch zum sogenannten Schinkenklopfen übergegangen. Das war ein Spiel, oder sollte ein Spiel sein. Tatsächlich war es wohl eine sexuelle Spielart, hätte Geigenmüller vermutet, eine Art von sexueller Betätigung, die das Besondere an sich hatte, daß es die Beteiligten gar nicht wußten. (Oder wissen wollten.) Vielleicht war es aber auch nur ein von der Kirche genehmigtes Spiel, um die Sehnsucht in Schach zu halten bis zur Hochzeitsnacht.

Das Schinkenklopfen war damals das Spiel der Spiele. Näher hin ging nicht. Ich sah nun den Bockspringern zu, aus denen im Nu Schinkenklopfer geworden waren (kurz die Spielregeln: »Die Teilnehmer bilden einen Kreis. – Über einen Abzählreim wird eine Person ermittelt, die ihren Kopf mit verbundenen Augen in den Schoß von einer weiteren per Abzählreim ermittelten Person legt; die anderen Teilnehmer bilden erneut einen Kreis. – Nun beginnt der Mutigste damit, eher schwach oder eher stark, um zu täuschen, mit seiner Hand auf das Hinterteil der Person zu schlagen, die mit verbundenen Augen im Schoß der Spielführerin liegt. – Die Person muß raten, welche Hand es gerade war. Da der Aufschlag eigentlich ein Täuschungsmanöver ist, dauert es gelegentlich länger, bis die richtige Hand erraten ist. – Dann wird erneut gewürfelt.«).

Es war vor allem ein Kinderspiel. Aber auch Erwachsene haben mitgespielt. Wir dachten uns nichts dabei. Ich sah ihnen zu, wie es brannte. Es war ja wie ein Gruppenspanking, das sich nicht einmal die schamlosesten Besucher des BLUE MOON trauten, die nur mit Badeschlappen bekleidet herumliefen.

Wer sich unsere Spiele wohl ausgedacht hat? Weg wollten wir immer, und daher sind auch alle auf Wallfahrt gegangen, ob sie fromm waren oder nicht. Vom Gitterbettchen an wollten wir eigentlich immer nur weg (von uns selbst). Auf den großen Wallfahrten saß die Gemeinde nach Geschlechtern getrennt auf einer Männer- und Frauenseite im Bus, wie in der Kirche. Und nachts schliefen sie und träumten, mit den Gitarren dazwischen als Anstandswauwau; besonders in den hinteren Reihen, diejenigen, die noch nicht verheiratet waren. Der Pfarrer konnte es nicht verhindern, daß auf der Rückfahrt auf dem Rücksitz eine Art von Petting versucht wurde.

Jene Pepitahosen, meine Debütantenfresse

Jeden Morgen kam ich an diesem Bahnhofslokal vorbei, und am Nachmittag wieder. Es war ein Ecklokal mit einer Schwingtür wie im Wilden Westen, die nachträglich eingebaut war und der eigentlichen, gewöhnlichen, tristen deutschen Aluminiumtür nach dem Prinzip des Potemkinschen Hauses die Illusion der Sehnsucht voranstellte.

Drinnen tauchte bald noch ein Paar an meinem sechzehnjährigen Horizont auf. Es handelte sich um die Pächter, zwei Männer, ein Paar, für das ich immer noch keine Worte hatte, die den »Bahnhof« gemietet hatten. In der Schule erfuhr ich, daß die beiden »andersherum« waren. In jener Schule, in die ich nun ging (ja, sagt man so? – war es ein Gehen?), gab es dafür aber so viele Wörter wie nie wieder.

Wieder hörte ich in der Schule, der eine sei andersherum und habe ein Verhältnis mit seinem Koch, er ficke ihn gelegentlich neben dem Kochen her in der Küche in den Arsch. Womit das Geschäft gelaufen sein dürfte. Das konnte nicht gutgehen. Schon gab es anonyme Anzeigen bei der Gesundheitspolizei, die diesen skandalumwitterten Ort jederzeit dichtmachen konnte.

Da ich jene Menschen sehen wollte, denen derart Unerhörtes nachgesagt wurde, mußte ich hin, solange sie da waren. Alleine hingehen ging nicht. Wieder mußte ich also meinen Simulantenstatus aktivieren und nötigte Andrea und eine weitere Freundin namens Lucy, mit mir in die Bahnhofswirtschaft zu gehen, um diese Typen zu beobachten, wie sie sich bewegten, als ob ich sie zu einem Ausflug in den Basler Zoo hätte anstiften wollen. Ich durfte ja nicht zeigen, warum ich diese Männer sehen wollte; tat wieder einmal so, als ob es zur Belustigung wäre. Es war nicht viel anders, als ob wir zusammen schwimmen gehen wollten. Doch dieser erste Besuch mit diesen zwei Freundinnen war zunächst wieder eine Nullrunde. Die eine war schöner als die andere, und machte meine Chancen auf eine Annäherung praktisch zunichte. Dieser Wirt konnte mich beim besten Willen nicht durchschauen. Es sah so aus, als hätte ich zwei Freundinnen, nicht nur eine. Der Koch zeigte sich schon gar nicht. Und ich lag bald mit heimatlosen Erektionen im Bett und wußte nicht, wie es weiterging. Ich träumte noch davon, bis ich einschlief.

Es war eine Zeit, in der selbst die Frechsten nicht einfach mit den Augen zwinkern konnten oder sagen *machst du es mir?* – Am Samstag Abend wurde in schlechtausgeleuchteten Sälen zur Musik der Lokalbands, die alle schon amerikanische Namen hatten, wenn auch noch die meisten Lieder deutsch waren, weil sie noch nicht so gut englisch konnten, *schwul* getanzt, wie es hieß, engumschlungen und die Frechsten haben in aller Öffentlichkeit geknutscht. Bei der letzten Runde ging das Licht aus. Das war das Höchste. Es war ein Darkroom auf der Höhe von 1970. Ich hörte *Es gibt Millionen von Sternen*. Wer hätte daran gezweifelt. Und sah diese Sterne über mir. Das war alles. Das Glück in mir hätte sich eingestellt, wenn bei der Damenwahl die Richtige auf mich zugekommen wäre und *tanzt du mit mir?* gefragt hätte.

Mit den Freunden, die ich nun doch hatte, die schon ein Moped hatten, fuhr ich auf dem Rücksitz und eng angeschmiegt wie eine Soldatenbraut in die nächsten Kinos in die ersten Sexfilme der Weltgeschichte, die mit meiner Geschichte zusammenfiel. Was für ein Zufall. Sie ließen es mit sich geschehen. Ja, sie kollaborierten sogar – es war eine Art Teamwork, wie wir hier zusammenspielten. Wir waren ja nur unterwegs, wir fuhren ja nur und mußten uns irgendwo festhalten, und es war am Vordermann. Das war alles. Sie wollten es auch so. Es war auf Zeit, bis zum *ersten Mal* – – – Es war ja nur eine Art Gelegenheitshomosexualität, wie die Soziologen sagen oder die vulgäre Psychologie, es war wie im Krieg oder im Gefängnis oder in Arabien zwischen dem Tag der Beschneidung und der Hochzeitsnacht, das war alles.

Und wir standen zusammen am Pissoir und verglichen unsere Geschlechtsteile, mit denen wir unsere Frauen beglücken wollten und machten Dinge, die wir hätten beichten müssen. Wir sprachen von den Weibern und sahen uns dabei abwechselnd in die Augen und auf unsere jungfräulichen Schwänze. Das war alles.

Bei mir jedoch dauerte diese Zeit, da ich auch Männern in die Augen schaute, vielleicht noch etwas länger, wie ich vorerst bemerkt hatte. Ich hoffte, daß es nicht auf ein Leben sein würde. Ich spielte, wir spielten und lachten dabei, als wäre es ein Scherz, am Pissoir zu stehen und auf die Liebe zu warten, als wären wir kleine Hunde, die sich spielend auf das Leben und Überleben vorbereiten oder auf den Krieg.

Sie ließen es geschehen, ja, sie warteten darauf, daß ich, der nicht wußte, was er tat, und mit diesem ungezogenen, nicht zu bändigendem männlichen Geschlechtsteil auf dem Rücksitz leben mußte, ihnen entgegenwuchs. – Es war aus, bevor es begonnen hatte, und ohne ein einziges Mal den Satz: Können wir nicht Freunde bleiben? – zu hören. Ich sage: die Freunde, denn es gab keinen einzigen für mich allein. Für sie ja auch nicht. Es waren immer alle dabei, die ins Kino und dann noch auf ein Schnitzel oder eine Currywurst, damals Höhepunkte unserer kulinarischen Existenz, in den »Adler« gingen. Die Lüste dieser Minderjährigen waren damals noch sehr ausgewogen. Es gab praktisch nur zwei: Schnitzel und das Eine.

Der erste Kino-Film war zwar CHARLIES TANTE gewesen. Ich hätte einen anderen ersten Film verdient und schon ganz anderes sehen wollen als CHARLIES TANTE. Nicht nur wegen dem schrecklichen Heinz Rühmann: Ich mußte kein einziges Mal lachen, und die anderen lachten sich kaputt. Ich aber hätte weinen können: War das jetzt alles? – Das sollte alles sein? – Sollte ich so zum ersten Mal aus dem Kino kommend durch die Nacht nach Hause fahren müssen? CHARLIES TANTE wurde ein derartiger Mißerfolg in meinen Augen, daß ich für den gewöhnlichen Film in absehbarer Zeit verloren war, die sogenannten Sexfilme ausgenommen, die IN THE YEARS TO COME gleichzeitig wie ich um 1970 herum immer geiler wurden.

Ich hatte nun Freunde und ein Leben im Rudel. Die Tatsache aber, daß ich allein auf der Welt war, verlor ich auch in jener Zeit, als wir uns schon in die Spätvorstellungen hineinmogelten, nicht aus den Augen. Vielleicht war die Hellsichtigkeit der ersten Zeit etwas eingetrübt durch die Illusion, daß die Zukunft etwas ganz Großes und Einmaliges für mich bereithalte, von dem ich nicht einmal zu träumen wagte, so groß und schön war es. So daß ich meine Träume hätte beichten müssen.

Die Zukunft war damals meine Sehnsucht, so wie heute die Vergangenheit mein Heimweh ist.

Wir – das war das Wort dafür: für den Glauben, daß ich doch nicht allein auf der Welt war, auch wenn ich dies geglaubt haben sollte, sowie für den Irrglauben, daß ich dem Schönsten noch entgegenlebte. Uns narrte die Sehnsucht, die (in meinem Fall) aus einer unendlichen Folge heimatloser Erektionen bestand, Erektion! Was für ein Wort, bis zum Himmel hin. Wie aufrecht!

Es saßen fast ausschließlich junge Männer vor dieser Leinwand, die von der Liebe träumten; und die Schauspielerinnen träumten vielleicht von jenen jungen Männern, die hier saßen und die sie niemals zu Gesicht bekommen würden. Der Film hieß EROS AM ABGRUND, und im Schaufenster war vor diesem Film gewarnt worden. Er sei so gewagt (das ist das alte Wort für geil), daß keine Bilder gezeigt werden dürften. Die ganze Woche lebten wir damals auf diese Spätvorstellungen hin, ich war einmal wirklich wie die anderen. Die Spätvorstellung war erst recht ab achtzehn. Der Film, auf dem so gut wie gar nichts zu sehen war, hätte eigentlich eine Enttäuschung sein müssen, war es aber nicht. Einmal huschte ein Wesen vorbei, das eine Frau sein konnte, der Film kam aus dem Amerika der McCarthy-Zeit. Nach heutigem Ermessen und Stand der Wissenschaft war nichts zu sehen. Aber für mich und die anderen, die in ihrem bisherigen Leben ja auch nicht viel mehr gesehen hatten als ich, und zudem wahrscheinlich auch nicht die Anlage zum Voyeur hatten – war es alles. Es war weniger als das kleine Einmaleins. Wir opferten unsere Samstagabende für so etwas wie EROS AM ABGRUND.

Gerd sagte, und sprach so vielleicht auch für die anderen, es sei »zum Appetit holen« – was auf diesen Appetit folgte, kann ich nicht sagen. Auch ihre Erektionen hatten ja noch kein Ziel. Wahrscheinlich haben sie es so gemacht wie ich, später, zu Hause, in die Nacht hinein. Am anderen Morgen war Sonntag, und einige von uns waren immer noch zum Ministrantendienst eingeteilt, und woran sie, während sie am Altar standen, dachten, mag ich mir erst gar nicht ausdenken. In der Zeit vor den Spätvorstellungen, die für die Erwachsenen reserviert waren, hatten wir uns zwar auch schon in sogenannte Aufklärungsfilme hineingemogelt (das Wort war mittlerweile ziemlich verkommen, ja verderbt). Für Oswald Kolle, den nächsten großen deutschen Aufklärer seit Kant, fuhren wir (ich immer die Abenteuer eines Beifahrers erleidend) bis nach Kempten, um einen Film wie HELGA zu sehen. Die auf solche Aufklärungsfilme folgenden Orgasmen, die ersten meines Lebens, hatten sich dann aber im völligen Dunkel abgespielt, im alten Dunkel, als ob es nie eine Aufklärung gegeben hätte. Eine Weltmacht für ein Linsengericht, schad' drum! Es war wohl wie eine vollkommene Sonnenfinsternis an einem Regentag – oder wie das erste Mal das Meer im Industriehafen von Rotterdam.

Es war aber schön, zu fahren und jung zu sein und das Leben vor sich zu haben, wie wir glauben durften, das Meer, und eines Tages am Meer zu sitzen und zu sehen, wie die Zeit verging.

Es lief nun schon auf Torschluß-Panik hinaus, so hieß es doch, wenn –

Eines Abends, mitten unter der Woche, beschloß ich, allein ins Kino zu gehen. Mit dem Schienenbus würde ich noch hinkommen; zurück müßte ich dann aber per Anhalter und nachts – aber darüber machte ich mir keine Gedanken. Ich hätte sogar den Tod riskiert; und die Möglichkeit, daß ich erkannt würde, da dieses Kino ja nicht im 80 Kilometer entfernten Kempten, sondern direkt neben dem Bahnhof der Stadt lag, in der ich, wie es heißt, zur Schule ging. Ich sage lieber nicht, wo genau es war.

Im Kino lief gerade der SCHULMÄDCHENREPORT NR. 3.

Der berüchtigte Übermut der Schüchternen führte auch bei mir dazu, daß ich keineswegs über die Jagdzone von Josefslust hinausgefahren wäre; wer weiß, vielleicht wollte ich sogar gesehen werden und wartete nur darauf, geschnappt zu werden, aus Sehnsucht nach dem Ende meines Lügenlebens, das ich jedoch bis zum heutigen Tag fortgeführt habe. Es lief der SCHULMÄDCHENREPORT, den ich sehen wollte, um die Schulmädchen und ihre Brüste zu sehen; aber vielleicht wollte ich auch nur jene sehen, die an diesen Schulmädchen und ihren Brüsten vielleicht noch mehr Wohlgefallen hatten als ich. Es waren Schulmädchen, die so alt waren wie ich oder wahrscheinlich etwas älter, vielleicht schon über dreißig, und die Schulmädchen spielten, die so alt waren wie ich. Die im Gegensatz zu mir lebten, der ich nur war. Wie Ochs am Berg vor dem Leben stand, glaubte ich, bis ich schließlich herausbrachte, daß es bis zuletzt so sein würde, daß es nichts gewesen wäre als ein einziges und einmaliges Vor-dem-Leben-Stehen.

Es war in der Zeit, als ich glaubte, daß ich dafür lebte. Daß diese Schulmädchen etwas vom Leben hatten, und ich nichts vom Leben hatte. Glaubte, daß ich gar nicht lebte, sondern nur so tat.

Und schaute. Manches schien mir ein Wunder.

Irgendwann, aber bald, mußte es sein.

Irgendwann, aber bald, würde es auch bei mir mit der Zunge vorangehen, so wie im Film, dessen Einzelheiten – viele waren es nicht – es lief das sogenannte Wesentliche eigentlich auf eine Wiederholung hinaus –, sich eingefressen, ja eingebrannt hatten in mir. Die Augen waren damals meine Flugzeuge, meine Hände, mit denen ich überall hinkam. Auch an die vorerst von mir entferntesten Orte. Mein Kerosin war die Lust mit einem Tank von der Kapazität eines Sechzehnjährigen, der noch wuchs. Jeder Tag konnte der erste sein. Ich lebte nun schon in einem die Adventshoffnung jedes Gläubigen übertreffenden Verlangen.

Ich war ganz allein gewachsen, die Geschichte einer einzigen heimatlosen Erektion. Und näherte sich Hilfe, stellte ich mich schlafend oder reagierte böse wie unser Jagdhund, wenn ich mich, dies nebenbei, nach der Liebe sehnte. Ich wartete nur noch. Ich wartete auf einen Menschen, der voranginge, und wäre es mit der Hand gewesen, und wäre es mit der Zunge gewesen. Dabei war ich selbst, schon von der ersten Brust an, an der ich hing, immer schon gaumensicher. – So lebte ich von meiner ersten Gaumenfreude an, von der Sehnsucht nach ihr, aufgrund dieser.

Mein Hunger war einer, der aus ein, zwei Lüsten bestand. Und dieses Buch heißt: Sehnsucht. Versuch über das erste Mal.

Ich ging also in die Bahnhofswirtschaft hinein, die keinen anderen Namen hatte, nicht Bistro, nicht Gourmet – nicht Erlebniscenter, nicht Katis Tresen oder so. Nein, nur »Bahnhofswirtschaft«, hieß, so wie Willi oder Ernst. Ich redete mir ein, es wäre tatsächlich wegen einer Currywurst, als ich schließlich nach dem Schulmädchenreport noch einmal zusätzlichen Appetit bekommen hatte. Tatsächlich wegen einer Currywurst, als ob ich Hunger gehabt hätte. Es war gerade zehn Uhr abends, ich hatte mich ja in die Hauptvorstellung gesetzt, in eine der hinteren Reihen, um alles zu sehen, auch die Reihen vor mir, die Köpfe, die von mir weg, aber in dieselbe Richtung schauten und schauen würden – nicht nur an jenem Schulmädchenreportabend, sondern bis zuletzt. Hunger hatte ich, und ich würde bis zuletzt Hunger haben, immer wieder den sogenannten Heißhunger, der keinen Aufschub duldete, es wäre der Tod gewesen.

Ich schwöre es, bei meiner Erinnerung. Der Wirt, der hier, wie sein Lokal, ohne Namen bleiben muß – Bahnhofswirtschaft muß reichen –, wunderte sich wohl, daß ich dieses Mal allein kam. Selbst er hat sich in mir getäuscht und mir meinen Hunger nicht angesehen. So ein Simulant war ich, daß keiner sagen konnte, was für ein Hunger es war – nicht einmal ein Wirt, oder wäre ich selbst es gewesen.

Es waren nur zwei Tische mit Trinkern im Lokal, die mit ihren verreckten Gesichtern dasaßen und dem Leben, das hinter ihnen lag. Die sich um ihren Ruf (das heißt, nicht schwul zu sein) keine Sorgen mehr machen mußten. Sie waren sich egal, und den anderen auch. Bier gab es überall, aber nirgendwo so nah wie am Bahnhof. Der Wirt erkannte mich gewiß »at first glance« (Elvis – »Are you lonesome tonight?«) und bekam Angst vor mir. Denn ich schaute wohl wie Majakowski auf dem berühmten Photo. Derart schauen ging nicht. Hielt mich vielleicht für einen, der Geld von ihm wollte oder einen, der von der Polizei kam und sich als einer, der nur Geld wollte, verstellte, und so tat, als wäre er aufgeregt. Oder ein Selbstmörder auf Probe, in spe. Er wäre ja meinetwegen damals, als es noch ein Zuchthaus gab, meinetwegen ins Zuchthaus gekommen; und ich wäre seinetwegen auch noch in eine Erziehungsanstalt oder die Jugendstrafanstalt nach Wittlich an der Mosel oder nach Bruchsal gekommen. Damals, als es noch ein Zuchthaus gab, und das Wünschen nicht geholfen hat – Augen, nichts als Augen – waren es. Dazu diese Gestalt, die hinter der Schwingtür verschwand. Vielleicht, dachte er, kam ich auch nur von der Gesundheitspolizei, um den Laden endgültig schließen zu lassen. Ich hatte eine Currywurst bestellt. Das war nach 22 Uhr verboten. Und ging erst einmal in die Küche, um den Koch zu warnen. Ich fragte nach einer Currywurst – und er sagte aus Angst, die ich als Lust mißdeutete, ich könne gerne eine Currywurst haben, aber ohne Bezahlung. Ich wußte ja nichts von Sperrzeiten und daß die beiden längst wie Kriminelle observiert wurden.

So saß ich etwas abseits, aber ziemlich aufdringlich und voller Bilder aus dem Schulmädchenreport. Ich wußte nicht einmal, daß ich zitterte. Damals trugen die Köche noch die schönsten Pepitahosen der Welt. Und mit einer solchen Pepitahose im Hahnentrittmuster (»muß es denn immer der Arsch sein?« das war die Frage eines dieser sonderbaren Schulmädchen gewesen) kam nun auch der Koch durch die Schwingtür aus seinem Reich und stellte sich in meinem vor mir auf. Er lehnte sich mit seinem Gewicht etwas zur Seite gegen mich, wie um eine Zigarette zu rauchen. Und rauchte dann auch, wohl um mich zu beobachten, wahrscheinlich hin- und hergerissen, denn es hieß ja von mir, daß ich mit einer Debütantenfresse begabt war. Ich hoffte, daß er hin- und hergerissen war und schaute wie eine Vierzehnjährige zu ihrem Lehrer hin (dabei war ich sechzehn).

Man muß Angst haben vor Menschen, die Angst haben.

Hatte man mir nicht gesagt, ich solle nicht so schauen, wie ich schaute? Alle kannten mich besser als ich. Ich kannte mich ja nur vom Spiegel. Ich wußte ja nur, daß ich schaute, wie ich schaute. Ich sah nie, wie ich schaute. Außer in diesem Wirtshausspiegel hinter dem Tresen, wo ich mich sah zusammen mit diesem erektionsfreundlichen Fremden, wie er mich über den Spiegel beobachtete, wie ich Fingernägel kaute. Außer in diesem Spiegel, in dem ich sah, wie ich Fingernägel kaute und schaute. – Mein Appetit war mittlerweile gewaltig geworden seit den ersten Zeiten im Kindergarten. Ach, ich habe ein Leben lang geschaut, wenn auch meistens nur hinterhergeschaut. Das Hahnentrittmuster – zum Beispiel, diese versetzten kleinen Karos, die auf dem vollkommen Runden zu liegen kamen, es berührten, wie ich sah. »Wir wollen keine Preise verteilen!« Aber dieses Hahnentrittmuster, welches das Gerade rund sein ließ ... Auch dieser Koch zählte zu den Erwachsenen, die alles konnten und durften, auch das Verbotene – and then we're going for a swim – golden triangle!

Er verschwand in der Küche, wegen meiner Currywurst, auf Geheiß des Wirtes mußte er mir nun eine Currywurst machen und verschwand mit seiner luxuriösen Erscheinung in der Küche, ein Erwachsener. Es war schön und aufregend, wie diese Erwachsenen auf mich zukamen und schöner noch, wie sie von mir weggingen und hinter ihrer Schwingtür in der Küche verschwanden und ihre Gestalt bei mir zurückließen. – Ich habe ihn seither nie wieder gesehen. Vielleicht lebt er noch. – Meinen Hunger aber, der ja nur aus ein, zwei Lüsten bestand, erkannte er wohl, verschwand in der Küche und hat mir eben eine Currywurst gemacht, ein Schlag ins Gesicht, die Majakowskifresse. Dann ließ er mich mit meiner Currywurst allein. Die Currywurst, die es zu Hause auch nicht gab, bekam ich. Und ich hatte Mühe, sie, bei meinem Hunger, hinabzuwürgen.

Bei meinem Hunger! – ist in der Küche verschwunden, was meinen Appetit noch einmal gewaltig steigerte. Es war wie in den sogenannten Filmen für Erwachsene. Das Entscheidende würde in einem Augenblick beginnen. Daher hat bis zum heutigen Tag das Wort »Film« und selbst das Wort »Erwachsener« einen erotischen Beiklang. »Adult« – das war schon fast in Amerika, in einem Pornostudio in Kalifornien. Es war schon fast eine Erektion, mit der ich an meinem Platz im Leben saß. Diese Erektionen! – Im nachhinein scheint mir, daß mein Leben eine einzige Erektion war, bis ich es hinter mir hatte. Während die anderen ihre Tage hatten, hatte ich mein Leben.

Der Wirt und der Koch, das waren zwei von diesen Erwachsenen, die alles kannten und alles taten.

And then we're going for a swim –

Am Tag darauf ging ich schon wieder mit meiner ahnungslosen Freundin Andrea, die sich vorerst immer noch nur für die himmlische Liebe zuständig sah, händchenhaltend (der nächsten nach meiner Großmutter) die Hauptstraße, die viel ausgehalten hat, auf und ab. Jetzt war sie wohl schon im Bett. Aber morgen, am hellichten Tag, wäre sie wieder mit ihrem Minirock unterwegs, dem ersten der Weltgeschichte: Und beim Gang über den Zebrastreifen oder gar als ehrenamtliche Verkehrslotsin, um ABC-Schützen (wie treffend!) über die Straße zu helfen. Und würde in der Welt wieder zu zahlreichen Erektionen und Beinah-Verkehrsunfällen führen. So wie ihre weltweiten Kolleginnen damals und weiterhin auf der Welt zahllose Erektionen und Verkehrsunfälle mit tödlichem Ausgang provozierten, aufgrund von Erektionen Vorbeifahrender, Lastwagenfahrer mit ihren Augen im Kopf bis zum Jüngsten Tag. Bis zum heutigen. Die zahllosen niemals erkannten Erektionen und Verkehrsunfälle sind längst verschmerzt, ja vergessen.

Aber mit mir war wieder nichts. Die Welt, die ich meinte (»meinen« kommt von »minnen« und heißt »lieben«, sagte der Etymologe in mir), hatte sich vor mir in die Küche – wie in eine Festung – zurückgezogen.

Da saß ich und konnte im Spiegel hinter dem Tresen sehen, wie ich ihn und er mich beobachtete, wie ich Fingernägel kaute, was meine Chancen wohl entscheidend verminderte und mein vorläufiges Glück verunmöglichte.

Bald – noch zu meinen Debütanten-Zeiten – waren Koch und Wirt aus dem Kleinstadt- und geregelten Geschlechtsverkehr gezogen und versuchten es aufs neue, dieses Mal in Frankfurt am Main, wo –

So lebten sie dem neuen Jahrtausend, ihren neuen Hochhäusern und Millenium-Türmen entgegen.

Es folgte auf diese Zeit Helgas Frisierstuhl, jener Sommer. Ich aber möchte *immer* sagen.

Hieß fahren wegfahren?

Ich war nun fast achtzehn, nun schon ein Jahr bei Schultze. Von meinem Platz im Klassenzimmer (wir hatten damals unsere festen Klassen und Plätze) konnte ich das Krankenhaus sehen, in dem ich geboren worden war. Ich war der erste und der letzte dieser Familie, der in einem Krankenhaus das Licht der Welt erblickt hat. Aber ich saß immer noch fest. Immer noch bei mir, immer noch nicht angekommen. Ich hatte noch nicht einmal das Meer gesehen. Herumgekommen war ich schon; aber es war doch nur von Jagdhaus zu Jagdhaus, und dazwischen die Schulen, die alle in den schwärzesten Wäldern meines Lebens lagen.

Ich kannte die Berge ganz gut, auch das Ausland, war in der Hohen Tatra gewesen, auch im Schwarzwald, monatelang im Elsaß und immer wieder in Liechtenstein. Aber das Meer hatte ich noch nicht gesehen. Der Bodensee, der Garda-, Platten- und der Genfer See – die großen Seen waren vorerst alles. Doch sie waren für mich nur eine Erinnerung daran, daß ich nicht am Meer war.

Nun ging es an den Führerschein, den ich, wenn mich meine Erinnerung nicht täuscht, allein dem Wegfahren zuliebe machen wollte, und meinen Augen zuliebe, die das Meer immer noch nicht gesehen hatten. Gewiß, ich wäre auch mit einem Flugzeug ans Meer gekommen. Und auch zu den Menschen, die ich geliebt hätte.

Denn jene, die ich vor Ort liebte, waren ja unerreichbar nahe.

In meiner unmittelbaren Umgebung, der Gegend von Adamslust lebten, tagsüber vor allem Menschen, denen es Freude machte, auf ihren kleinen Ausgängen die Häuser von Weinbergschnecken zu zertreten, ganz nebenbei, mit natürlicher Grausamkeit. Es gab Freunde, die mit mir schon in ihrem ersten Fahrzeug, einem alten VW, auf Jagd gingen: Auf dem Rückweg von den Spätvorstellungen fuhren sie besonders schnell durch den Wald mit den Wildwechselzeichen und hofften darauf, daß ihnen ein Reh oder wenigstens ein Hase über den Weg liefe, den sie gezielt überfahren könnten. Das wäre schon ein Sonntagsbraten gewesen. Und so dachte auch der ältere Bruder von Mike, mit dem ich den Führerschein machte, zweimal in der Woche theoretischer Unterricht, wenn er uns bei der Fahrschule Knötzele abholte. Wir stiegen zu viert in das Fahrzeug mit laufendem Motor, der schon lief, als wir noch gar nicht zu Ende waren mit dem Unterricht. Es waren vier Fahrschüler, Mike, Andrea und ich, dazu Tom. Nun gut, Mike, Andrea und ich saßen im Fond der Limousine, wie meine französische Großtante bis zuletzt sagte. Es war eine Grausamkeit, so eng beieinander zu sein, daß sich über das angrenzende Bein der Herzschlag übertrug. Mit solchen Freunden, die mittlerweile ein Lichtjahr von mir entfernt waren, die man sich in abgelegenen Gegenden nicht aussuchen kann, wuchs ich auf. Das war mein Jahrgang. Dazu kamen die gewöhnlichen Sadisten, aus denen ich mir nichts machte, die mich nicht quälten, die mit dem Spaten nach Feldmäusen warfen. Ich war ja keine Maus, aber jener Spaten schmerzte mich doch. In der Mitte meiner Erinnerung höre ich die Kette des Hofhunds, wie sie über den Boden schlurft. Daneben gab es auch Hausfrauen, die, während sie sich mit der Nachbarin über den Zaun unterhielten, wie nebenbei die ganz und gar unappetitlichen Nacktschnecken mit einer Heckenschere durchschnitten, um Schneckengift zu sparen.

Das waren keine Sadisten, sondern Menschen wie du und ich.

Hieß fahren wegfahren?
Was ist das für ein aufgeregtes Huhn? Murmelte der Führerscheinprüfer unwillig gegen meinen Fahrlehrer Herrn Knötzele hin. Er meinte mich. Ich hörte es in meinem Genick. Herr Homrighausen hatte schon meine Tante aus dem Schwarzwald dreimal durchfallen lassen, so daß sie zum Idiotentest mußte, wohin die von mir bewunderte Tante, die, wie könnte es anders sein, mit ihren über fünfhundert Stunden Fahrschulpraxis, wovon Herr Knötzele über ein Jahr gelebt hat, eigenhändig gefahren war. Als sie noch Fahrrad fuhr, und als ich noch klein war, hat sie mich oftmals ohne Licht, nur mit dem Nachtlicht des Himmels, nach Hause gefahren. Den Idiotentest bestand sie auch nicht, fuhr aber dennoch eigenhändig zurück und noch dreißig weitere Jahre unfallfrei. In manche Häuser kehrte das Unglück ein über den nicht bestandenen Führerschein, die verlorene Ehre wurde an Männer und Kinder und Kindeskinder vererbt, denn das Leben dortzulande war nicht souverän. Sie verdarben sich ihr einziges Leben ein Leben lang, indem sie ein Leben versuchten, das die anderen von ihnen erwarteten. Meine Tante hatte gewiß auch Angst, entdeckt zu werden, eine lebenslängliche Angst, in eine Kontrolle zu geraten, aber es war ihr zu ihrem Glück gleichgültig, wie die anderen über sie dachten.
So saß ich nun am Steuer, war jedoch noch zu unerfahren, um mir nichts daraus zu machen, wie die anderen über mich dachten.
Gut, ich gebe es zu, ich war ein wenig aufgeregter noch als sonst und habe, bei meiner Rechts-Links-Schwäche, die Himmelsrichtungen verwechselt. Der Prüfer (alle Prüfer waren Ex-Feldwebel und kamen aus dem Münsterland) verzog schon beim Einstellen des Rückspiegels, wie ich beim Einstellen des Rückspiegels erstmals sehen konnte, sein Gesicht. Er konnte mich einfach nicht leiden und argwöhnte wohl schon, daß ich bereits den Antrag auf Kriegsdienstverweigerung gestellt hatte. Daß ich der Sohn eines Nahkampfspangenträgers war, sah

man mir ja überhaupt nicht an: dazu hätte es schon des geschulten Blicks eines Geigenmüller bedurft. Vielleicht hätte ich ihn das doch wissen lassen sollen, Knötzele hätte es ihm doch sagen müssen, dachte ich, um die Stimmung von Anfang an etwas aufzuwärmen. Ich hatte damals – ein Jahr, nachdem ich bei Helga hinausgeflogen war, Lokalverbot bekommen hatte, zu keinem Friseur gegangen war – viel zu langes Haar, schön fallendes Haar, wie sich herausstellte, und wurde vom ungeschulten oder einschlägigen Auge gerne mit einem Mädchen verwechselt. Den richtigen Mädchen gefiel es, auch den Jungen, die vielleicht gar keine richtigen Jungen waren, so wie ich. Aber Herr Homrighausen, der noch mit ausrasiertem Nacken groß geworden war und vielleicht zuletzt noch mit seinem Großvater in den Volkssturm kam – konnte dieses Haar nicht leiden und dachte, so einer wie ich würde es nie zum Führen eines Panzers schaffen oder gar noch Höherem, etwa einem Jagdflieger und einem damals gar nicht vorstellbaren, nun aber schon wieder zurückliegenden Nahkampfeinsatz wie bei der Durchkämmung der Höhlen von Tora Bora.

Er sah mir an, es war nicht einfach ein Ressentiment, daß ich es nie zum Nahkampfspangenträger bringen würde. Ganz im Gegensatz zu Tom und Mike und Joschka Fischer, der schon immer, wenn es für ihn darauf ankam, bestimmt auch schon bei der Musterung, eine gute Figur machte. (Dazu eine perfekt inszenierte Sorgenmiene.) Es waren immer dieselben, die eine gute Figur machten, achten Sie einmal darauf. Herr Homrighausen nahm die Prüfung ab, als ob die Führerscheinprüfung eine Nahkampfprüfung wäre.

Leider hatte ich auch noch an jenem Tag das Duschen vergessen. Aber das wäre noch kein Grund gewesen, zu versagen. Es gab ungewaschene Menschen genug, die trotzdem, oder vielleicht gerade deswegen, im Leben mit ihrer natürlichen Rücksichtslosigkeit und mit ihrem Kampfgeist vorankamen. Mein Buch ist ja kein Krimi, bei dem es darauf ankommt, erst am Ende zu erfahren, wer der Mörder ist.

Daher nehme ich alles vorweg, kurz: Ich bin durchgefallen. Als ich daran ging, nach dem vorschriftsmäßigen Öffnen und Einsteigen und Einstellen der Instrumente, den Wagen in die Startposition zu bringen, als ich von Knötzele schließlich den Befehl hörte: »Dann fahren wir bitte los!«, ist der Wagen einfach nicht angesprungen. Umsonst hatte ich die halbe Stadt wissen lassen, daß wir morgen dran seien. Und auch umsonst, daß alle wußten, daß das Fahrschulzeichen fahrschule knötzele alle klassen am Prüfungstag heruntergeschraubt war. Man erkannte dieses Fahrzeug, das oftmals als einziges ganze Tage die Straßen der Kleinstadt abfuhr, auch so. Immer sah es mit seinen Insassen ein wenig wie ein käfig voller narren aus. Zum Glück war damals die nächste Autobahnausfahrt über hundert Kilometer entfernt, so daß Autobahnfahren nur im theoretischen Unterricht vorkam.

Nur soviel: Ich bin durchgefallen. Aber nicht einfach so. Es war auch wegen Andrea und Mike.

Es war so. Bis dahin hatte ich alles ordnungsgemäß und vorschriftsmäßig geschafft, das Einsteigen, die Fahrzeugkontrolle, das Armaturenbrett, die Spiegel, die Überpüfung des Verkehrs – aber ich hatte vergessen, daß es sich um einen Automatikwagen handelte. Herr Knötzele hatte seinen Wagen immer schon laufen, wenn ich einstieg. Aber nun war das Fahrzeug abgestellt und abgeschlossen. Herr Knötzele überreichte mir die Fahrzeugschlüssel. Ich fand ja noch hinein. Knötzele erteilte das Startkommando.

Die Führerscheinprüfung war ja damals für die Menschen auf dem Land eine der größten Hürden ihres Lebens, wenn nicht überhaupt die allergrößte. Vor allem für jene, die immer alles recht machen wollten und nach der Façon der anderen lebten; Menschen, die nicht ihr Leben führten, sondern ein anderes. Noch über den Tod hinaus wollten sie immer alles recht machen, hatten sie Angst vor den anderen und kauften sich den teuersten Grabstein, damit niemand sagen konnte, sie hätten sich nicht um ihren Grabstein gekümmert. Niemand sollte sagen können, sie kümmerten sich nicht um ihr Grab, ihr Grab sei verwahrlost, und so fort. So lebten sie vor, daß sie gar nicht lebten, sondern es recht machten und recht machen wollten.

Und dann sagte dieser Herr Homrighausen schon mit der Geduld eines Feldwebels: Wir starten! Das kann ja schön werden, dachte ich. Denn die Musterung stand ja auch noch an, vor der ich auch schon eine Panik hatte, vor allem wegen Max. Ich fürchtete, er würde sich nicht benehmen. Aber das ist eine andere Geschichte, die eine hängt jedoch mit der anderen zusammen. Alle meine Geschichten hängen zusammen und hängen mir an, der tragende Grund aber war die Angst, die alles mit allem verbindende Angst.

Ich hatte auch nicht vergessen, den Sicherheitsgurt, den es damals nur in diesem einzigen Fahrschulfahrzeug gab, vorschriftsmäßig anzulegen und mich wahrlich in die günstigste Startposition zu bringen. Aber dann – ich wollte die Maschine mit dem Zündschlüssel starten, doch es passierte nichts. Einfach nichts. Das Automatikfahrzeug rührte sich nicht. War es wegen Mike oder Andrea, daß mir das heute passierte? War dies die Strafe, weil ich die Nacht zuvor mit Max? – ich dachte damals, daß alles, was tagsüber war, die Strafe dafür war, was nachtsüber war. Selbst beim Zahnarzt, wenn es wieder einmal besonders gebissen hatte, dachte ich, es wäre zur Strafe. Wofür eigentlich?

Mittlerweile war wohl eine halbe erbarmungslose Minute vergangen. Ich schaute zum Fahrlehrer hinüber. Wie ich zu Knötzele hinüberschaute!

Wie ich schaute! – Nach hinten schaute ich nicht, denn da war mir Homrighausen im Genick.

Ich versuchte es weiter, und es geschah nichts – unter stillem, allmählich empörten Dabeisitzen und Zuschauen dieser zwei Exfeldwebel. Als ob es um die Schießprüfung ginge. Und keiner hat mir geholfen.

Vielleicht war es doch besser, als ich endlich hörte: »Wir

hören jetzt auf!« – »Das ist ja unmöglich! – Was für einen haben Sie mir da zur Prüfung zugelassen! – Gehen Sie jetzt! – Verlassen Sie sofort das Fahrzeug!«

Ich hätte auch noch eine Ohrfeige bekommen können.

Die beiden taten nun so, als müßten sie noch besprechen, ob ich bestanden habe oder nicht. Ich solle draußen auf das Ergebnis warten, wurde mir gesagt.

Und wie bei einem Wunder bemächtigte sich innerhalb von einer tausendstel Sekunde wieder einmal die irrsinnig schöne Hoffnung meiner Hoffnungslosigkeit.

Es war die Hoffnung von einem, der nur noch auf ein Wunder hofft, ganz gegen den Augenschein; es war die Sehnsucht auf ein Wunder, das Gegenteil vom tatsächlichen Leben: Das war's. Es war zudem die Hoffnung eines Bankrotteurs auf den großen Lottogewinn, dieselbe Hoffnung eines gescheiterten Schriftstellers auf den Nobelpreis, jene Hoffnung oder Sehnsucht eines Zwerges nach der großen Liebe: und so fort. 30 Millionen im Lotto, oder der Nobelpreis – oder vielleicht sogar beides – die Liebe von Prinz William und Samantha Fox, oder zum Papst gewählt werden – oder beides. So lebte ich und wurde immer wieder enttäuscht, wenn auch nie ganz. Von der großen Liebe blieb mir bis zum heutigen Tag die Sehnsucht nach ihr. Mochte meine Hoffnung zumeist auch Lottogewinncharakter haben, lebte ich auch wie ein Spieler, der mit der Hoffnung auf den großen Gewinn lebt und leben muß: Wenn ich auch nie gewann, so war es doch die Hoffnung, die mich am Leben hielt und weiterquälte. Es war dieser Hoffnungsschmerz.

Knötzele winkte mich nun mit seinem Stock herbei und sagte: Du hast mich wunderbar blamiert! So etwas ist mir noch nie vorgekommen, und ich bin schon seit zwanzig Jahren Fahrlehrer. – Ich sag dir's gleich: Du bist durchgefallen.

Andrea war am selben Tag auch durchgefallen, aber aus anderen Gründen. Keineswegs in einem derart beschämenden Zusammenhang. Mike hatte freilich bestanden und fuhr schon mit dem Ford Capri seines Vaters nach Hause und nötigte uns, vor allem mich, einzusteigen, bot sich an, erst Andrea und dann noch mich nach Hause zu bringen, wo ich dann ohne weiteren Kommentar das Ergebnis mitteilte, was nicht kommentiert wurde. Ich ließ mich auf das Nachhausegefahrenwerden durch einen Sieger ein, um noch etwas mit einem solchen Menschen zusammenzusein.

Heute habe ich Knötzele in Verdacht, daß er mich absichtlich durchfallen ließ. Daß er gar nicht wollte, daß ich so schnell bestand, damit er mich noch etwas um sich hatte. Er hätte auch Mike durchfallen lassen können; dann aber hat er sich für mich entschieden, was mich ehrt. Er hat aber vielleicht auch nur darauf spekuliert, daß ich es eher wäre, der auf den Automatik-Start-Trick hereinfallen würde. Später hörte ich, daß er seine Lieblingsschüler jeweils durchfallen ließ. – »Wußtest du das nicht?«

Er wollte, daß ich wiederkomme, denn die anderen sind alle weggefahren. Wenigstens noch eine Zeitlang, solange ich noch meine Debütantenfresse hatte. Denn Sehnsucht nach ihr war auch dabei. Knötzele liebte Debütantenfressen, schon als Feldwebel.

Gut, ich bin durchgefallen, von der Nikolaus-Prüfung an immer wieder durchgefallen, und habe auch später vieles auf ähnliche Weise nicht bestanden und geschafft. Manches allein deswegen, weil es mir niemand richtig erklärt hat. Manchmal scheint mir, ich bin durchs Leben gefallen, weil mir niemand richtig gesagt oder gezeigt hat, wie es geht.

Es wäre wirklich nicht nötig gewesen, daß mich Knötzele als Fahrlehrer noch sechs weitere Wochen behielt, denn fahrtechnisch war ich perfekt. Knötzele hat mir das Prinzip vorenthalten, und ich habe es nicht einmal bemerkt. Er sagte: sechs Wochen seien das mindeste. Er führte sich auf wie ein Zahnarzt, der so tat, als ob ich eigentlich verloren wäre, wäre ich nicht zu ihm gekommen. Knötzele sagte mir, ich müßte eigentlich dankbar sein, daß ich durchgefallen und nichts passiert sei; dankbar auch dafür, daß ich noch einmal zur Prüfung zugelassen würde. Das sei vor allem seinem Zureden zu verdanken. Homrighausen habe mich für immer ausschließen wollen. – Er habe ihm gesagt: So einer kommt mir nicht wieder! – So einen bringst du mir nicht noch einmal! – Ein solcher Prüfling sei ihm überhaupt noch nicht begegnet, einer, der überhaupt nicht fahren konnte. Einer, der noch nicht einmal wegfahren konnte.

Ich könne ja überhaupt nicht fahren.

Ich könne ja nicht einmal losfahren.

Und wenn nun diese Geschichte mit dem Wort Sehnsucht konfrontiert wird?

Auch Horst Knötzele hatte Sehnsucht. Anders hätte es nicht sein können, daß er Fahrlehrer wurde. Allerdings war es die kleine Version der Sehnsucht, die die Rückkehr noch einkalkulieren mußte: immer wieder zur Fahrschule zurück. Immer wieder aussteigen. Immer wieder nur zeigen, wie man richtig losfährt und richtig einparkt. Auf Stundenbasis mit Menschen losfahren, die nur wegfahren wollten.

Auch von ihm. Die zwar noch nicht richtig fahren konnten, aber das Leben vor sich hatten. Das war der Schmerz des Fahrlehrers.

Während die anderen immer wieder wegblieben, blieb er immer wieder zurück. Das war herzzerreißend. – Oder nicht?

Daher wurde er auch nach einer Zeit als Feldwebel, wo ihm immer wieder die Rekruten ins Leben davonliefen, schließlich Fahrlehrer.

Wahrscheinlich aus Sehnsucht und Angst ließ Knötzele mich also durchfallen.

Seine Angst ähnelte auch der Angst der Mutter vor dem Tag, da der Säugling nicht mehr an ihre Brust will.

Wegen der Sehnsucht ist er Fahrlehrer geworden. Weil es aber immer wieder an den Ausgangspunkt im Industriegebiet West zurückging, ist er, außer Fahrlehrer, auch noch Säufer geworden.

So, und jetzt fahren wir los!

Knötzele, der aus Sehnsucht Fahrlehrer und Säufer geworden war, Fahrlehrer, weil er wegwollte, und Säufer, weil er hierbleiben mußte – sagte nun: Wir fahren!

Und zeigte mit seinem Stock in die Richtung, in die ich fahren sollte. (So viele Stöcke geistern durch meine frühen Jahre.) Der Stock wackelte, und die Hand zitterte. Wenn dies auch lange vor jeder Promilleregelung war, so war uns (wir saßen immer zu viert oder fünft im Fahrzeug, immer wurden unterwegs Fahrschüler aufgelesen, andere abgesetzt, viele hatten noch keine Dusche zu Hause) doch klar, daß dies nicht richtig sein konnte, ja eigentlich verboten war. Gefährlich war es auch. Oftmals ist Knötzele mit Schülern in den Straßengraben gefahren, einmal mußte man ihn aus der Donau fischen. Das Zittern war ein Fanal, das ganz auf Knötzele wies, das weniger die Promille anzeigte, als einen unglücklichen Menschen offenbarte, der, als Säufer unterwegs, weniger eine Gefahr als ein Unglück war.

Du fährst jetzt die erstmögliche Straße rechts!

Ich hatte noch vor Knötzele bemerkt, daß ich ein Geisterfahrer war, ein richtiger Geisterfahrer auf der Gegenfahrbahn. Knötzele schien nichts zu bemerken und bot seine ganze Autorität gegen uns auf, damit ich weiterfuhr. Und ich sagte mit dem Respekt vor einem Ex-Feldwebel, Älteren, Fahrlehrer, Säufer und Träumer: »Herr Feldwebel, es kommen Fahrzeuge entgegen!«

Aber er beharrte auf diesem Weg.

»Du fährst weiter!«

Vielleicht wußte er genau, wo er war, und er war ein vertuschter Selbstmörder, der Angst davor hatte, alleine zu sterben.

Einer von jenen, die andere dabeihaben wollten und mit sich in den Tod rissen. Es ehrt mich, daß er sich möglicherweise mich ausgedacht hat, dabeizusein, und daß er auch mich dabeihaben wollte, neben seinen liebsten und besten Fahrschülern. Es saßen außer ihm und mir nämlich auch noch Mike und Andrea im selben Fahrzeug, und ich mußte die beiden noch zusätzlich über den Rückspiegel im Auge behalten, denn zweifellos haben Mike und Andrea schon im theoretischen Unterricht zueinander gefunden. Mich quälte nun auch das erste Mal die Eifersucht, daß ich die beiden verlieren könnte, denn meine Sehnsucht ging ja in zwei Richtungen. Wenn der Rückspiegel nicht ausreichte, drehte ich mich während der Fahrt einfach um. – Das machte ich oft auch, wenn ich auf der Straße unterwegs war. Ich blieb stehen und drehte mich um, wenn mir wirklich jemand entgegenkam, allein, um an mir vorbeizugehen. Ich wollte dann wenigstens, wenn ich schon nichts von dieser Begegnung hatte, wenigstens wissen, was ich gehabt hätte; mir kam es auch immer ganz besonders auf die Rückseite an, die ganz zu Unrecht diesen Namen trug, und noch schlimmere Namen. Es war eine Sehnsucht, die sich im Von-mir-Weglaufen einstellte.

Ich sah im Rückspiegel, wie sie taten, als ob nichts wäre, außer Händchenhalten und Schauen. Unter diesen Umständen war ich in der Situation als Geisterfahrer neben einem betrunkenen, wahrscheinlich auch lebensmüden Fahrlehrer hin- und hergerissen, ob ich eher bleiben oder eher gehen wollte. Ob ich mich mit Knötzele solidarisieren sollte, und noch weiter: ob ich auch jemanden dabei haben wollte, und ob es vielleicht Knötzele war sowie meine zwei, ob jetzt der richtige Augenblick dafür gekommen wäre, die günstige Gelegenheit, die nie wiederkäme. – Das war möglicherweise auch die Frage von Knötzele, der mir wohl die Entscheidung überließ. Mittlerweile war ich mir ganz sicher, daß er genau wußte, wo wir waren, und wollte nicht mehr hier sein.

Da es in einer Kleinstadt war, die sonst wenig Perspektiven bot, war dies wohl eine tatsächliche Alternative, die aber, so denke ich heute, zum Glück nur erwogen, aber nicht realisiert wurde. Überdies war der Kleinstadtverkehr in diesen engen Einbahnstraßen damals auch nicht so, daß es unbedingt lebensgefährlich gewesen wäre. Und außerdem kannten alle die FAHRSCHULE KNÖTZELE, sowie Knötzele selbst. Der Hauptgrund jedoch, warum ich von dieser Selbstmordart Abstand nahm, war, daß ich Geisterfahrer nicht leiden konnte. Auch wollte ich damals ja nicht sterben, sondern weg und leben. Ich dachte gar nicht ans Sterben, sondern, wie niemals wieder, ans Wegkommen und Leben. Endlich leben wollte ich, an einem anderen Ort meiner selbst, überall, nur nicht hier in diesem Fahrzeug. Überall, nur nicht hier: So ließe sich meine Sehnsucht andeutungsweise umschreiben.

Mich zog es in die blauen Fernen, und ich dachte, mit einem eigenen Fahrzeug dahin zu kommen, so meine Illusion. Wenn ich erst einmal weg wäre, würde alles gut sein, und ich würde mit eigenen Händen dort ankommen, wohin vorerst nur die Augen reichten. Vorerst, neben Knötzele, der insistierte, und mit Mike und Andrea, die sich so wenig trauten wie ich, der Autorität des Fahrlehrers, Säufers, Träumers und Ex-Feldwebels entgegenzutreten, schaffte ich es immer wieder auszuweichen. Die entgegenkommenden Fahrzeuge, durchweg Einheimische, kannten das Fahrzeug, den Fahrlehrer und seine Misere, wußten von diesen doch eigentlich ganz offiziellen Selbstmord-Ankündigungen und nahmen sie gar nicht ernst. Auch die Einbahnstraße war noch breit genug, und wir fuhren nur 20 km in der Stunde; es wäre also gar nicht viel mehr passiert als damals, wenn wir im Boxauto aufeinander zu fuhren, vielleicht aus Liebe. Diese entgegenkommenden Fahrzeuge jedoch, anders als in Boxauto-Zeiten, nahmen Knötzele gar nicht ernst. Sie fuhren einfach rechts heran, hielten und zeigten uns den Vogel; Knötzele, der nun auch noch eingeschlafen war, vielleicht etwas mehr als mir.

Wie groß war diese Stadt etwa?

Versuch einer Definition ihrer Größe: so groß, daß jeder wußte, wer gerade den Führerschein bei Knötzele machte und wer durchgefallen war. Das war nicht viel. Sie wußten nicht viel, aber sie wußten, daß da mindestens ein unglücklicher Mensch auf sie zufuhr.

Mindestens einer, der wegfahren wollte und einer, der hierbleiben mußte.

In seinen hohen Fünfzigern hat Knötzele noch einen Englischkurs an der VHS belegt und wollte endgültig auswandern. Nach Amerika. Damals wollten alle, die wegwollten, erst einmal nach Amerika. Schon früh war es Amerika. Ein Stück weit dahin hat er es auch immer wieder gebracht. Die Fahrstunde startete immer Richtung Westen, ich weiß nicht, ob er nur einer inneren Stimme folgte, wenn er, vom Fahrschulhof her kommend, an der Straße angekommen, sagte: »Wir fahren die nächstmögliche Straße rechts!« Das war Richtung Amerika. Und nicht nur ein Fahrlehrersatz. »Nächstmöglich« war ein Hauptwort, mit dem jeder Fahrlehrer wohl auftrumpfte, mit dem er die Welt und den Überblick vorspiegeln wollte, und andererseits auch die Beschränkung des Lebens, als ob das Leben der anderen wie seines gewesen wäre – wie ein gewöhnlicher Mann und Bescheidwisser, wie unser Geschichtslehrer, der uns die Roten Zahlen bis zum letzten Tag (Schultag) auswendig lernen und aufsagen ließ. – »Wir fahren die nächstmögliche Straße rechts!« – das war für Knötzele eindeutig Richtung Amerika. Und nichts anderes. Als ob er gewußt hätte, wie es war, und wohin es ging.

Schließlich waren wir im Amselweg, dann bogen wir im Neubaugebiet West (offiziell waren wir zum Rückwärtseinparken dorthin gefahren) in den Birkenweg ein. Mit etwas Glück gelang das Einparken rückwärts zwischen zwei Betonkübeln auf Anhieb. Das war auf der Höhe von Alpenblick 7, dabei beobachtet wurden wir von Hausfrauen, die nun im Bauherrenmodell – zusammen mit ihren Gatten erstellten und über Wüstenrot verwirklichten Lebensträumen – saßen und herausschauten, ob wir schon richtig einparken konnten. Und ihre Sehnsucht war schon dabei, umzukippen. Hatte vielleicht schon den Rückwärtsgang eingelegt. Und dann fuhren wir wieder zurück und haben die Hausfrau auf immer zurückgelassen in ihrem über Wüstenrot realisierten Lebenstraum. Knötzele sagte ja nie, wohin es ging. Er sagte immer nur: »Die nächstmögliche Straße rechts!« Oder auch, wenn es nicht anders ging: »Die nächstmögliche Straße links!« –

Manchmal sind wir in die benachbarte Kreisstadt gefahren, weil es dort schon eine Ampel gab. Wir schämten uns etwas vor fremden Fahrzeugen, auch weil wir noch keine Ampelanlage hatten, so wie sich anderswo die Berggemeinde-Verwaltungen ihres Friedhofs schämten, der immer noch mitten im Dorf im Schatten der Kirche oder im Herz von allem lag. Oder die Bauern mit den Misthaufen, die, wie die Friedhöfe, längst an den Rand entsorgt waren.

Das war in Richtung Ausgangspunkt im Industriegebiet. Erreichten wir die nächstmögliche Rechts-vor-Links-Position, war auch die Zeit gekommen, den traurigsten aller Fahrlehrerwitze an uns weiterzugeben. Nun kam er mit seinem Grabsteinspruch: »Er hatte Vorfahrt«. Das, so Knötzele, habe er auf einem Grabstein gelesen. Und in der hintersten Reihe des theoretischen Unterrichts machten noch armseligere Witze die Runde, die heutzutage hätten aus dem Kindergarten sein können.

»Was ist der Unterschied zwischen einer Klapperschlange und einer Autoschlange?« – »Bei der Autoschlange ist das Arschloch vorne« – und die einen lachten wieder einmal, und die anderen wurden wieder einmal rot. Vom Tag an, da er sah, wo er war, wollte er auswandern. Dann hat er es gerade, aber immerhin, zum Fahrlehrer gebracht und kam immer wieder ein Stück weit in die richtige Richtung.

Der Fahrlehrerzeit war die Bundeswehrzeit vorausgegangen. Feldwebel wurde er, glaube ich, nachdem er eingesehen hatte, daß es mit Amerika so schnell nichts würde. Also ging er zur Bundeswehr, das war die erste Stufe von Amerika. Also ist er zur Bundeswehr gegangen, vielleicht auch aus Freude an den jungen Männern, die er nun anherrschen konnte, um ihnen nah zu sein (anders ging es nicht), und hat zweimal amerikanischen Boden betreten (allerdings erst seit einigen Jahrzehnten den USA gehörend), ein Trainingslager in Texas. So kam er per Manöver zweimal in die USA, hat aber außer dem Manövercamp nichts gesehen. – Erst einmal weg von hier! Aber dann blieb auch er hängen, begann mit dem Saufen, hörte mit dem Träumen nicht auf. Früh war auch schon eine Frau dazugekommen, Frau Knötzele-Biermann, Zahnarzthelferin, die täglich auch noch 45jährigen vormachen mußte, wie man richtig die Zähne putzt. Kam sie nach Hause, war sie nun als Gattin eines ehrenhaft aus der Armee entlassenen Säufers für die Speisen und Getränke zuständig. Und mußte nun ihr Leben führen als Gattin eines ehrenhaft aus der Bundeswehr entlassenen Fahrlehrers und Säufers:

– »Auch nicht toll! – Oder?«
– »Was heißt hier dieses ›auch‹, bitteschön?«

Frau Knötzele hatte sich diese einhundert Kilogramm selbst ausgesucht. Sie hatte sich einen zum Anlehnen gesucht, wegen der Schultern, dachte sie. Einst liebte Frau Knötzele dieses Gewicht auf sich, auch zum Vorzeigen. In seiner Konsistenz einst zum Vorzeigen und zum Genießen, das war Knötzele, als sie sich einredete, dies sei die Liebe und der Mann fürs Leben. Einst, kaum zwanzig Jahre vor mir, muß Knötzele eine Gaumenfreude gewesen sein.

Aber längst war alles umgekippt, und sie schämte sich nun, »Knötzele« zu sagen, selbst am Telefon, wenn einer wie ich nach einer Fahrstunde fragte. Daher hängte sie schon seit zehn Jahren ihren schönen Mädchennamen Biermann an: Gerda Knötzele-Biermann. Und distanzierte sich von ihm, selbst am Telefon, indem sie von »Herrn Knötzele« sprach, als ob er ihr Patient wäre, als hätte sie mit ihm gar nichts zu tun, einer von jenen, denen sie noch mit fünfzig zeigen muß, wie man richtig die Zähne putzt, oft waren es schon die dritten.

Nun gut, wir waren immer noch in der Einbahnstraße und bekamen schon mehrfach den Vogel gezeigt – Knötzele vielleicht mehr als ich. Sie haben Knötzele vielleicht mehr als mir den Vogel gezeigt. Das war auch schon alles. Ich machte mir mittlerweile nichts mehr aus den Entgegenkommenden. Bin auch niemals bei Kant angekommen: Habe Mut, dich deines Verstandes zu bedienen.

Dafür hatte ich in jüngeren Jahren eine ausgesprochene Debütantenfresse. Ich bin zwar nirgendwo hingekommen, außer mit den Augen, aber die Welt kam zu mir: allerdings auch nur über die Augen, zwei, drei Jahre lang, eben in jener Fahrschulzeit, als ich dabei war zu lernen, wie man wegfährt. Auch wirkte ich mit einer sogenannten sinnlichen Präsenz (wie Lucy Braun sagte) auf tatsächliche oder nur vermeintliche Debütantinnen dieser Welt, und auf solche, deren Sehnsucht Debütantenfressen waren: auf solche, die sich meinetwegen immer wieder das Leben nehmen wollten. Wahrscheinlich gehörte auch Knötzele dazu. Dann hatte er gleich mehrere Gründe, sich das Leben zu nehmen. Für einen vollkommenen Selbstmörder gab es immer mehrere Gründe, nicht mehr leben zu wollen. Erst ließ er mich durchfallen, um mich zu halten; dann, als abzusehen war, daß dies nicht auf ewig möglich wäre, hat er vielleicht versucht, mich mit in den Tod zu reißen, gemeinsam mit mir zu sterben, und die Fahrstunden waren jeweils vertuschte und gescheiterte dilettantische Selbstmordtermine.

In einem Zeitraum von etwa drei bis fünf Jahren wollten sich immer wieder Menschen meinetwegen das Leben nehmen. Ehrt mich das? Ist das eine schöne Erinnerung? Eigentlich war ich doch gar kein fremdenfeindliches Gelände, ich wartete doch nur noch und schlug gleichzeitig die Gegenrichtung ein: Ich nahm deswegen Fahrunterricht, allein, um wegzufahren.

Auf Knötzele wirkte ich wohl derart anregend, daß ich ihn wahrscheinlich auch sedierte. Immer wieder ist er, aus Vertrauen, eingeschlafen, während ich fuhr. Oder hat er sich nur schlafend gestellt?

Immer wieder fragte er: Wo sind wir?
Immer wieder mußte ich ihm sagen, wo wir waren.

Manche Fahrstunde verlief so, daß er, bald nachdem er gesagt hatte: »Die erstmögliche Straße rechts!«, einschlief oder nur so tat. Dann fuhr ich mit ihm eine Stunde herum, und Knötzele rutschte immer mehr zur Fahrerseite hin, bis er an meiner eckigen Schulter aus nichts als Knochen, Fleisch und Blut angekommen war und in dieser Position verblieb, als ob es (ich) ein Stein gewesen wäre.

Derweil hatte ich das Geschehen auf dem Rücksitz im Auge, Mike und Andrea, die diese Fahrstunden nutzten, um sich näherzukommen und schließlich beieinander zu sein. Sie machten Petting, während ich in der Einbahnstraße fuhr, die Entgegenkommenden uns den Vogel zeigten und Knötzele an meiner Seite schlief oder träumte und ich im Rückspiegel alles sah.

Es war zum Davonfahren.

Und irgendwann kam ich vor der Fahrschule zu stehen, gewissenhaft wie ein Brauereigaul oder wenigstens wie ein Pferd, das seinen betrunkenen Kutscher nach Hause bringt. Und alle waren eingeschlafen oder taten so.

So war es damals, am Tag in der Einbahnstraße. Knötzele fragte nur noch gelegentlich: »Wo sind wir?« – Wenn ich das gewußt hätte!

Und er nuschelte: »Weiterfahren!« –

Ja, einmal losgefahren, wußte ich oft nicht, wie's weiterging. Und das blieb so. Wir mußten uns oftmals selbst die Welt und das Leben, das Fahren sowie die Strecke ausdenken oder erklären.

Was Knötzele betrifft, so ließ ihn der örtliche Polizeiposten gewähren, und die anderen auch: wohl aus Mitleid und aus Respekt und zur Abschreckung. Etwas mehr zur Abschreckung als aus Mitleid. Knötzele war für sie alle ein warnendes Beispiel, ein Fanal des eigenen Lebens: stellvertretend lenkte dieser Mensch, Säufer und Träumer von ihnen und ihrem Leben und Saufen und Träumen ab. Vielleicht hat er sich auch stellvertretend für sie schließlich umgebracht. Eines Tages, als ich den Führerschein längst in der Tasche hatte und davongefahren war, und Knötzele nie wieder gesehen, wohl aber nie gelöscht hatte in meiner Erinnerung, hörte ich, daß er auf der Zubringerstraße ins Neubaugebiet West über die Betonbrücke hinausgefahren sei, und auf der falschen Seite und unten am Grunde der Donau tot zu liegen kam.

Sie war an dieser Stelle etwa zwanzig Zentimeter tief und zweiundeinhalbtausend Kilometer von ihrem Ziel entfernt. Nur für Knötzele und mich war es noch weiter.

Aber auch das ist eine andere Geschichte.

III.
Die Tage lagen vor mir
wie Sand am Meer.

Lesehilfe

Dieser Abschnitt fädelt sich wieder ins faktisch-aktuelle Leben des Erzählers ein und behandelt kurz die Flucht vor den Feldjägern nach Berlin, im Alter von achtundzwanzig Jahren, sodann die aktuelle Lebenskrise in der Geigenmüllerzeit (unser Held wird bald 50 sein) und spielt auf einem Balkon in Schöneberg, sowie in der Erinnerung. Es wird erzählt, wie auch schon das ganze Buch oder die ganze Geschichte um einen Himmelfahrtstag herum, zwischen Berlin und dem Meer, der Elbe und der Lüneburger Heide. Zunächst sind wir also noch kurz bei unserem achtundzwanzigjährigen Helden, der seine Wohnung über eine Tombola auflöst, dann sind wir schon beim Oblomov-Syndrom eines Herrn in den besten Jahren, wie von Geigenmüller diagnostiziert; wenig später fahren wir durch die Lüneburger Heide, kurz vor dem Abbiegen in einen Swingerclub im Industriegebiet von Fallingbostel, wo unser Held seinen weiteren Tag – es ist Christi Himmelfahrt – verbringt, um anschließend – oder abschließend – noch nach Cuxhaven zu gelangen, an jene Stelle, wo er das erste Mal das Meer gesehen hat, an jenem Tag, der auf seine erste Nacht folgte. Das ist alles.

Es war, wie auch immer, in einer Zeit, als das Wort Lyrik zu einem Schimpfwort im Deutschen Bundestag geworden war – und ich war unterwegs, fuhr seit Stunden in der Lüneburger Heide herum, zum ersten Mal und kam dabei ins Träumen. Die Tage lagen vor mir wie Sand am Meer.

*Ich mache ein Sprung von zehn Jahren
und bin achtundzwanzig.*

Jetzt blieb uns nur noch übrig, die Wohnung aufzulösen. Ich stand unmittelbar vor meiner Flucht nach Berlin.

Seitdem ich den Führerschein bestanden hatte und weggefahren war, hatte ich unter anderem das Studium der Forstwissenschaften aufgenommen, um in Josefslust zu gefallen – und nach ein paar Jahren abgebrochen.

Auch hatte ich mittlerweile geheiratet, was vielleicht mein größter Erfolg im Leben war. Es war mir gelungen, bis zum heutigen Tag die Aufmerksamkeit einer Frau zu erregen, die zu Beginn unserer Bekanntschaft schon in den klinischen Semestern war und bald von ihrem Professor zur persönlichen Assistentin befördert wurde. Sie hat mich gewiß geliebt, und ich sie auch. Das einzige jedoch, was ich ihr, außer meiner Erscheinung, bieten konnte, war mein Name. Zwar hatte Hilde auch davon gesprochen, daß sie einen zum Aufschauen suchte, und das konnte sie ja auch, aber im Lauf der Jahre trat dieser Aspekt, das Aufschauen, immer mehr zurück zugunsten einer Lebensgefährtenschaft auf Augenhöhe. Am Ende war ich bei einer manifesten manischen Depression angelangt, so Geigenmüllers Einschätzung – und in Berlin. (Also vom »Aufschauen« über die »Augenhöhe« zur Niedergeschlagenheit de profundis.) Und die liebe Hilde war mir nachgezogen; und wenn ich mich nicht täusche, konnte ich ihr am Ende nicht mehr bieten, als sie auf Kongresse (nach Madeira, Capri, Venedig, Wien, Kuala Lumpur, Shanghai, Rom, Baden-Baden und so fort) zu begleiten, wo ich dann in den ersten Jahren noch am Damenprogramm teilnahm.

In jenen Tagen hatte ich einen Anruf von zu Hause bekommen (ja, so sagte ich immer noch). Klara sei auch gestorben. Das hieß, daß es nun aus war mit den Leibspeisen. Die einzige, die noch wusste, wie es ging, was dazugehören, und was fehlen musste. Klara war unsere letzte lebenslängliche Köchin, die für die Leibspeisen zuständig war. Auch gestorben –. An diesem »auch« erkannte ich sogleich, daß dieser Anruf von zu Hause kam. Von wegen einfach »gestorben«! – Es hieß bei uns »auch gestorben«. So hieß es jedes Mal, wenn wieder einer oder eine gestorben war.

Der Tod ist unhöflich. Er hält sich nicht an die Reihenfolge.
Doch schön der Reihe nach.
Erst mußten wir einmal unsere Wohnung, die immer noch eigentlich mit Sperrmüllmöbeln aus Studentenzeiten ausgestattet war, auflösen. Dazu fiel mir die Tombola ein. Es war meine Idee, anstatt einen Container kommen zu lassen, eine Tombola, zu der wir all unsere Freunde, die sich im Lauf von zehn Jahren angesammelt hatten (und mittlerweile, wie die Sachen aus der Tombola, aus meinem Leben verschwunden sind), einzuladen, und dabei auch über die Tombola unseren Sperrmüll kostenlos zu entsorgen. Es konnte nicht ausbleiben, daß unter diesen Freunden auch Liebhaber von Flohmärkten und sogenannte Schnäppchenjäger waren, solche, die alle Sperrmülldaten und Flohmarkttermine in einem 100-Kilometer-Radius kannten.

Auch wenn mir der Einfall gefiel: Das sollte alles sein, was im Verlauf von fast zehn Jahren zusammengekommen war? – Etwa die orangefarbene, leuchtende Sitzgarnitur, vier Hände, in die man sich setzen konnte. Zunächst allgemein bewundert, und unsere erste Sitzgarnitur überhaupt, die etwas mehr Anhänglichkeit verdient hätte, galt unsere Wohnlandschaft aus Zeiten der Post-Carnaby-Street mittlerweile als Sperrmüll. Aber warum nicht so tun, als ob es ein Fest wäre, daß nun alles vorbei war? Es muß damals schon eine noch gar nicht als solche diagnostizierte manische Phase gewesen sein, daß ich glauben konnte, all dieser Schrott sei noch etwas und könnte die Begeisterung von Flohmarktmenschen hervorrufen. Und ich täuschte mich ja nicht einmal in ihnen.

Ich habe einmal gehört, das war noch vor meinem achtzehnten Geburtstag, daß die Zeit von 1–18 so lange dauere wie von da bis zum Ende. Psychologen hatten das in Tests herausgefunden. Vielleicht haben sich die Psychologen wieder einmal vertan. Mir kam es so vor, daß von diesen zehn Jahren gar nichts blieb, ein paar Sätze vielleicht und Menschen, deren Namen ich vergessen habe, und manchmal auch ihre Gesichter. Es waren so viele Gesichter. Darf ich Ihnen unsere Gäste vorstellen? – Die Grundschullehrerin zum Beispiel, die neben dem Archäologieprofessor saß, einem Verehrer von mir bis weit in die zwanziger Jahre. Aber irgendwann war Schluß, und er wandte sich wieder seinen Sarkophagen zu. Ihnen galt seine lebenslängliche Liebe, sie siegten über mich. So konnte es nicht verwundern, daß er in seiner Disziplin weltweit als Sarkophagpapst galt. Die beiden saßen erwartungsvoll. Das Sofa und der Professor sind mittlerweile aufgegeben, nicht mehr unter uns, während ich nicht weiß, was aus der lieben Grundschullehrerin geworden ist. Wie hieß sie noch einmal? Vielleicht fällt mir ihr Name noch ein, wenn ich lange genug darüber nachgedacht habe. Sie führte, wie ich manches Mal Hilde gesagt habe, gar kein richtiges Leben; denn dieses beschränkte sich eigentlich auf ein Aus-dem-Hause-gehen am Morgen, auf ein Schlüsselrasseln und Wiederkommen. Ihr Leben? – das war eine viel zu große Tasche, in der ein halbes Leben Platz gehabt hätte. Viel zu groß, und irgendwie geheimnisvoll. Die Größe der Tasche stand in keinem Verhältnis zu ihrer Besitzerin. Mit einem Pagenschnitt auf dem Kopf, der zum Verschwinden neigte. Es war Kurzhaarprosa. Die Sommerabende verbrachte sie auf ihrem Balkon. Sie mußte zeitig zu Bett und früh aufstehen, ein Leben lang zur Schule, ein Alptraum. Und außerdem war sie sehr reinlich. Jeden Morgen war sie eine Stunde im Bad und hat gewissenhaft ihren Körper gewaschen und reingehalten, ganz für sich allein.

Unser Bett stand genau unter ihrem, nur ein Stockwerk tiefer. Wir liebten uns damals noch, wenn auch oftmals nur noch in einem einzigen Satz, ohne Vor- und Nachspiel. Sie war vielleicht gerade zehn Jahre älter als wir. Trotzdem schien sie schon ganz abgedankt zu haben, wie Tante Herta. – Noch lag sie in einem Doppelbett, und täuschte damit ein Liebesleben vor, vielleicht auch sich selbst. »Für wenn Maik kam« – wir haben ihn nie gesehen. Dann ging die Balkontür zu, ich habe sie noch im Ohr, und der Duft ihres nach dem Prinzip der Sommerfreude zusammengestellten Balkons kam herunter zu dir und mir. Jetzt dürfte sie schon im Vorruhestand sein, mit dem Recht auf eine Kur und was noch immer zum Verschwinden auf Taubenfüßen gehört. Auch den Rotwein hat sie gewissenhaft getrunken auf ihrem Balkon, ein Glas pro Sommerabend. Und bei jedem Glas hat sie wohl einen guten Gedanken gehabt an einen der lieben Menschen, die sehr verstreut auf der Welt lebten und lange her waren. In unserem Haus hat sie den sogenannten Anschluß nie gefunden. Vielleicht blieb für sie das Glück die Sehnsucht nach diesem Glück. Sie hatte sich in unsere Gewöhnlichkeit nie eingelebt. Tatsächlich glaubte sie, es gehe ihr gut; glaubte, sie habe es gut angetroffen auf der Welt, und was ihr fehlte, fehlte den anderen auch. Dieser kleine Abstand zum Leben sei das Leben selbst. »Ich kann nicht klagen«, hörte ich sie manches Mal am Sonntag am Telefon sagen, hellhörig wie das Haus und ich waren.

Die Stelle in Berlin, die wir vorgeschoben hatten – den Ernst des Lebens, der nun endgültig beginnen sollte, der uns doch schon im Kindergarten für den ersten Schultag angekündigt war, stand wieder einmal bevor.

Erst kam es noch, bis endlich der erste Gast klingelte, zu Anwürfen und gegenseitigen Verdächtigungen von Hilde und mir.

»Wo hast du denn schon wieder die Nüsschen verschwinden lassen?«

»Sind die Aldi-Etiketten entfernt?«

»Wo sind die Sektgläser?«

»Wann ist endlich das Bad frei! – es ist doch schon halb acht, verdammt!«

»Die klingeln doch schon!«

Es lief schon auf ein Stöhnen, Bedauern der Einladung und Beschimpfen der Gäste hinaus, kurz bevor einer nach der anderen Kuß um Kuß begrüßt wurde.

Bis um acht war nur die Nachbarin von oben und der Professor eingetrudelt, und hatten sich im großen und ganzen an die von Hilde in einem Bierglas hingestellten Knabbereien von Aldi gehalten.

Sie hat sich gewissenhaft nach mir und unserem Weiterleben erkundigt, mit kleinen Sätzen zwischen ihrem Lächeln, immer in Herznähe, hat gefragt, wie das Leben nun weitergehe und gebeten, wir sollten die Verbindung doch aufrecht erhalten. Ob es diese Verbindung je gegeben hat, weiß ich nicht. Für sie war das wenige, das an nichts grenzte, ja schon etwas. Wir zählten für sie schon zu denen, die zählten. Sie war nicht so grob wie wir, die nur noch in den gröbsten Dosen wahrnahmen, wenn auch hellhörig und mit zwei Augen. Erst bei diesem Auszugsfest habe ich eigentlich bemerkt, daß es sie gab, während sie vielleicht auf Spiekeroog den Strandkorbnachbarn von uns erzählte, von ihren Freunden erzählte und uns meinte.

Ich hätte auch gerne Carmen dabeigehabt. Aber die sah mittlerweile schon weiße Mäuse. Mit einer Säuferin den Abend vertun, die am anderen Morgen nicht einmal mehr wußte, wo sie gewesen war? Und nicht mehr wußte, wie elegisch und geistreich wir waren, immer knapp an der Tränengrenze, immer wieder mit einem Satz, den ich sonst niemals gehört hätte? – Schade drum. Aber für die Tombola kamen Säufer, die ihre Gewinne niemals abgeholt hätten, ohnehin nicht in Frage. Schließlich mußten der Teppichboden, die Flokatis und Schöner-Wohnen-Arrangements von einst weg.

In Josefslust gab es keine Flokatis und Teppichböden. Das wäre für die Frauenzimmer gewesen. Die Räume waren mit schönstem Holz ausgelegt, die Wände voller Intarsien auf einer Hirschhornkopfbasis.

Nur in der Küche und in der Eingangshalle ein Terrazzoboden, und die Schüttsteine einer riesigen Küche, in der ich hätte Rollschuhfahren lernen können. Die Küche war allerdings im Untergeschoß. Gäste haben wir, wie es heute üblich ist, niemals in der Küche empfangen. Meine Großmutter hat noch gesagt, daß dies das Ende der Welt sei, als sie hörte, daß nun in Amerika die Küche ins Wohnzimmer hineingebaut würde, und daß die Gäste nun auf Hockern um eine integrierte Küchenbar herumsäßen. Das war wie bei den Fürstenbergs, die ihr Leben in der Küche verbrachten, warum nicht. Aber bald ging der sogenannte Trend wieder weg von der Küchenbar und ihren ungemütlichen Hockern. Man kehrte reumütig zum Wohnzimmer zurück, das nun nichts als ein Fernsehzimmer war, wo an jener Stelle der Fernsehapparat stand wie in der Kirche der Altar. Nun genug.

Da wir damals nicht vollzählig gewesen wären ohne die Säufer, die ja nicht nur sich etwas Gutes taten, sondern den anderen auch, die von ihrer geistreichen Gegenwart zehrten, entschlossen wir uns doch, die Säufer hinzuzubitten, auch wenn sie die Tombola-Gewinne, wie zu befürchten stand, niemals abholen würden.

Das Leben war in den vergangenen Jahren sehr ebenerdig geworden.

Wir hatten praktisch alles, und das war's auch schon.

Aber ich habe noch gar nicht gesagt, wo wir lebten, sondern nur wie.

Es war in einer der mittelprächtigen Universitätsstädte Süddeutschlands. Schon nach drei Jahren glaubte ich, nirgendwo anders mehr leben zu können als hier. Die Stadt war voller Künstler, auch Lebenskünstler. Aber nach ein paar enthusiastischen Jahren blieb ihnen doch nichts anderes übrig als zum Sozialamt zu gehen oder zu heiraten: So war es.

Ich entschloß mich doch, Irmfried Laschütza mit dem Mitsubishi Colt schon etwas früher abzuholen. Ich hatte gezittert, ob er so spät (siebzehn Uhr) noch ansprechbar und gar transportfähig wäre. Doch er stand da wie frisch gebacken, eine Erscheinung von luxuriöser Einfachheit, aufgeräumt, mit Fliege, und erwartete mich schon. Es war früher Nachmittag, die beste Zeit, die Zeit der Ansprechbarkeit aller Säufer und Schriftsteller dieser Welt, kurz bevor die erste Flasche geöffnet wird. Wesentlich älter als wir, stand er mit Fliege am Gartentor und versuchte, mich noch auf einen ersten Sundowner in seine selbstentworfene Villa zu locken – »bevor wir losfahren«, meinte er. Ich ließ mich darauf gar nicht ein, zumal er auch seine neuesten Arbeiten in Aussicht stellte, mit seinen Kunstwerken drohte, die irgendwie begehbar im angrenzenden Gelände, von ihm Skulpturenpark genannt, aufgestellt waren. Ich habe keines seiner Kunstwerke je richtig angeschaut, sie immer nur von mir weggelobt. Irmfried hat es auch ohne mich geschafft, sich einen Namen zu machen. Ich nahm ihn ebensowenig ernst wie jenen Schriftsteller und Archäologen, der in mich verliebt war, als ich noch hätte als Adoleszent durchgehen können, und mir ein Buch gewidmet hatte, gedruckt: da erschien zum ersten Mal mein Name seit fünfundzwanzig Jahren, als ich mit dem Geflammten Kardinal in der Zeitung war. Ich habe selbst jenes Buch »Geschichte des römischen Sarkophags« niemals gelesen, immer nur herumgezeigt.

Von Irmfried hieß es, er schälte zur Zeit in seiner Scheune mit einer Motorsäge aus Pappelholz lebensgroße, menschenähnliche Figuren mit deutlichem Erkennbarkeitswert im

Schambereich, die Sammler direkt vom Atelier weg in ihre Sammlungen kauften. Ich bezweifle aber, daß er überhaupt noch mit der Motorsäge arbeiten konnte. Auch Irmfried sah schon weiße Mäuse. Das einzige, was ich definitiv wußte, war, daß er ein unglücklicher Mensch und Säufer war.
»Wie so viele!« meinte Lucy.

Der Archäologe hat die Pralinenschachtel mit den rosaroten Pralinen, die ich fünf Jahre zuvor in Miami bekommen hatte, gewonnen. FOR MY VALENTINE stand auf der Schachtel in Herzform. Auch das war Verrat. – Noch während ich moderierte, sah ich, daß der Professor auch schon in eine der Pralinen hineinbiß, es waren noch welche in der Schachtel. Es ist aber nicht viel passiert. Eßbar waren sie wohl nicht mehr, wenn auch nicht eigentlich giftig. Ich hatte jedoch den Abend über Angst, daß man ihm noch den Magen auspumpen müßte, was in seinem Alter gar nicht ungefährlich war. Der Professor war fünfundachtzig. Immerhin gab es keine Grünspantoten.

Ach, es gelang ihm nicht, mich hineinzulocken, nicht die Verbrüderung des Nachmittagssäufers (»Willkommen in der Gosse, Bruder!«) – er stieg nun doch in mein Fahrzeug, und da machten wir vielleicht eine seltsame Figur: Wenigstens konnten wir nicht mit einem Päderastenpaar aus der Innerschweiz verwechselt werden. Auf der Fahrt zu unserer Wohnung kamen wir am Hauptbahnhof vorbei, mit etwas Straßenstrich den ganzen Tag über, aber ganz unauffällig-gutbürgerlich, nicht wie auf der Berliner Berliner Potse. Ein anständiger Mensch konnte das leicht übersehen. Warum haltet Ihr es denn solange direkt am Bahndamm aus?, wurde ich oftmals von Leuten gefragt, die etwas auf sich hielten. Es war wohl deswegen, weil ich einmal am Tag einen Zug sah, der nach Rom ging.

Ich staunte, wie aufgeräumt Irmfried war, dabei völlig nüchtern; so saß er neben mir, als ob es zur kulturellen Landpartie ginge, und seine Hauptgedanken vom Nebensitz aus kamen.

Damals hatte ich ihm gegenüber die DDR verteidigt, die ihm in jungen Jahren einen Aufenthalt in Bautzen beschert hatte. Ich sagte, daß es aber in der DDR keine Deutsche Bank gebe und keine Katzenfuttermittelwerbung noch bis unmittelbar vor Anbruch der Horrornachrichten TAGESSCHAU, so wie ein alter Nazi vielleicht auf die Autobahn verwiesen hätte. Diese meine Sätze sind stillschweigend untergegangen mit dem Mauerfall, und ich flüchtete mich an dieser Stelle in den Hauptsatz aller Mitläufer: Was kümmert mich mein Geschwätz von gestern. »Scheiße schwimmt oben!«, sagte Hans Kübel, der wohl eine Schwäche für Scheiße hatte, schon in der ersten Volksschulklasse.

Meine verbraucherfreundliche Sehnsucht hatte im Lauf der Jahre zu diesen Anschaffungen, durchweg Wegwerfartikeln, geführt. Es mag auch immer wieder eine als solche gar nicht erkannte euphorisch-manische Attacke gewesen sein, die mich zu IKEA trieb. Damals hielt ich mich in solchen Zeiten einfach für glücklich. Dieses Glück führte jedoch dazu, daß unsere Wohnung voll war von doch eher unnützen Dingen, mit Sondermüll eigentlich (das meiste, was bei IKEA gekauft wurde, wurde von der sogenannten Verbraucherzentrale als Sondermüll eingestuft) gefüllt, selbst ein Kinderzimmer hatten wir, prophylaktisch, erstanden. Nun mußte alles zu etwas Besonderem umgelogen werden, bis hin zu meinen alten Pornoheften und einem gebrauchten Dildo, Dingen, die wir einst als Mitbringsel aufgeklärter Menschen aus der ersten FIT-FOR-FUN-Generation bekommen hatten und wie Spielzeug und Dekoration in der Wohnung herumlagen und herumstanden als wäre ein Dildo eine Blumenvase.

Die Nachbarin von oben hat das Doppelset dann gewonnen, und, von der kleinen Gesellschaft beklatscht und genötigt, auch mitgenommen. Ich schäme mich erst heute. Und auch: Wie ich sie vermisse!

Das Glück und das Unglück waren früh eine Personalunion eingegangen in mir. Geigenmüller sprach später von manischer Depression. Womit jede Hoffnung, aber auch jede Hoffnungslosigkeit, beseitigt war.

Als die Gewinne nach und nach abgeholt werden sollten, war ich schon wieder in einer depressiven Phase, ich war schon wieder ganz woanders. Schon wieder hatte ich Schwierigkeiten, morgens in einen Schuh hineinzufinden. Denn ich hatte darauf bestanden, daß alles abgeholt würde. »Zwei starke Arme schaffen es immer«, sagte ich in Zeiten der Euphorie. Und dabei blieb es. Nichts wurde abgeholt. Ich blieb auf meinem Carnaby Sofa sitzen. Ich ließ mich in die orangene Sitzlandschaft fallen und sah meine Hände. Sah diese Hände, als wären sie ein Paar (Liebespaar). Das einzige Liebespaar, mit dem ich noch Umgang hatte.

Es gab viele Abschiede; aber die Tombola war, was ich erst im nachhinein von zwanzig Jahren sagen kann (ach, alles ist immer zwanzig Jahre her), der endgültige Abschied von der Jugend.

Ich mache noch einmal einen Sprung von zweimal zehn Jahren

Zeitlebens, das heißt, bis dreißig, habe ich also von einem Leben in Rom geträumt, irgendwo in Reichweite der Palmen und schwarzen Brüste. Aber nun lebte ich also in Berlin. Täglich ging ich also mehrfach am Gedenkstein für Albert Einstein vorbei, auf dem ich lesen konnte, daß hier der Nobelpreisträger Albert Einstein von 1918 bis 1933 gelebt hatte. Wir lebten neben dem sogenannten ausgebombten Haus, in dem ich also glaubte, daß Einstein auf die Relativitätstheorie gestoßen war, das nun von einem Komplex aus Einzimmerwohnungen der NEUEN HEIMAT überbaut war. Es stimmte natürlich nicht, Einstein war schon mit seiner Relativitätstheorie in diese später zerstörten Räume eingezogen. Aber was stimmte, war, daß dieses Haus zerstört war, daß dieser NEUE-HEIMAT-KOMPLEX indiskutabel war (im Gegensatz zur Relativitätstheorie), und vor allem: daß ich täglich mehrfach an diesem Haus vorbeimußte, auf dem Weg zum Edeka-Markt; was stimmte, war, daß ich fast täglich einkaufen mußte. Und dann wieder zurück, noch einmal an der Tafel vorbei. »Sagen Sie: Warum schmecken Ihre Tomaten so holländisch?« hörte ich.

Ich hätte Einstein gegenüber nicht bestehen können. Der Gedenkstein zog mich hinunter. Es war eine Schmach, immer wieder an dieser Tafel vorbeizumüssen, an Einstein, der Entdeckungen gemacht hatte, während ich bisher keine einzige Entdeckung gemacht hatte, außer der einen vielleicht, daß eines Nachts im Liegen, wie nebenbei, nach der Spätvorstellung etwas aus mir herauskam und ich zu Tode erschrak und gleichzeitig glücklich war, so vielleicht wie Einstein, als er damals auf die Relativitätstheorie stieß. Aber damit ist der Vergleich unserer Entdeckungen auch schon zu Ende. Ich war damals schon siebzehn, und für die einschlägige Entdeckung, die keine Voraussetzung hat, außer zu leben und als Mann auf der Welt sein zu müssen, war es schon sehr spät. Außerdem hatte diese Entdeckung neben vielen anderen auch Einstein selbst gemacht. Allerdings schon etwa neunzig Jahre vor mir. Er war mir also in fast allem voraus ... mußte also an der Tafel vorbei. Mußte, das heißt: weil Einstein also Dinge geschafft oder auch nur entdeckt hatte, die mir niemals gelingen würden. Darunter, wie gesagt, auch solche, die er sich gar nicht vorgenommen hatte, wie zum Beispiel den Tod. Dinge, die angeblich die Welt veränderten, waren es, während ich nichts entdeckte (und in einer Welt lebte, die völlig unveränderbar schien) und alles noch vor mir hatte, auch jenes unheimliche Verschwinden von dieser Welt, »die wir lieben, auch wenn wir ein Leben lang das Gegenteil davon behaupten sollten, und die trotz allem eine Zeitlang sogar unsere Heimat ist« – dies sagte sich der Philosoph in mir, der sich zeitlebens zur Aufklärung rechnete, zur Dialektik der Aufklärung.

Warum mir Einstein in Berlin so viel bedeutete, hat gar nichts mit der Relativitätstheorie, von der ich nicht viel mehr wußte, als daß es sie gab, zu tun. Es sind eher, gestatten Sie mir, familiäre Bindungen, weitläufige, aber familiäre Beziehungen, die mich mit den Einsteins von Anfang an zusammenbrachten. Wir sind nämlich miteinander verwandt. Auch kam er aus derselben Gegend.

Da haben Sie sich wieder einmal ganz schön hinaufgeschwindelt!

Sagen Sie: Leiden Sie nicht manchmal an Ihren Einfällen?

Haben Sie bisher gar nichts erlebt?

Andererseits zog mich die Einsteintafel auch hinunter, weil er nicht mehr hier war, weil er von dieser Stelle weg hatte nach Amerika gehen müssen. Und weil ich immer noch hier war, und nicht in Amerika, und nicht in Rom, und nicht am Meer. Sondern in Berlin. Und weil ich, wie ich fand, kein würdiger Stellvertreter der Gegend, aus der wir beide stammten, in Berlin war. Und immer noch keine Entdeckung gemacht hatte, außer der einen. Schluß damit!

Wir waren wirklich verwandt, glauben Sie, ich könnte es beweisen.

Da ich nicht auszuhalten war, hatte mich Hilde wieder einmal verlassen. Ich verstehe sie ja, ich war nicht auszuhalten, warf mit Gegenständen nach ihr, wie das Protokoll festhält. – Es war ein Brotmesser, und als ich danebenzielte (wohl absichtlich), habe ich noch den Brotlaib hinterhergeschmissen. Sie hat aus Liebe nur »Gegenstände (Lebensmittel)« angegeben, um mich vor der Einweisung in die Psychiatrie oder sonst ein Gefängnis zu bewahren. Die Anzeige war eigentlich ein sonderbares Liebeszeichen, und auch eine letzte Warnung, daß sie es bald nicht mehr aushielt.

Mein Gesicht war mit den Jahren ziemlich naturtrüb geworden.

Am anderen Morgen will es keiner gewesen sein. Wie Säufer wollen wir am anderen Morgen die Flaschen weghaben, sie nicht mehr sehen. Also gehen die letzten Schritte des Tages noch zum Mülleimer, wo die Flasche verschwindet und auch der Korken. Der Flaschenöffner kommt auch noch an seinen Platz in den Stall, und das Glas, noch einmal kurz durchgeschwenkt und vom Weinstein und vom Rot befreit, stellten wir in die Garage zu den anderen Gläsern, die uns immer wieder weiterbrachten.

Nur nicht mit einem ersten Blick auf das Glas und das Rot den anderen Tag beginnen müssen.

Ich näherte mich wieder einmal dem Vollbild und konnte gerade noch daran denken, Doktor Geigenmüller anzurufen, aber nicht mehr anrufen.

Zum Glück kam Hilde auf ein, wie sie später sagte, ungutes Gefühl hin, in der Mittagspause nach Hause, nachdem sie mich per Telefon nicht erreicht hatte. Sie hatte mich, wie sie mir später sagte, eigentlich nur zu edeka schicken wollen (an der Einstein-Tafel vorbei), wo ich noch eine Flasche Balsamico holen sollte, abends waren Gäste geladen.

Ich hatte den Tag über eben keinen Kampfgeist, nur ein Passionsvermögen hatte ich. Wenn es hochkam, reichte es gerade noch, die Nachbarin dabei zu beobachten, wie sie lebte.

Aber was war mit dem Brotmesser?

Ich weiß es einfach nicht, und muß, wie ein Gerichtspsychologe, die abwegigsten Möglichkeiten offenhalten. Auch wenn es niemals bis zur Lektüre eines Krimis reichte; manchmal hatte auch ich Mordphantasien, und zwar nicht irgendwem gegenüber, sondern mir sogenannten Nächsten. Ich träumte davon, es mit Maiglöckchen zu versuchen oder mit dem ADAC-Europa-Atlas, dessen Kanten bei einem scharfen Abbremsen von der Rücksitzablage aus das Genick von H. an der richtigen Stelle getroffen hätten.

Geigenmüller hätte Bescheid gewußt, aber ich war ja nicht in den Händen Geigenmüllers, sondern des Zufalls, nachdem mich Hilde per Blaulicht in die Notabteilung des Getraudiskrankenhauses überstellt hatte. Ein dilettantischer, gewiß überforderter Mediziner, hat erst einmal versucht, mir den Magen auszupumpen. Zwei Wochen später war ich schon wieder zu Hause, wie es, die Lage ganz und gar vergröbernd, heißt. Wieder neben Einstein. Ich lebte noch, das war noch ein Unterschied zu Einstein.

Dies ist ein Buch von einem über einen, der schon wieder die Nachbarin beobachtete, wie sie sich auf ihrem Balkon für den Sommer einrichtete; und dann fiel mir schon wieder ein

Satz ein, so daß ich ganz schnell an den Schreibtisch mußte. Bald hatte ich wieder Oberwasser, war schon wieder dabei, einen Ballon zu bestellen und meine Freunde zu einer Ballon-Tour einzuladen.

Kurz, es waren Aufschwünge eines Schwermütigen, der Lotto spielt; noch eine Möglichkeit, sich immer wieder einstellender Enttäuschung, und von lebenserhaltendem Hoffnungsschmerz.

Auch war das Ausfüllen des Lottoscheins noch eine Handarbeit, fast schon Beschäftigungstherapie, also ließ mich Hilde gewähren, und pro Woche bis zu hundert Scheine ausfüllen. Aber die auf die Ausfüllung der Scheine folgenden Stunden waren immer noch von einer unheimlichen Leere, die ich mit meiner Niedergeschlagenheit ausfüllte, und mit dem Gedanken füllte und überstand, daß ich nicht mehr hiersein wollte: da, wo ich war, irgendwo an der Einsteintafel vorbei, auf dem Weg zu EDEKA.

Vielleicht rührte mein Unglück auch von da, daß ich nun mit einer Frau verheiratet war, die von Fressalien sprach. Und daß ich einer war, der mittlerweile auch von Fressalien sprach.

Ich konnte mir in der Geigenmüllerzeit, wie ich diesen depressiven Lebensabschnitt neben dem Einsteinhaus in meinem abgedunkelten Balkonzimmer nenne, einfach die Welt nicht erklären, in der ich, und von der ich lebte. Und nicht die Lebensmittel.

Ach, für jeden, der kein wirklicher Entdecker oder Nobelpreisträger war, mußte es eine Schmach sein, bis zu sechs Mal am Tag an der Einsteintafel vorbeizumüssen, meist, um Kleinigkeiten für die Gäste bei EDEKA zu besorgen.

Und trotz allem kamen abends die Gäste, die Geäste ...

Immer wieder hatte Hilde »Oblomov« eingeworfen. Ich hörte und sah es durch das Ofenrohr im Zimmer nebenan. Dazu musste ich auf dem Boden kriechen und gleichsam um die Ecke schauen, von wegen Oblomov! – Als ob dies das Codewort gewesen wäre, über das sich die Menschheit in bezug auf mich geeinigt hatte und verständigte. Meine Frau sagte dann auch ungeniert »Oblomov«, als ich in Hausschuhen schließlich doch noch erschien, und zeigte auf mich. Und alle lachten, wie beim Nikolaus. Ach, sie kannten Oblomov doch gar nicht, aber sie kannten mich, dachten sie. Alle lachten, ich auch; freilich ohne das Buch zu kennen, so wenig wie die anderen. Oblomov! – sagte sie und alle lachten, ohne zu wissen, warum. Das war schon zu Zeiten Oblomovs so. Sie kannten nur mich, wie ich in meiner fleckigen Aufmachung dastand, wie aus einem dreistündigen Mittagsschlaf heraus, mit Flecken auf dem Revers, die bei etwas gutem Willen als Spermaflecken gedeutet werden konnten. Diese Substanz verschaffte nämlich immer noch ein gewisses Prestige. Immer lachten in Gesellschaft alle mit, das ist eine Erinnerung an den Nikolausabend, meist ohne zu wissen, worüber gelacht wurde. Oder wußten sie eigentlich je, worüber sie lachten, damals, als der erste Ritter in der Augsburger Puppenkiste von einem Schwerthieb getroffen in der Scheiße landete?

Und in der Bibliothek schwammen die Mäuse.

»Und in der Bibliothek schwimmen Mäuse!« – ich hörte gerade noch diesen Satz, als ich die gepolsterte Hälfte der Doppeltür an meinem Schlafzimmer geöffnet hatte und plötzlich im Salon, mit einem Mal sozusagen in der Öffentlichkeit stand. Es war eine Tür wie früher bei Zahnärzten oder bei einem Notar zwischen Sprech- und Wartezimmer, damit die Patienten, welche alles noch vor sich hatten, die im Wartezimmer saßen oder auf die Eröffnung des Testaments warteten, nicht durch die Aufschreie erschreckt wurden. Ich wollte Hilde schützen durch diese nachträglich eingebauten Türen an meinem Schlafzimmer, wegen der Alpträume war auch noch eine gepolsterte Tür zwischen ihrem und meinem Schlafzimmer nachträglich eingebaut worden. Heraustretend aus meinen immer verdunkelten Nachmittagsgemächern, hörte ich, wie Hilde dabei war, mein Leben zu erzählen. Es stimmte ja, in eine der großen Chinoiserien von zu Hause, in die Fräulein Klara einst Mitte November die Forsythienzweige stellte, die dann pünktlich zu St. Barbara blühten, so daß ich neben dem Zuckerchen auf die Fensterbank für den Storch, auf den hin meine letzte Schwester Donata geboren wurde, einen weiteren Grund hatte, an Wunder zu glauben, war einmal eine Maus gefallen und ertrunken und im Lauf der Zeit mumifiziert, und von Hilde eines Tages entdeckt – ich hatte die Maus längere Zeit nicht bemerkt, das heißt, überhaupt nicht... bitteschön: ein Mal! – sie aber hatte nun einen weiteren Trumpf gegen mich, jenen, den sie liebte, dieses lebendige Unglück (auch für die tote Maus) vorzuführen und eine weitere Geschichte daraus zu machen, die sich bestens eignete, in Gesellschaft vorgetragen zu werden. Als wäre es eine Notlösung, aus mir einen Scherz zu machen. Als wäre ich meiner Welt nicht mehr anders erträglich.

Alle wollten nur noch lachen. Gab es denn niemanden mehr, der hoffte? Das war, warum ich fast verzweifelte. – War eine Maus gar nichts mehr wert außer – mich lächerlich machen zu können?

Bald daraufhin die Anrufe bei Freunden, in denen sie ihr Elend (das ich war), daß sie mit mir nun wirklich nicht mehr weiterwußte, auch nur andeutete; und schon erschienen die ersten Freundinnen, die bei mir putzen wollten und in die Küche drängten, ob ich wollte oder nicht. Und sich in der Küche aufstellten und sich aufspielten. Und dann kam Hilde und stellte sich mitten in unsere Wohnküche von Poggenpohl, als ob sie (sie!) mir zeigen müßte, wie man richtig spült, wie man das Geschirr richtig in der Spülmaschine verstaut – »von unten nach oben«, sagte sie so wie die Zahnarzthelferin, die mir einmal im Jahr zeigt, wie man die Zähne putzt, nicht ohne mißbilligenden Blick auf mich als Ganzes.

»Es nützt alles nichts! – Ich habe ihm schon tausendmal vorgemacht, wie es geht. – Umsonst!« – so ihr Definitionsversuch meiner selbst.

Es ist nichts als die Wahrheit, wenn ich nun sage, daß es ausschließlich Frauen waren, die mir helfen wollten, unabhängig davon, ob ich lieber von einem Mann gerettet worden wäre oder nicht. Ja, die mich retten wollten, wie seit der ersten Heiligen Kommunion nicht mehr. Es waren Frauen, die nun wie die Erste Hilfe vom Roten Kreuz ankamen und von der Küche aus mich retten wollten, erst einmal nach der Besenkammer und nach den Putzsachen fragten, die wissen wollten, wo die Vileda-Wischlappen seien und die Putzkübel; und andere Dinge haben sie von mir wissen wollen und erfragt, wie selbstverständlich, Dinge, die das Leben ausmachten, ich aber wußte nicht einmal von ihnen. Sie haben gefragt, es war für mich wie bei einer peinlichen Befragung – ja, es war Folter. Schon waren sie dabei, Menu-Bringdienste und Essen auf Rädern einzuschalten. Und ich war noch nicht einmal mit meinem Verbraucher-Vortrag fertig. Während sie hinter meinem Rücken zu Krisensitzungen zusammenkamen, um mich zu retten.

Der wunderbare Geigenmüller war übrigens von meiner Frau zu einem unserer Oblomov-Abende eingeladen worden. Sie hatte mich zu ihm überlistet, auf meine Frage, wer das wäre, gesagt: Er lehrt, und dann kam er, ich wäre nie zu ihm, einem Psychiater, gegangen. Dann kam er, und hat die erste Sitzung praktisch in unsere Wohnung verlagert. Er hat sich fast ausschließlich an jenem Abend mit mir unterhalten. Und ich dachte schon, nachdem ich schon gedacht hatte, daß keiner mehr nach mir fragt, daß er sich für mich interessiert ohne einen Hintergedanken. Ich war fast schon gerührt und dachte, meinen aufgegebenen Glauben an die Menschheit wieder zu aktivieren, mit diversen Gläsern in der Hand. Ich hatte keine Ahnung, daß ich mich mitten in meiner ersten Gesprächstherapie befand. Er hat so getan, als ob er mich unbedingt wiedersehen wollte, es war alles arrangiert. Und von meiner Frau wurden unsere Abende heimlich bezahlt. Ich hätte nie erfahren, daß Geigenmüller der berühmteste Psychiater von Berlin war, wenn ich ihn nicht eines Tages in einer Talkshow sitzend entdeckt hätte, wo die berühmtesten Berliner, an der Spitze der Friseur Udo Walz, dem Publikum vorgestellt wurden. Auch Tante Herta kam einmal in dieser Sendung, weil sie eine der wenigen war, die zu Erich Mielkes Leibspeisen etwas sagen konnte. Denn auch ein Mörder hat seine Leibspeisen, einer wie Mielke, dessen Lieblingswort »abknallen« war. Außer dem kurzen Prozeß an der Mauer, von der ich umgeben war und atmete, während immer wieder kurzer Prozeß gemacht wurde, lud er außerdem immer wieder auf Henkersmahlzeiten ein und ermöglichte Henkersmahlzeiten, räumte sie ein, manchmal auch nicht, wenn er seinen Hasentag hatte.

»Er hatte gar nichts Dämonisches an sich.« Sie sprach sehr nett über Erich Mielke, und Hilde meinte, die Tante habe eine gute Figur gemacht. Er, sagte sie, sei »wie du und ich« gewesen. – Und keiner wollte die mollige Talkshow-Atmosphäre um Udo Walz herum stören.

*Wie ich die Frauen von gegenüber
beobachtete.*

Seit diesem Jahr sagen sie »Sir« zu mir in der Welt, auch in der Luft und über den Wolken. Ich bin also endgültig aus dem Verkehr gezogen. Ich muß sehr naturtrüb auf die Welt wirken.

Über der Balkonlandschaft von gegenüber konnte ich noch ein goldenes Kreuz erkennen, das besonders in der Abendsonne aufleuchtete und wie ein zusätzlicher Schmuck aussah, wie die goldenen Kreuzchen auf manch schönen Brüsten, ein Balkonschmuck, der aber kein besonderer Einfall des Innenarchitekten war. Das Kreuz gehörte zu einer Kirche, von der nichts zu sehen war, eine Straße hinter unserer Straße. In der Kirche bin ich nie gewesen, ich habe immer wieder gedacht, ich müßte einmal hineingehen, auch wenn es gar keine richtige Kirche war, sondern nur erschien wie ein um 1900 in eine Häuserzeile hineingebautes Alibi. Das war in einer Zeit, in der es noch aufwärts ging. Ich habe den Verdacht, daß in dieser Kirche von Anfang an kein einziges Mal richtig gebetet, nie gehofft und nie geschrien, inbrünstig aus Verzweiflung zu Gott gerufen wurde.

Christus kam vielleicht nur bis Hildesheim, niemals bis Berlin. Und das Kreuz über dem Balkon war ein Fremdkörper. Die Kirche war außerdem immer geschlossen, wie jene protestantische Kirchen, die keinen Eintritt nehmen können, weil sie kunstgeschichtlich nichts hergeben. Diese Kirche war von Anfang an ein trauriger Fremdkörper, ganz sinnlos, anders als die Segenssprüche auf den Scheunenbalken alter Häuser, die meist Psalmenverse waren: »Wer aber wohnet im Schutz des Allerhöchsten«. – »Die Sprüche haben wir zu Brennholz verarbeitet«, wie ich von einem alten Sprücheklopfer hörte.

Ich beobachtete die Putzfrau in der Wohnung gegenüber. Sie arbeitete mit einem Verlängerungskabel und kam überall hin, als ob es über ein Verlängerungskabel doch noch zu einer Verbindung käme, die diesen Namen verdiente, ein aufrollbares, langlebiges, dankbares Verlängerungskabel, wahrscheinlich von OBI, das sich automatisch auf- und abwickeln ließ und einen Heimwerker glücklich machte. Es war für mich schmerzlich zu sehen, wie da drüben geputzt wurde und wie immer alles glänzte. Die schmutzigen Fingernägel in meinem Fernglas rechnete ich ihrem Leben im Garten an, der gewiß noch dazu kam: eine schöne Vorstellung, wie sie dort zwischen den Beeten und dem Unkraut verschwand, und wie ihr Arsch die Himmelsrichtungen wechselte und meine Augen ihre Trabanten waren. Es war alles fast schon unanständig nah. Und ich in einer Umlaufbahn.

Ach, Milka war ja noch lange nicht fertig. Sie mußte am selben Tag noch die Wohnungen von zwei Schriftstellerinnen putzen, die nichts durchgehen ließen. Wäre sie zu mir zum Nacktputzen gekommen, hätte ich sie nicht derart schikaniert.

Hatte sie Gäste, zeigte sie unauffällig zu mir herüber, wie ich von einer strategisch günstigen Stelle im Innern meiner Gemächer aus sehen konnte. Sah das Abwertende in ihrem Gesicht, wie sie mich etwas vorschnell, aber doch mit einer gewissen Intuition mit meinem Balkon identifizierte. Denn da sah es wüst aus. Sie hatte recht. Auch ich hätte mir eine Milka aus der Batschka oder sonst einem Unruheherd und Billiglohngebiet leisten können. Dieser Balkon war eine Katastrophe.

Aber für die Balkonbepflanzung reichte es in diesem Jahr noch nicht. Sie zeigte von drüben auf Einzelheiten auf meinem Balkon und machte schon Führungen von ihrem tadellosen Balkon aus, um mit ihren Blicken auf meine Misere zu deuten, wies schon in ihrem Salon auf meine Anschaffungen, Königsmarkisen und die teuersten Sitzgelegenheiten, die in kürzester Zeit verschimmelt waren. Ein Verrückter! – und gab schon drinnen die wichtigsten Erklärungen über mich ab. Sagte ihren Besuchern, sie sollten einzeln heraustreten, nacheinander schauen, nicht alle auf einmal, denn ich würde sie die ganze Zeit beobachten, auch mit dem Fernglas. – Meist seien die Rolläden unten. Ja, ich hatte mir Rolläden installieren lassen, allerdings im Stil von 1920, wegen meiner Lichtallergie. – Wie war Hannelore Kohl vergessen! – Wie selbstverständlich alle ihren Tod hingenommen haben! Dies nebenbei, Balkongedanken aus einem anderen Jahrhundert.

Nur in den immer seltener werdenden Hochphasen bestellte ich noch etwas Neues hinzu, das bald wieder vergammelte. Ich erlebte meinen Zustand eigentlich erst als Krankheit, seitdem mir Geigenmüller gesagt hatte, daß es eine Krankheit wäre, und was für eine; bis dahin hatte ich mich als Glück oder als Unglück erlebt, und auch die anderen, unser ganzes Leben; ich hatte – es – nicht anders erlebt, als eine mir vorerst unerklärliche Folge von Glück und Unglück, als ein Geheimnis, das sich erst im allerletzten Augenblick auflösen würde; dieser Glaube war mein Herzfels und Hoffnungsschmerz.

Denn immer wieder gab es Glücksmomente, dann sagte ich zu mir: Arsch hoch! In der Erkenntnis einer Weisheit, die ich im Fernsehen aufgeschnappt hatte, daß 99 Prozent meines geistigen Potentials brachlagen, sagte ich: Arsch hoch! – Jeder ist für seinen Balkon selbst verantwortlich! – und ähnliche Sätze waren es, mit denen ich mich antrieb. In Eigenverantwortung! – ergänzte ich die Zurechtweisung meiner selbst, den Satz von Gärtner Pötschke beherzigend: Sie sollten schon etwas dafür tun, daß es blüht!

Also ließ ich die Betonkübel kommen, sowie das aufwendige Terrakotta-Set, alles schon bepflanzt und blühend. Aber seither ist nichts geschehen, ich überließ diese Kübel ihrem Schicksal. Alles, was nicht winterfest ist, wird erfrieren. Vorerst blühte es immer noch, auch wenn es Disteln waren, schön blühendes Unkraut. Und alles, was Hilde tat, wenn sie zurückkam, war, daß sie sich ins Fauteuil fallen ließ und stöhnte: war das wieder ein Tag! – Im Grunde war sie wohl auch eher depressiv und keineswegs winterfest. Wir waren nicht winterfest, welch ein Wort!

Dagegen diese funktionierenden Nachbarinnen und ihre Pferdeschwänze mit ihren Balkonlandschaften und den Badehandtüchern, auf denen MIAMI stand. Ach, diese auf bequemen Sitzmöbeln ruhenden Sommer auf den Nachbarbalkonen, wo alles stimmte, von wo bis in den Morgen hinein ein seliges Gelächter herüberkam, mit ihren Sitzecken und Abenden, die am Ende ein Morgen waren.

Ich beschloß nun, eine neue mehrteilige Garnitur in der Königsfarbe zu kaufen, um Besuch vorzutäuschen, ganz in blau, die Farben des Meeres – um das Meer selbst – vorzutäuschen. Und um sie wissen zu lassen, daß unsere Sehnsucht verwandt war, aus Sympathie, habe ich nun auch mein MIAMI-Badetuch ganz auffällig plaziert, um sie versöhnlich zu stimmen, aber auch als Einladung zum träumen.

Mein selbst für Geigenmüller nicht durchschaubares MIAMI-BEACH-BADETUCH-SYNDROM: ein einziger Fall in der wissenschaftlichen Literatur war ihm bekannt. Ich, sowie die gar nicht so seltene, aber im Grunde doch ganz unerklärliche Anschaffungswut in Sachen Sitzmöbel; es war ja nicht, weil ich hierbleiben wollte, sondern weil ich wegwollte. Aber ich schaffte es immer nur bis zur ersten Stufe, den Polstern, in denen ich davon träumen konnte.

Hier konnte noch von Freiheit die Rede sein, wenn auch

nur von Beinfreiheit, wie in den Jets über den Wolken, wo man Sir zu mir sagt, ich ausgestreckt über diesem Namen.

Ab und zu kam die Herrschaft auf den Balkon, schaute streng herüber und noch viel länger weg. Sie schätzte es wohl nicht besonders, daß ich untätig und unflätig von meiner verwahrlosten Balkonlandschaft zu ihr hinüberschaute. Doch wohin hätte ich schauen sollen? Das war doch meine Richtung.

Ich sah, wie der blonde Pferdeschwanz wieder in seine Gemächer ging, und das Glas der Balkontür warf seinen mißbilligenden Blick zu mir herüber, bevor er verschwand und Milka weitere Anordnungen gab.

Wenig später bemerkte ich, wie sie darangingen, Sichtblenden gegen mich aufzubauen.

Also sollte ich für den Rest des Sommers eigentlich nur noch Füße und Köpfe beim Kommen und Gehen sehen.

Mein Schauen hatte gar nichts Detektivisches, Voyeuristisches oder Lüsternes, wie sie glaubte und mißverstand, sondern etwas Sehnsüchtiges.

Ich habe ja nur hinübergeschaut wie nach Amerika.

Ich habe ja nur hinübergeschaut, weil MIAMI auf dem Handtuch stand.

Ich fahre fort.

War es noch verwunderlich, daß ich nach diesem Tag und Leben schließlich im BLUE MOON landete?

Bald werde ich unter Menschen sein, die Kontaktanzeigen aufgeben, in denen sich die Stichworte »sauber« und »versaut« die Waage halten.

Mit diesem Gedanken, falls dies ein Gedanke war, hatte ich eigentlich schon die mütterliche Tiefgarage in Berlin verlassen, gestern, was nun so viel wie »eine Ewigkeit« hieß.

Sie kommen im Augenblick nur medikamentös weiter! Hatte Geigenmüller noch vor wenigen Tagen gesagt. Nein, er hatte gesagt: Wir kommen im Augenblick nur medikamentös weiter.

Aber als wäre es die Quintessenz aus Verfolgungsangst, Niedergeschlagenheit und Weltschmerz, war ich nun reif für das BLUE MOON. Vor zwei Tagen hatte ich mich beim Verlassen meiner Tiefgarage noch gefragt, was das für ein Raum sei, aus dem ich mich entferne, und ob es, außer dem Tod, ein Ende gebe, das diesen Namen wirklich verdient. »Und tagsüber zwingt man sich, daß man nicht Sellerie frißt.«

Gewiß gab es immer wieder Todesangst wie kleine Zwischenmahlzeiten. Und beim Take-off wurden immer noch im Großraumflugzeug mehrere unhörbare Vater Unser gebetet.

Doch wenn das Anschnallzeichen erloschen war und zum

ersten Mal der Getränkewagen auf mich zufuhr, war meine Todesangst auch schon wieder verflogen.

Ich verließ meine Tiefgarage, wie meine fernen Vorfahren ihre Höhle verlassen hatten. Wenn irgendein Mensch und Tiefgarageninhaber von heute hätte ganz genau angeben wollen, wo er eigentlich war auf der Welt, hätte er gewiß gesagt: »Ich stehe in der Tiefgarage«.

Mein Tiefgaragenplatz! Immer wieder war ich herausgefahren wie herausgekrochen. Die Ampel an der Einfahrt war meine Heimat in Berlin geworden. Unter der NEUEN HEIMAT hatten wir gleich zwei sogenannte Stellplätze gemietet. Im Haus selbst lebten meist sogenannte strukturschwache Menschen (das neue Verwaltungswort für arm).

Da einem Sozialhilfeempfänger ein eigenes Fahrzeug nicht zustand (so wenig wie mir ein Chauffeur), wurden die Stellplätze komplett an die wohlhabendere Klientel, die unmittelbar nebenan wohnte, zu der auch wir gehörten, vermietet. Direkt unter dem Zimmer, in dem Einstein geschlafen und geträumt haben muß, befanden sich nun also Autostellplätze, vielleicht sogar unsere zwei. Es folgte meine Fahrt nach Bleckede mit den Komplikationen unterwegs, der Angst, verhaftet zu werden, dem Verbraucher-Vortrag und dem Erinnerungsanfall und Christi Himmelfahrt. Und schon war ich in Uelzen. Und bald war es Abend.

Am Hundertwasserbahnhof hatte ich schon das berühmte Toilettenhäuschen besichtigt, das so schön war, daß sie dafür Eintritt nehmen konnten.

Blue Moon, you saw me standing alone.

www.Schwanz.de. – Mein Schwanz, ich darf nicht verächtlich von ihm reden, er stellte doch immer wieder für mich die Verbindung zur Welt her. Ich habe einen Respekt vor ihm und seinen Launen, wie er meist ein Leben für sich im Dunkeln fristet, der, dessen Sehnsucht doch nach draußen geht, dessen Sehnsucht eine Outdoor-Sehnsucht ist. Auf die unmittelbar eine Indoorsehnsucht folgt. Mein Verlängerungskabel, das immer wieder im 90-Grad-Winkel von mir zeigte, Lumpazivagabundus.

Was über ihn sagen? – Mein Schwanz war mein erstes Outdoor-Equipment.

Es hieß aber immer noch Wäschebeutel, wenn man auch im vornehmeren Intimbereich auf Necessaire auswich, worin Hilde herumkramte auf Suche nach Kondomen oder noch Schlimmerem.

– »Ein so traditionsreicher Name wie Schwanz«
– »So vielversprechend. Meinen Sie nicht?«
Doch meist führte er eine Indoor-Existenz im Leben.

Blue moon, you saw me standing alone. Ich war nun endgültig ein Fall für das BLUE MOON und unterwegs nach Fallingbostel.

Aber auch da kam ich wie in einen städtischen Schlachthof nur mit einer Spezialgenehmigung hinein: Ich höre noch den Türöffner summen.

Ich hatte mich nun endgültig wieder gefangen.

Die Angst vor Verhaftung als Voyeur war weggeblasen wie das Zahnweh im Augenblick, als ich mich auf den Zahnarztstuhl setzte, und ich meine Persönlichkeit abgegeben hatte und vom »ich« nichts blieb als die Angst vor diesem »ich«, das die schlaflose Nacht über nichts gewesen war als Schmerz (»es tut weh, also bin ich« - »ich blute, also bin ich«).

Die Angst des Tages war gewesen (Plusquamperfekt laut lateinischer Grammatik, so Schultze), ich könnte entdeckt werden als jenes Schwein von gestern.

Es lag ja auch viel dazwischen: die panische Fahrt von der Elbe weg, Check in im »Eckermann«, der Abend bei den Rotariern, meine Gedanken zu den Verbrauchern, der anschließende Abend »bei Wein und Verlorenheit«, Clinton und Adelgundis von Liechtenstein, die Nacht mit dem Schokoladenherz auf dem Bett daneben, das leer war, die Sehnsucht nach meiner schön gewesenen Frau (ich dachte mir immer wieder aus, wie ich sie umbringen könnte und anschließend, in welches Lokal ich sie auf einen Versöhnungsbrunch einladen könnte) und die Erinnerung an erste Tage und Nächte, an alles, was vorbei war. – Dann der Vatertagmorgen, die Elbe und schließlich die Diasporakirche im Neubaugebiet mit dem Pfarrer, der uns bat, nicht so laut zu singen. – Und dort, der Erinnerungsanfall, der durch das Wort Introibo über mich hereinbrach.

War das nun eine Inhaltsangabe? – Ich dachte mir oftmals: Wenn du dein Buch schreiben wirst, und alles, was gewesen ist, aufschreibst, weiß noch keiner von uns, wie es war. Nicht einmal du selbst weißt es, auch wenn du alles aufgezählt hättest. Das Buch beginnt, wenn der Inhalt erzählt ist.

Wenn Sie den Inhalt haben, haben Sie von mir noch gar nichts!

Aber mit einem Buch können Sie, im Gegensatz zu einem

Leben, noch einmal ganz von vorne beginnen. Und auch mit Ihrem Buch können Sie immer wieder bei Adam und Eva anfangen, wie sonst nicht im Leben. Das wird Ihr Buch, wenn Sie es einmal schreiben, von Ihrem Leben unterscheiden!

Mein Zigarillo

Also rauchte ich mein erstes Zigarillo des Tages. Und hörte bei Einfahrt ins BLUE MOON mein Herz in der Halsschlagader.

Mulattinnen aus Bahia! – Handtücher, auf denen MIAMI stand, auf denen die Beine von Andrea lagen.

Früher war alles ein Fernweh, wenn ich ein Zigarillo – mit den Mulattinnen aus Bahia auf der Packung – rauchte oder jene Beine auf dem MIAMI-Handtuch liegen sah.

Nun fuhr ich auf den Parkplatz auf der Rückseite des umzäunten und videoüberwachten BLUE MOON, wo schon die Autos mit den Nummern der Nachbarlandkreise bis hinüber nach HB geparkt waren – viel Verkehr. Und auf den Autos Aufkleber wie I ♡ NY oder das Sylt-Zeichen (also gab es auch hier Sehnsucht, also würde ich auch im BLUE MOON auf Menschen stoßen, die Sehnsucht hatten, auch wenn sie es nicht anders sagen konnten als über das Sylt-Zeichen, oder vielleicht überhaupt nicht sagen konnten und nur zeigen mit ihren Augen und Geschlechtsteilen) – und drinnen, in den sogenannten Mittelklassewagen, entdeckte ich den einen oder anderen Kindersitz. Auch selbstgestrickte Klorollen-Schützer sah ich in einem Fahrzeug mit ADAC-Aufkleber. Diese Klorolle wie das ADAC-Zeichen ließ mich auf sicherheitsbedürftige Naturen schließen, zudem ferngesteuert und phantasielos, vielleicht auch mit einem Zug ins schamlos-exhibitionistische. – »Ein Herz für Tiere« war auch klar. Die Gay-Flagge konnte ich auch schon lesen. An einem Fahrzeug entdeckte ich sogar den Fisch, das Geheimzeichen für bekennende Christen, falls Sie's nicht wußten. Es waren also auch Sünder im Publikum.

Es waren einmal Mulattinnen aus Bahia mit ihren überbordenden Körpern und Kleidern, die mir einst vormachten, wie man richtig rauchte und lebte, wo sich alles aufs schönste auflöste, ganz lautlos und blau. Dahinter das Meer, verliebte Neger, glückliche Raucher und Palmen. Dies alles auf der schönen Verpackung aus Zeiten, als es noch Neger und glückliche Menschen gab, die nicht auf jeder Schachtel lesen mußten, daß dieses Glück zum Tod führte. Es war einmal ein Glück von der Erscheinung und Dauer eines in den Raum geblasenen Zigarrenrings, wie es noch mein Großvater konnte. Mein Großvater, der einmal in Brasilien gewesen war, offiziell auf Großwildjagd, rauchte seine Zigarren, vielleicht auch in guten Erinnerungen an einstige Jagden und Mulattinnen; und ich rauchte schon früh anstelle der Reise und der Liebe, die vorerst ausfielen, aus jener Kiste meines Großvaters mit den Mulattinnen darauf, bis mir schlecht wurde vor Sehnsucht. Es war aus jener Kiste mit dem Bild darauf, wo ich alles sah. Was war ich für ein seltsamer Voyeur.

Es war einmal eine Zigarre, eine Zigarrenkiste, an der ich meist nur schnuppern durfte und einatmen wie Großvaters Träume und Erinnerungen an die Jagden und Mulattinnen aus der Gegend von Bahia um 1920.

Schon eine Zigarrenkiste mit Bildern, auf denen alles zu sehen war, galt als Medizin gegen das tägliche und nächtliche Fernweh. Und eine Zigarre konnte die tägliche Dosis sein gegen den Schmerz der Erinnerung meines Großvaters. Aber für mich war eine Zigarre soviel wie eine Reise, die vorerst nicht stattfinden konnte, ein Auslöser von Sehnsucht nach Orten und Menschen, so – wie die Erdkugel auf dem Nachttischchen. Daß ich ein Mensch war, der wegwollte (und hinwollte dorthin, wohin ich vorerst nur mit meinen Augen kam), ist das einzige, was ich noch weiß von mir. Daß ich ein Mensch war, der wegwollte, ist das einzige, was ich noch weiß von mir.

Einen Anfangsverdacht gegen das Leben hegte ich schon zur Zeit, als ich zum ersten Mal Nein! sagte, mein erstes Wort überhaupt im Augenblick, als ich zum ersten Mal photographiert werden sollte; und erst recht, als ich von meinem Vater zum ersten Mal auf den Hochsitz geschleppt wurde. Wie er in einen Hasen hineinschoß und wie ich schaute und wie er sagte, und es gutmeinte, ich solle nicht so schauen, wie ich schaute. – Er log mein Unglück in meine Art des Schauens um. Aber es war schon klar, daß ich es nie zu einem Hochsitzvirtuosen bringen würde. Als er dann seinen siebzigsten Geburtstag feierte und überhaupt nicht mehr gehen konnte, auch mit dem einen Bein nicht, hatte er seinen Humor immer noch nicht verloren. Mein Vater, der mit Vornamen Fink hieß, hatte sich einen Treppenlift in der Halle einbauen lassen und hat die Gäste, die unten warteten, den neuen Lift und sich selbst vorführend, von oben herunterfahrend, mit dem schönen »Kommt ein Vogel geflogen« begrüßt, vor allem unsere Mutter, zu der er längst Mama sagte.

Kommt ein Vogel geflogen
setzt sich nieder auf mein' Fuß
hat ein' Zettel im Schnabel
von der Mama einen Gruß

Nicht er war es, der weinte, sondern alle anderen haben geweint, wie sie ihn so, nun vollkommen geh-unfähig am Ende seines Lebens, derart unten am Eingang der Halle mit dem Auerhahn aus der Hohen Tatra (den er selbst im Krieg geschossen hatte, in der Freizeit von der Front, in der er abwechselnd auf die Jagd in die Hohe Tatra und in die Stadt mit den Frauen gegangen war) ankommen sahen, den Nahkampfspangenträger.

Immerhin hatte ich nun auf diesen geteerten und videoüberwachten Parkplatz gefunden und konnte fast alle Aufkleber und Autokennzeichen entziffern. Ich war also doch nicht ganz lebensuntüchtig. Wenn ich auch nicht zu jener Sorte gehörte, auf die ich vielleicht drinnen stoßen würde, die ihre Fingernägel mit der Haushaltsschere schnitten, oder gar die Schere für die Fingernägel im Werkzeugkasten suchten, jenen in solchen Häusern wie dem BLUE MOON gesuchten Exemplaren, die nicht viel wußten, die nichts wußten, außer – entschuldigen Sie –, wo das Loch war.

Ich hatte nicht einmal einen Werkzeugkasten, den ich manches Mal hätte gebrauchen können. Als ich zum Beispiel auf der Autobahn einmal der erste war, der nicht starb und gerade noch bremsen konnte, dann aber Erste Hilfe leisten sollte und keinen Werkzeugkasten hatte, um die Tür aufzubrechen, hinter der es herausschrie – ich – kann erst in einem Abstand von zehn Jahren über ein Unglück reden; und auch dann nicht richtig. Es bleibt immer noch etwas übrig, das Unbeschreibliche bleibt immer noch übrig, der Tote, der am Steuer sitzt, zum Beispiel. – Mittlerweile waren andere dazugestoßen, die ein Brecheisen dabeihatten, und wir haben es geschafft, die Überlebenden aus dem Fahrzeug herauszuziehen, kurz bevor es ausbrannte. Was aus den Überlebenden wurde, weiß ich auch nicht; ich habe sie ja nie wieder gesehen.

Das Leben wird weitergegangen sein, wenn auch nur halb.

Ich hatte nicht einmal ein Warndreieck bei mir und bekam immer wieder Strafzettel, auch weil ich mich nicht anschnallte. Aber sonst hatte ich die Dinge, die ich heute brauchte, bei mir, meine Fitnesstasche mit den Utensilien für einen solchen Tag, zum Beispiel; was man so braucht.

Schon bei der Einfahrt am Haus mit den roten Herzen, die auch am hellichten Tag wie eine Neon-Verheißung leuchteten, als ob es Sehnsucht wäre, sah ich also, daß viel Vatertags-Verkehr war. Fallingbostel war ein prosperierendes Unterzentrum mit mehreren Kasernen, war ein aufstrebender Standort mit gesundem Preis-Leistungs-Verhältnis, mit Wellnesszentrum, mit Rotariertreffen und einem Gottesdienstanzeiger gleich hinter der Tafel am Ortseingang. Und nun warteten auf mich Menschen mit ihrer geregelten, auf Wochenenden und Feiertage verteilten Lust, und ich konnte schon nicht mehr warten auf sie; Menschen, die einmal im Sandkasten mit Schaufeln gespielt hatten und recht bald darauf Doktor. Und als sie aus dem ersten Spielalter herauswaren, haben sie Kontaktanzeigen (welch ein Wort!) aufgegeben (was für Wörter!), in denen sich die Stichwörter »sauber« und »versaut« die Waage hielten.

So ein Club ist ja sehr demokratisch: Jeder kommt sozusagen mit jedem zusammen (auf der Basis von Darwins survival of the fittest). Die Frauen hatten »Eintritt frei«.

Ich klingelte und versuchte dabei, eine gute Figur zu machen, dazustehen, und wußte, daß der erste Eindruck, den der Chef über die Video-Anlage von mir bekam, der entscheidende war. (Wie auch kurz darauf wieder unter der Dusche.) Also bitte nicht die feuchten Hände abstreifen und nicht immer mit dem Kopf wackeln! Und so fort. Zum Glück mußte ich hier niemandem die Hand geben bei der Begrüßung, sondern, nachdem ich einmal drinnen war und an der Kasse stehend mein Herz schlagen hörte, nur das Handtuch und den Schlüssel in Empfang nehmen. Dann zog ich mich an meinem Fach aus und nahm die Badeschlappen aus meiner Tasche, die zu meiner festen Ausrüstung gehörten. Jetzt mußte ich mich nur noch duschen, wobei sich allerdings schon die ersten Interessenten und Interessentinnen eingefunden hatten, um den Neuankömmling zu begutachten. Dann machte ich mich auf in die Wellnesslandschaft.

»Du kannst schon mal anblasen!« – hörte ich vom Monitor her, der rechts über der Bar zu sehen war. Es war ein Porno über die Produktion eines Pornos in den Studios von Teresa

Orlowski in der Nähe von Hannover. Diese Frau, von der es eine Aufnahme mit Kommunionkerze, Rosenkranz und Gebetbuch gibt, wie von mir auch, hatte Karriere als Film-Domina gemacht, und später, als sie noch in die Talkshows eingeladen wurde, hatte sie einmal verraten, daß sie als Mädchen davon träumte, Nonne zu werden.

Dies sollte eigentlich genügen, denn über solche Lebensläufe, die in Swingerclubs mündeten, ist schon genug geschrieben worden, auch über Swingerclubs selbst.

Wenn aber nun auch diese Geschichte mit dem Wort SEHNSUCHT konfrontiert wird so wie meine? – Ich muß noch etwas ausholen.

Auf der Spielwiese war ich mit meinen Augen und Händen bald auf eine Frau gestoßen, die mich an eine andere erinnerte. Das ist ja an sich auch noch nichts Besonderes, denn jede Frau erinnerte mich immer auch noch an eine andere: an die erste.

Es war zwar nicht gerade ein Darkroom, aber doch ein erektionsförderndes Dimmer- und Schummerlicht wie überall auf der Welt.

Als ich so lag, fiel mir Helga ein, wie ich auf dem Frisierstuhl im Sommer meines Lebens zwischen ihren Brüsten mehr lag als lehnte. Und auch dieser Bauchnabel hatte mich beim Darüberfahren mit meiner Hand und Zunge an einen Rosa-Bauchnabel erinnert, so nah, so weit. Wir hatten ja alle denselben Grundriß, denselben Bauchnabel, der vom groben Schnitt einer Linkshänderin herrührte, die noch etwas Jod darüber tat, also wuchsen wir entsprechend zusammen. Wir alle um Josefslust herum. Aber diese Erinnerung, wie wir ans Licht der Welt kamen, war auch nicht gerade erektionsfreundlich.

Da hörte ich von der Frau über mir: »Wenn du so weitermachst, schaffst du es nie bis Bad Oeynhausen!« –

Ich war auch im BLUE MOON nicht parkettsicher, sowenig wie auf einem Flohmarkt, sowenig wie in Berlin am Sonntagmorgen. – Parkettsicher war ich nur auf dem richtigen Parkett, ich hatte einigermaßen gelernt, wie man sich beim Debutantenball benimmt, wie man auf die Dame zugeht und sich vorstellt. Aber hier? – Parkettsicher – das Wort erschien mittlerweile nicht einmal mehr in den Akademiker-Bekanntschaftsanzeigen der ZEIT. – Das Publikum war zwischen Dreißig und Fünfzig, auch waren einige aus der Art geschlagene Zwanzig- und Siebzig- bis Achtzigjährige darunter.

»Das Licht rezensierte uns sehr genau.«

Vielleicht hieß sie Helga. Vielleicht war es Helga? Ich sah schon ganz schön mitgenommen aus, sie auch. Wir waren wohl im Tageslicht gleich alt, und waren noch aus der Zeit, als es noch DAMENWAHL gab und die jungen Liebenden am Samstagabend zum Tanz fuhren, und dann engumschlungen zurück, ins nahegelegene Wäldchen; auf dem Weg dahin noch RAMONA im Ohr. Mit Schlagern wie Ramona, die wir noch mitsingen konnten, von denen wir noch jedes einzelne Wort wußten, war unsere erste Liebe unterfüttert. Damals, als wir uns noch kein Auto leisten konnten und glaubten, daß, wenn wir nur ein Auto mit Liegesitzen hätten, alles gut wäre, damals, als Liegesitze noch ein anderes Wort für Sehnsucht waren.

Ich wußte ja nicht einmal den Namen der Frau über mir.

Es war aber wie bei Helga unter dem Frisiermantel. – Und dann dieser Satz, diese Satz-Melodie sagte mir, daß sie nicht von hier war, sondern vielleicht nur hundert Kilometer von mir entfernt, von dort, von wo ich einst weggefahren war, von jenem, den ich einst verlassen hatte: von mir.

Auch Liebhaber von sogenannter Volkstümlicher Musik waren darunter, Verehrer der Geschwister Hofmann aus Meßkirch, einem Ort tausend Kilometer fern. Menschen, denen es genügte, mit Badeschlappen im BLUE MOON herumzuirren wie auf einer Jagd, sonntags auszuschlafen und um elf auf dem Flohmarkt zu erscheinen, vielleicht den Tag mit dem Frühstück im Bett begonnen, etwas Fußball und dann das hier: die Sehnsucht dieser Menschen war überschaubar.

Die Gesuchtesten und Vermißtesten im BLUE MOON waren aber jene, die niemals etwas vermißten, die drauflos lebten und lebten und fickten, ganz ohne Sehnsucht, die wußten, entschuldigen Sie noch ein letztes Mal, wo das Loch war. –

Stichwort: überschaubare Sehnsucht – ich habe es für mein Buch schon einmal notiert. Dieses BLUE MOON war eigentlich nur ein Fertighausschuppen im Industriegebiet, wo am Wochenende und im Sommer outdoor auf dem Sonnendeck bei Fitness, Wellness und Massagen die Menschen die »Seele baumeln lassen« konnten, ohne daß dies jemand gesehen hätte, der es nicht sehen konnte.

… die Seele baumeln lassen: In demokratischen Zeiten konnte man alles sagen. Die Sprache gehörte niemandem.

Und die Frau über mir, die mich an meine erste erinnerte, versuchte mir nun meine Sehnsucht auszureden, das Hinauszögern des kurzen Glücks – ich mit meiner Sehnsucht. Es waren Menschen, nach denen ich Sehnsucht hatte, die sie mir immer wieder auszureden versuchten. Immer wieder haben sie versucht, mir meine Sehnsucht nach ihnen auszureden, selbst noch meine Immobiliensehnsucht, selbst noch den Fahrstuhl. –

Wie wir so dalagen – ich wußte ja nicht, wie sie hieß. Piano piano hatte ich meine alte Gaumensicherheit zurückgefunden und auch in das genußbetonte Leben; gaumensicher und genußfreudig war ich immer wieder, mitten in die Niedergeschlagenheiten hinein. Und ich war mit meiner Zunge bei diesem Bauchnabel angekommen, der mir vertraut war wie meiner. Wie ein Bauchnabel dem anderen glich! – Zwar schaffte ich es mit meiner Zunge niemals bis zu mir selbst, das war für die höchsten Akrobaten. Dieser Bauchnabel, diese erste Wunde, dieser erste Schnitt, diese Trennung, an der wir ein

Leben lang bluten, diese erste Verbindung, die von unserer Hebamme mit einem Spezialmesser gekappt wurde: Und nun hatten wir, zur Erinnerung an sie und an es, dieses Zeichen, an dem wir uns hätten wiedererkennen können.

Es war alles wie bei Helga.

Traumkapitel. Und ich schlief ein.

Es folgte ein seltsamer Traum. Wie Schwalben, die den Himmel abfischen, war ich nun unterwegs.

Da sah ich wieder den Bademeister, Waldvogel, wie er mich an den Ohren von den Kabinenlöchern wegzog, wo ich den Sommer mit Gucken verbrachte. Wie er mich am ganzen Schwimmbadpublikum vorbeizog und laut damit drohte, in Josefslust anzurufen, um mir dann in seinem Séparée hinter der Kasse wieder einmal mit Schwimmbadverbot zu drohen, während er sich mit seinem Rohrstock über mich hermachte, und wie ich anstatt Schwimmbadverbot, das ich nicht überlebt hätte, nur Hosenspanner bekam, allerdings ohne die dazugehörenden Hosen. Und ich sah das Schild des Norddeutschen Lloyd mit den Schiffen und dem Meer, dazu das Schild ACHTUNG MAUL- UND KLAUENSEUCHE! – BETRETEN POLIZEILICH VERBOTEN! Und da stand Angelika, die seit dreißig Jahren spurlos verschwunden war. Und einen Augenblick später Helga und der ganze Sommer unter dem Frisiermantel. Nun wurde ich ganz sentimental und weinte. Und ich war wieder ganz für mich wie einst, als ich von einer der Waldvogel-Kabinen aus einäugig hinübersah.

– Josefslust! – und sie lachte noch einmal viel dreckiger als je.

Helga prostete mir zu, mehr sie mir, als ich ihr –.

Wir tranken einen Schluck, und dann wußten wir schon nicht mehr so recht, wie's weitergehen sollte.

Und schon begann sie wieder, sich von mir zu entfernen.

Und in welcher Ecke lebst du jetzt?

Was machst du so allein in der Lüneburger Heide?

Ich wollte wissen, ob sie wieder mal in Josefslust gewesen sei, und da ich diesen Namen nicht aussprechen konnte, sagte ich: zu Hause?

Als ob es das natürlichste von der Welt wäre, sagte mir Helga, die gerade ihren Fünfzigsten gefeiert hatte, sie sei schon seit dreißig Jahren nicht mehr dort gewesen. Das einzige, was sie mit dort noch verbinde, seien die Gräber ihrer Eltern, der Dauerpflegeauftrag, den sie sich mit ihren Geschwistern teile, mit denen sie nur deswegen noch eine Verbindung hätte einmal im Jahr, um die Grabkosten abzurechnen. – That's life! – sagte sie nun.

Was machst du jetzt?

Denn wir wußten schon nicht mehr, wie's nun weitergehen sollte, und ich wußte es schon gar nicht.

Der Piccolo war noch nicht einmal leergetrunken; ich merkte, wie Helga sich schon wieder von mir und ihrer Geschichte distanzierte.

Sie lebte ganz in der Lüneburger Heide, lebte da, wo sie gerade war. Sie distanzierte sich schon wieder von mir, wie einst, als sie nach dem Haarewaschen mit ihren Brüsten von mir zurückging. Sie setzte sich schon wieder ab, wie einst, als sie sich aus meinen heimatlosen Erektionen so viel wie nichts machte.

»Ich habe zu tun!« –

Da fiel mir dallas ein, wie die Protagonisten mit diesem Satz im hauseigenen Fahrstuhl verschwanden.

Du kannst ja noch sitzen bleiben! –

Wir sehen uns noch! –
Und ähnliche Sätze hörte ich von ihr.
Sie war mir immer noch um ein Leben voraus.
Ich blieb noch sitzen, auch, weil ich einfach nicht aufstehen konnte, wie damals auf dem Frisierstuhl.
Auch, weil ich nicht wußte, wie es nun weitergehen sollte.
Sie kam noch ein paar Mal vorbei, lächelte schnell und verschwand mit dem Satz: Ich habe zu tun. –
Für sie schien dieser Tag der normalste.

Aber auch: Es ist heute nichts los! – sagte sie mehrfach, die Entschuldigung aller, die aus ihrem früheren Leben unerwartet Besuch bekommen.

Mit dem Satz: »Können wir nicht Freunde bleiben?« hat sie mich für immer weggeschickt. An dieser Stelle wachte ich auf und merkte, wie Tränen wie Regentropfen am Zugfenster von mir abglitten.

Kontaktlinse, welch ein Wort!

Ich mischte mich, um von mir wegzukommen, nun doch noch einmal unters Volk.

Alle aufzählen, denen ich beinahe begegnet wäre?

Herausfinden, was aus ihnen geworden ist, und darüber zu sprechen versuchen?

Das Leben ging immer weiter, wenn auch nur halb.

Lange hatte ich gehofft, doch noch auf jemanden zu stoßen, und wäre es im Whirlpool.

So war ich unterwegs in einer Welt von Männern, mobilen Besamungsstationen, und Frauen, unbemannten Raumstationen.

Ich habe mein Leben lang geschaut, wenn auch meistens nur hinterhergeschaut.

Und mein Hunger bestand aus ein bis zwei Lüsten.

Dies sagt ein katholischer Voyeur, wenn er beichtet.

Es waren immer dieselben, die eine gute Figur machten.

Der Whirlpool war vollkommen leer. Außer quirlendem Wasser nichts.

Manchmal scheint mir, ich bin durchs Leben gefallen, weil mir keiner richtig gezeigt hat, wie es geht. Schon von Knötzele an.

Doch Schauen war meine erste Sehnsucht.

Kontaktlinsen, welch ein Wort!

Nebenan eine Mutti, die Vati sagte. Und ein Vati, der Mutti sagte.

Ich sah auf mein Geschlecht hinab, diese doch so lebensbejahende Frucht von einst. Die nun bedenklich Richtung Süden zeigte und eine merkwürdige Südfrucht geworden war.

Ich sträubte mich immer noch gegen Viagra, obwohl Geigenmüller meinte, ich hätte nun ein Recht darauf, ja, keine andere Wahl.

Umstandsbestimmung des Ortes: in the middle of nowhere.

Umstandsbestimmung der Zeit: happy hour.

Hätte es sein können, Blue Moon! –

You saw me standing alone.

Mein Vater hat mir vom Jagdsitz aus die wichtigsten Stellen gezeigt und die Welt vom Hochsitz herunter erklärt, in den Pausen, als er nicht bei seinen Weibern war. Als ob der Schmerz etwas anderes wäre als ich. Als liefe er in Hasenform an mir vorbei. Als wäre es Hasenweh.

Und doch kam langsam wieder Leben in den Spazierstock.

Aber ich wollte, daß man mir keine meiner Sehnsüchte ansähe.

Ich wollte kein Kind mehr sein.

Doch die Menschen schreckten mittlerweile vor mir zurück, weil ich so schaute. Ach, diese Körper ersetzten mir von Angelika an lange genug das Reisen, ich kam von Helga an mit meinen Augen fast überall hin. Wir lebten zwar nicht alle unter einem Dach, so doch unter einem Himmel. Dort, wo in Helgas Frisiersalon der Spiegel war: Imagine! –

War ich vom Begattungswahnsinn befallen am Vatertag ins BLUE MOON gekommen?

Empfehlen Sie mich weiter! Hatte die Dame am Bahnhofsgrill von Göttingen gesagt – das ist noch gar nicht so lange her.

Ja, meine Liebe, in Göttingen stimmt das Preis-Leistungs-Verhältnis noch.

Zwischendurch lief Helga (so hieß sie wirklich) mit frischen Handtüchern durch die Räumlichkeiten und lächelte kurz. Sie war auch für das Putzen der Einzelkabinen zuständig und ging mehrfach mit Sagrotan durch. Sie machte alles selbst, auch die Liebe, wenn sie sich auch der neuesten Hilfsmittel bediente und bei ihrem Gerd, der heute frei hatte, mittlerweile auf Viagra bestand, wie sie mir freimütig erklärte; freimütig, sagte sie, denn man könne heute über alles reden.

Ihr Fatalismus gab mir Hoffnung. Und doch: Als ich ihr sagte, daß das Leben nichts wert sei, bestätigte sie mich, sagte einfach: ja. – Das wollte ich aber gar nicht hören. Ich wollte gerade das Gegenteil hören. Ich wollte doch immer nur das Gegenteil hören von dem, was ich sagte, dachte oder empfand. Wenn ich mit einem Menschen sprach, hoffte ich eigentlich immer nur, daß er mich zu sich hinüberziehen würde. –

Ich wollte immer auf die Seite des Lebens gezogen werden, wenn nicht auf seine Südseite, dann auf die Südseite meiner selbst.

So waren wir alle irgendwie in der Lüneburger Heide gelandet.

Es saßen nicht mehr viele auf ihren Barhockern, der Stoßverkehr war schon vorbei, diese Barhocker waren eigentlich nicht sehr bequem, aber aus unerfindlichen Gründen galten sie als gemütlich, vielleicht aus Sehnsucht. – Die Autofahrer kommentierten bei Jever Fun light den neuesten Bombenanschlag. – Und dabei blieb es.

Ich hoffte nun auch, doch vergebens, daß mich jemand von hinten ins Wasser stieße und mich so daran erinnerte, daß ich noch lebte, und ich von allem nichts mitbekäme. Ach, zu ihrem vierzigsten Geburtstag hatte ich Hilde vierzig besonders langstielige Rosen geschenkt. Sie war gerührt, vielleicht auch erregt, und mir wuchsen schon die Haare aus Nase und Ohren. Dann denkste: Dein Arsch ist jetzt auch dran! Hörte ich in Berlin, und du wendest dich piano piano den Fressalien zu.

Zuletzt haben wir nicht einmal mehr Appetit, so daß es uns, wie ein Philosoph erklärte, schließlich ganz leichtfällt, von diesem Leben hier Abschied zu nehmen. – Dazu kommen diese und jene Schmerzen, derart weise hat es die Natur mit uns eingerichtet. So daß wir zuletzt Ja sagen. Das heißt Nein zu diesem Leben hier.

Und so was wollte mal Förster werden!

Da war noch ein Achtender, einsam, ein Hauptmann und Achtender, wie vom Begattungswahnsinn befallen, doch es war niemand mehr da, Herrenreiterschule, im Dampfbad aus Not etwas herumgefummelt. (Es hätte der Mann vom Todesstreifen sein können, den ich, der mich mittlerweile wohl vergessen hatte. Aber dann mit dem Handtuch zur Dusche laufen, mit dem Feigenblatt hinausgehen wie Adam, und es nicht gewesen sein wollen. – Und auf dem Trottoir schon wieder im Gleichschritt und Schirmherr auf Wohltätigkeitsgalas spielen wie Onkel Otto und die vermißte Adelgundis von Liechtenstein, die in meinem Poesiealbum gelandet war.

Entschuldigung, so begannen einst all meine Entrees – Entschuldigung: »Es ist heute doch ein bißchen viel zusammengekommen«, hätte selbst Onkel Otto gesagt.

Der komplette BLUE MOON-Bereich war safe, sämtliche Spielwiesen, Wellnessbereiche und so fort: alles safe. Trägern von Infektionskrankheiten war der Zutritt verboten. Und zur zusätzlichen Sicherheit überall kleine Schalen mit Kondomen, in denen eine Visitenkarte lag, auf der ich »with compliments« lesen konnte, wie beim Begrüßungsdrink auf dem Zimmer eines gehobenen Hotels. Und am Bar-Tresen direkt neben der Schale mit den Chips, Brezeln und Salzsticks und sonstigen kleinen Knabbereien die Schale mit den Parisern in verschiedener Größe: Dieses Haus war absolut »safe«. Also hatte ich mir wenigstens nicht hier den Tod geholt. Wo wäre es dann?

Ich musste also keine Angst haben, wenn etwas blutete. Es (wie auch das ganze Leben) war alles halb so schlimm, und gleich vorbei. Ich würde es schon überstehen. Es solle später nicht einmal von mir heißen, daß ich ganz leicht gestorben sei, gar nichts davon mitbekommen hätte, und die Todesangst umsonst gewesen sei wie bei Frau Fürstenberg.

Ich bilanziere: Das lustvolle Öffnen des Hosenladens geschah von Fall zu Fall noch von fremder Hand. Aber das Schließen war immer schon etwas Einsames. Etwas Eigenhändiges. Eine traurige Handarbeit. Der Reißverschluß – ich habe noch das Geräusch im Ohr. Dieser Reißverschluß – ich habe noch das Geräusch im Ohr, wie sich einst Zähne an ihm zu schaffen machten. Und wie diese Zähne den Weg fanden zu mir und wie die Zunge voranging, ich habe noch das Geräusch im Ohr, ich sehe es noch – bald Jagdwillen, bald Jagd-Unwillen vortäuschend, das Öffnen des Hosenstalls, seit Einführung des Reißverschlusses ging alles etwas schneller. Auch weil wir nun nicht mehr so verspielt waren, und bald auf Vor- und Nachspiel ganz verzichteten.

Der Begattungswahnsinn war einen Augenblick danach schon ein Begattungsschmerz.

Bald stand ich wieder aufrecht an der Kasse des Lebens, und tat mein Handtuch in den Plastikcontainer, wie es vorgeschrieben war, und Helga checkte mich aus, und sagte, ich sollte wiederkommen. Und hat mich, da sie doch nicht meine Helga war, auch nicht mit dem herzzerreißenden Satz: Können wir nicht Freunde bleiben? – weggeschickt.

Mein Tagesziel

Gernhardt weiß von dir, sagte ich mir, als wäre dies ein Trost gewesen. Ich hatte im GORCH FOCK in Cuxhaven noch ein Zimmer bekommen, denn ich wollte nun auch noch das Meer sehen, und nicht ein Meer, sondern jenes. Bei Cuxhaven war es, daß ich das erste Mal das Meer gesehen hatte, am Tag nach der Nacht meines ersten Mals. Das war vor einer Ewigkeit und drei Tagen, wie die unvergeßliche Frau Nober vom Schuhgeschäft, vis-à-vis von den Schrottweibern, sagte, wenn etwas eine Ewigkeit und drei Tage her war.

»Ich werde gegen 23 Uhr eintreffen«, sagte ich, als handelte es sich bei mir um einen Staatsbesuch auf Ein-Mann-Basis. Der Mann von der Rezeption, der seine jungen Jahre in einem der südlicheren Länder verbracht haben musste, dachte sich wohl, als er mich schließlich in Empfang nahm, daß er da eine ziemlich konfuse Persönlichkeit vor sich stehen hatte, einen Menschen, der am Telephon von seinem »Tagesziel« gesprochen hatte. Dafür war es hier im Norden um Christi Himmelfahrt noch nicht ganz dunkel um elf Uhr nachts. So viel war klar. Immerhin kam ich in einem respektgebietenden wie schmerzstillenden Fahrzeug angefahren. Hildes Tennisschläger der neuesten Generation auf dem Rücksitz erteilten mir einen zusätzlichen Upgrade.

»Wie geht es dir?« Wollte ich von Hilde wissen, als ich mich endlich am Ende dieses Tages in den Sessel fallen lassen

konnte, um, wie jeden Abend, von ihr ins Bett gebracht zu werden in Berlin und in den Hotels meines Lebens.
 – »Ja, ja – die Eisheiligen.«
»Aber frieren möchte ich nicht auch noch.«
»Schwermut zählte nicht zu den ansteckenden Krankheiten – Oder doch?«
 – »Und dir?«
 – »Ich friere nicht. – Aber das ist schon fast alles.«

IV.
Days of sweet expectations
and light dressed happiness
oder
Versuch über das erste Mal

Das erste Mal

Erinnerung, zweite Gegenwart

Keinen der Orte, wo ich mit Schultze gewesen war, wollte ich wiedersehen, außer dem Meer. Lange nicht war ich aufgewacht als eine Personalunion aus Glück und Morgenlatte. Aber nun war ich wieder mit einer Sehnsucht bis ans Meer aufgewacht, bloody red Friday! Die ALTE LIEBE war ein Ort, von dem man bis zum Meer sehen konnte, mit Schiffen darauf, die weiterkommen würden als meine Augen. Mit meiner Erinnerung als meinem Schiff auf den Meeren. Und das Meer der Erinnerung war eines der größten.

Hier waren wir vorbeigekommen, auf einem Schiff, das so hieß, wie dieser Ort, wo ich jetzt stand: auf der ALTEN LIEBE: - - -Die ALTE LIEBE war jene Tribüne, wo die Schiffe begrüßt wurden, die kamen, und jene, die gingen, als wäre alles ein Theater. Und war jenes Schiff, das uns aufs Meer brachte, und war noch viel mehr. Und – auf der ALTEN LIEBE stehend, wurde auch ich begrüßt, wir alle, die ganze Abiturklasse, die wir mit Schultze und seiner wetterfesten Kleidung auf der ALTEN LIEBE standen, alle von uns, auch jene, die das Meer schon kannten, wie sie leichtfertig behaupteten. Also stand ich ganz vorne auf der ALTEN LIEBE wie auf jenem Schiff mit dem alten Namen, um nach dem Meer Ausschau zu halten wie der Seefahrer nach dem Heimatleuchtturm und den Heimatmöwen und den Vögeln von zu Hause, die er schon ein paar Meerstunden zuvor erblickte.

Ach, diese kleine Tribüne, diese Begrüßungs- und auch

Verabschiedungsstation! Ach, all die Rezeptionen, Notaufnahmen und Exitzeichen, und alles, was leuchtete, auch die Irrlichter. Und auch diese kleine Nacht, die hinter mir lag, jene Nacht, die dem Meer vorausging und der Liebe folgte.

Das Meer war bis dahin ein verlorengegangenes Emailleschild, die Agentur des NORDDEUTSCHEN LLOYD am Häuschen von Angelika gewesen, war ein Schiff, das von hier aus nach Amerika fuhr. Das Schiff, der Reisende, Amerika und das Meer fielen (auf diesem verlorenen Bild) in meinem Kopf zusammen.

Doch wohin ging es? Wohin war er – ich kann doch nicht mehr »ich« sagen – unterwegs?

Wir waren also auf Klassenfahrt nach Hamburg, unterwegs mit Schultze zur Jugendherberge HORNER RENNBAHN; von dort machten wir uns eines Morgens in Richtung Meer auf, erst mit dem Bus. Von den Landungsbrücken stachen wir auf der ALTEN LIEBE in Richtung See, heute vor hundert Jahren. Es war alles immer schon hundert Jahre her. Oder war es gestern? Oder war es heute?

Die Brücke zu diesem Augenblick war, daß ich »ich« sagen mußte.

Schultze hatte den Ausflug nach Helgoland generalstabsmäßig vorbereitet. Schon zu Hause mußten wir auswendig alle Inseln aufsagen, auch die richtige Reihenfolge, in der sie von West nach Ost im Meer lagen.

Ich kann gar nichts gegen diesen Lehrer vorbringen, gar nichts, außer, daß er es gut gemeint hat. Schon zu Hause hatte er uns verkündet, daß das Schiff, das uns nach Helgoland brächte, die ALTE LIEBE sein würde, und nicht das Alternativschiff WAPPEN VON HAMBURG. Und schon wieder kicherten einige wegen der ALTEN LIEBE. Denn Liebe brachten wir mit Schultze nicht in Verbindung. Er hatte keine erotische Kompetenz mit seinen Hosenträgern und von seiner Frau vorbereiteten Pausenbroten. Aber wir kicherten ja damals immer beim Wort Liebe.

Wir wurden auf Hamburg, Helgoland und das Meer vorbereitet mehr als auf die erste Heilige Kommunion.

Ein halbes Jahr lang mußten wir vorher einmal in der Woche zusammenkommen. Ein Abend galt der Vorführung unserer Kleider, mit denen wir in See zu stechen gedachten. Und auch am Abend, bevor wir endlich bei den Landungsbrücken an Bord gingen, mußten wir noch einmal, nach Geschlechtern getrennt, antanzen. Wir mußten die Schichten vorführen, die den eigenen Leib an diesem großen Tag bedecken sollten, zum Schutz gegen die See, und jedes Kleidungsstück bis hinab zur Unterhose mußten wir ihm nennen und andeutungsweise zeigen, wie zum Beweis, die Unterfütterung, den sogenannten Unterbau. Schultze hat darüber hinaus auch noch Stichproben gemacht, ob wir ihn vielleicht doch beschummelten. Das war, wie Sie vielleicht vermutet haben, keine sehr seltene Spielart des Eros. Selbst Geigenmüller konnte sich später dieses Verhalten nicht anders erklären als mit Schultzes Angst, wie wir vor dem Meer bestehen wollten. Als wir uns rechtfertigen mußten, wie wir nach Helgoland zu fahren gedachten am anderen Morgen um vier, wie wir die fünf- oder sechsstündige? Fahrt gegen das offene Meer hin überstehen wollten, haben Frau Reinacher und die Mädchen nur so getan. Tatsächlich haben sie uns beobachtet und gelacht, wie wir hineingingen und herauskamen. Die Mädchen sollten von Frau Reinacher überprüft werden auf ihre Seetauglichkeit hin. Doch die Reinacher hat nicht mitgemacht, sondern mit ihren Schülerinnen sororisiert und mit einem kleinen Schicklichkeitsabstand uns beobachtet und ausgelacht, wie wir hineingingen und herauskamen, und hat sogar die Idar-Obersteiner verständigt. Nachts hat sie Schultzes Überwachungsdienst sabotiert und sogar Amselfelder Rotwein und privilegierte junge Männer in den Frauentrakt geschmuggelt und ihn an der Tür abgefertigt, wenn er auf seiner Taschenlampenrunde und mit seiner Speziallampe zu uns hereinleuchten wollte. Kaum war Schultze verschwunden, haben alle aufgelacht. Auch die dazugekommenen Idar-Obersteiner und Aschaffenburger. Wir sind noch als Gerücht der HORNER RENNBAHN jahrelang erhalten geblieben.

Er hat uns vorher schon auf Lichtbildern die ganze Reise zeigen wollen, die Aufnahmen vom Hamburger Hafen, selbst unser Schiff, dann das Alte Land, die Begrüßungsstelle bei Wedel, die Heringsmetropole Glücksstadt und alles, was rechts und links am Weg zur Nordsee lag. Er hat alles im voraus bereist. Das waren die Sommerferien im Jahr zuvor gewesen. Geschichte und Geographie: Schultze hatte es mit Zeiten und Orten zu tun; das meiste lag hinter ihm und fern von ihm.

Wir kamen schon im Geographie-Unterricht mit Schultze überall hin. Wir haben schon eine Hafenrundfahrt gemacht, PLANTEN UN BLOOMEN und den Zirkus Hagenbeck gesehen, die Börse, und machten die große Stadtrundfahrt, wie unsere späteren virtuellen Reisen. Wir kamen überall hin, selbst in Kirchen und Museen und bis zur Außenalster. Wir kamen über Schultzes Dias überall hin in Hamburg, nur nicht dahin, wohin es uns zog, als wir, angesiedelt im äußersten Süden seiner Welt, am Fuß des berühmtesten Gebirges, mit dem Namen Hamburg noch etwas ganz anderes verbanden, kurz: Hamburg war in der Welt doch nicht wegen der Elbchaussee oder gar Blankenese ein Begriff. Wir, zum Beispiel, und anderswo wird es nicht anders gewesen sein, wußten von Hamburg nur wegen der Reeperbahn und wollten eigentlich nur nach St. Pauli, dessen Ruhm sich bis zu uns durchgesprochen hatte, ob nun als unerhörtes Gerücht oder selige Erinnerung. – Unser eigentliches, geheimes Ziel der Reise hieß: Reeperbahn, Große Freiheit Nr. 7. – Wir hatten von Dingen gehört, wo wir vorerst nicht hinkamen, wir wollten die Frauen im Schaufenster sehen und die ersten von uns wußten noch ganz anderes von Hamburg: Sie planten eine Nacht im »Laufhaus«, wo bei offenem Feuer gefickt wurde. Wir waren alle noch hochentflammbar.

Die tausend Brücken unserer Führerin bei der Stadtrundfahrt, »mehr als Venedig«, waren nichts dagegen. Außerdem stimmte wahrscheinlich gar nicht, was uns diese Hamburgerin damals erzählte und möglicherweise immer noch, nun kurz vor der Rente, erzählt. Denn später hörte ich in Leningrad, Amsterdam und Fort Lauderdale, man habe mehr Brücken als in Venedig. Aber die Große Freiheit Nr. 7 war ohnehin etwas über keine Brücke Erreichbares.

Doch Hamburg war schön, ich liebte es von Anfang an, auch wegen der ersten Pizza meines Lebens, die ich in der Mönckebergstraße noch etwas ungläubig verspeiste – und nie vergaß. Und auch wegen meiner Reisegefährten, die bei den Rundfahrten neben mir saßen und etwas Rundes machten daraus in meiner Erinnerung. Hamburg war der schöne Vorposten am Wasser meines späteren, ebenerdigen Lebens. Auch wenn nicht lange vor mir alles zerstört worden war und selbst das Wasser brannte, an einem Tag, an dem Thomas Mann in Hollywood war, um ein Paar weißer Schuhe zu kaufen.

Wir empören uns über alles, was vorbei ist.

Schultze, der sich »Heimatvertriebener« nannte, ließ uns, Landbewohner des ersten Augenblicks, alles aufsagen, was vorbei und verloren war, vor allem die Inseln. Es waren solche, die schön bleiben werden, auch ohne mich, denn auf die meisten wird es nicht reichen, zum Beispiel wohl niemals nach Langeoog – die Welt war größer als ich und weiter als ich von mir. Schultze brachte uns bei, daß wir ein Leben lang herumreisen und die meisten der möglichen Ziele nicht erreichen würden – wie Knötzeles Amerika. So kamen wir früh mit Inseln in Berührung, und wenn nicht mit den Inseln, so doch mit Namen von Inseln, die verloren waren für Schultze, so wie Usedom, von wo Schultze stammte. Er war wohl kein

Revisionist, er hatte nur vielleicht ab und zu Heimweh, was er verschwieg. Heimweh war zwar nicht verboten, aber nichts für die Öffentlichkeit; Heimweh war um 1968 peinlicher als Küssen unter freiem Himmel. Das politisch nicht korrekte Heimweh: Wir hätten vielleicht gelacht, daß es so etwas noch gab, wie eine ausgestorbene Krankheit oder Hühneraugen und Dinge, die nicht unmittelbar zum Tod führten.

Wir mußten die Kurische Nehrung auswendig hersagen, das Haff, das Kurische Haff, die Vogelwarte von Rossiten und Orte, die nicht unmittelbar zum Tod führten und lange her waren; wir lachten über diese Namen, Inseln, an denen wir scheiterten, und wie sie in der richtigen Reihenfolge im Meer lagen wie ein Gedicht. Inseln, die ich vergessen habe, Flüsse und Nebenflüsse wollte er von uns wissen, und an welcher Stelle sie zueinander fanden, und wo sie gemeinsam unter einem Namen ins Meer flossen. Der Bodden, das Frische Haff, alles, was am anderen Ende unserer Welt lag, mündete in unseren Köpfen und ging verloren, vielleicht von da die grundlose und tiefe Sehnsucht, wenn ich an Inseln denke, die ich nie sah und sehen werde.

Ich habe bei Schultze nichts gelernt als die Sehnsucht, denn was wir vom Meer hatten, war nur ein Dia. Es war weniger als ein Neckermannkatalog, weniger als die Wäscheseiten, weniger als der Reiseteil von NUR, wo alle Zimmer Meerblick hatten – es war nichts, und doch alles.

Die Wäscheseiten und der Meerblick gehören unbedingt dazu, wenn ich sagen müßte, wo denn meine Augen die ganze Zeit waren, wenn ich nach den Höhepunkten meines vergangenen Lebens gefragt würde, als wäre mein Kopf ein Containerschiff unter liberianischer Flagge, wie sie an uns auf der Höhe von Wedel in beiden Richtungen vorbeifuhren. Wir standen da und winkten, doch die Schiffe waren nun zu groß und zu leer. Es gab keinen Matrosen mehr, der uns gesehen hätte – und zurückwinkte; niemand, von dem wir gemeint gewesen wären.

Selbst auf der Hafenrundfahrt, die es dann, nach all den Vorbereitungen zu Lande, nach all diesen Schultze'schen Trockenübungen mit uns, tatsächlich gab, sahen wir keine Matrosen mehr; und selbst aus den Liedern, die wir damals sangen, waren sie völlig verschwunden. – Die schönen Lieder von Lale Andersen hörte ich ganz allein und verschämt, als wäre es etwas Unanständiges, wie sie von Johnny und den Matrosen sang; noch ein Grund, warum ich mich so nach dem Meer sehnte. Meine gleichaltrigen Landbewohner waren dafür nicht mehr zu haben. Ich war der letzte, der ganz allein in seinem großen Zimmer mit den Fenstern zu den Alpen hin »Wenn die Fischer von Langeoog« hörte: Dazu war es die ganz verkehrte Richtung. – Schon mein erster Plattenspieler hatte Alpenblick.

Vielleicht ist mein Kompaß auch deswegen falsch gepolt, weil ich von Anfang zu meinen Fenstern hinausträumte, mit den Alpen als Horizont und dem Süden, während vom Grammophon Lale Andersen, das Meer und die Matrosen zu mir herüberkamen, in Ermangelung der Wellen und des Meeres, das vom Band kam.

Schon am ersten Abend in der Jugendherberge HORNER RENNBAHN, wohin wir nach einer langen Zugreise, während der einige von uns vom Hinausschauen nicht genug bekommen konnten, und andere Karten spielten, endlich gekommen waren, sangen wir die neuesten Lieder durch; nun alle englisch, so gut wir konnten. – Das Meer kam, wenn ich mich recht erinnere, auch da nicht mehr vor, und auch keine Matrosen. Nur in THE DOCK OF THE BAY konnte man etwas Matrosen und Meer, Wellen und Möwen hören und riechen, doch das – die Matrosen, Wellen und die Möwen – konnten wir ja nicht nachsingen, und außerdem war der Text des schönen Liedes mit dem Meer viel zu schwer. Wir konnten ihn nie, auch wenn ich heute glauben sollte, ich hätte ihn nur vergessen: Über den ersten Vers kamen wir nie hinaus – SITTING ON THE

DOCK OF THE BAY, WATCHING THE TIME GO AWAY – oder so ähnlich. Oder hieß es »the tide«? – Es war aus den Hitparaden, wie damals die Charts noch hießen, was wir mit der Gitarre nachzusingen versuchten. Immerhin sangen wir noch; zwar nichts Deutsches mehr, das wäre so peinlich gewesen wie GUTEN ABEND, GUT' NACHT. Aber THE HOUSE OF THE RISING SUN, wo, wie ich später erfahren habe, ein Hurenkind seine Bordellgeschichte in New Orleans erzählt, war möglich. Immer waren es Orte, die weit weg von uns waren, die in diesen Liedern erschienen, wie vor hundert Jahren La Paloma.

Es waren andere Schüler da, Gruppen aus Idar-Oberstein, Dorsten und Aschaffenburg mit ihren Mädchen und Gitarren, alles Landratten, doch wir waren jene, die am weitesten weg vom Meer leben mußten.

In den Tagen vor unserem Zusammenstoßen und unserem Zusammensingen mit den Idar-Obersteinern hatte Schultze, der keine Verantwortung übernehmen wollte, wie er sagte, daß die Mädchen ihre Unschuld in Hamburg an der Horner Rennbahn verloren, ziemlich viel zu tun, um die einen von den anderen unter uns auseinanderzubringen. Doch er hätte mit einem Stecken dazwischenfahren müssen, wie bei den Katzen, und dann wäre das Glück in zwei Teilen gewesen, und so der Schmerz: geteilter Schmerz, doppelter Schmerz. Schultze, der glaubte, es zu Hause »in die Hand versprochen zu haben, daß nichts passierte«, rotierte und hielt sogar die Nacht über Wache und ging vor den Mädchenräumen auf und ab, einmal pro Stunde, was, täte er dies heute, diesen Pädagogen in Verruf brächte und schon im Mißbrauchzusammenhang erschiene. Er glaubte, versprochen zu haben, daß nichts passierte mit uns, die nach den Darwinschen Gesetzen zusammengefunden hatten und zusammenlagen (survival of the fittest). Es war ja so viel wie nichts, und das war alles.

»Kümmerlich ernährt sich das Eichhörnchen! – setzen Fünf!« –

so der oft gehörte Satz, wenn wieder einmal einer von uns an Schultzes Heimweh gescheitert war. Vor allem die Mädchen waren es, denen er den angeblich fehlenden räumlichen Sinn übelnahm, die angeblich von ganz woanders waren, als da wo sie waren. Denn Schultze war ein Menschen- ja ein Frauenkenner, als es dieses Wort noch gar nicht gab.

Es gab Männer, die mehr noch als Frauen das Meer liebten, wie Reinaldo Arenas, ein Heimatvertriebener aus Kuba, der einst am Patrice Lumumba-Strand bei Havanna einen Mann beobachtete, der sich angeblich aus Liebe zum Meer gegen das Meer hin befriedigte, als hätte es auf ewig sein sollen, als hätte er es heiraten wollen.

So einer war ich vielleicht auch.

Doch unser Heimatvertriebener war von der Insel Usedom (Swinemünde). Er machte mit uns Heimatkunde und brachte uns das Meer und die Inseln bei, und wie alles im Meer lag; erzählte uns von der Vogelwarte in Rossiten und von der Beringung der Zugvögel, ihren Routen und Futterplätzen, ihren Leibspeisen, ihrem Stoffwechsel, wie sie im Fliegen ihre Notdurft verrichten, und dann kam er auch noch auf ihr Paarungsverhalten zu sprechen, ganz allgemein, und wo sie überwintern. Wir aber träumten von Sex im Freien, und daß wir bald, vielleicht schon im nächsten Sommer, nackt an Buhne 16 auf Sylt lägen.

Oft träumte ich, daß noch einmal alles von vorne begänne, und ich noch einmal dastand und photographiert wurde mit allen und Schultze und dem Busfahrer, der uns um fünf Uhr früh bei den Landungsbrücken absetzte, kurz bevor wir die ALTE LIEBE bestiegen, die mit uns nach Helgoland, und das war einige Seemeilen Richtung Amerika, brachte.

Amerika, das nach dem Hochstapler Amerigo Vespucci benannt war (neuerdings wird behauptet, er sei doch kein Hochstapler gewesen; wir reden über alles, schreiben Bücher, filmen die Welt zu Tode, sehen alles und sehen nichts), erschien zum ersten Mal auf einer Landkarte, die ein Mann namens Waldseemüller aus Freiburg im Breisgau in St. Dié drucken ließ, diese Karte, die Onkel Otto gerade für zwanzig Millionen Dollar nach Amerika verkauft hatte (an die Library of Congress, wo schon einige Jahre zuvor die letzte Gutenberg-Bibel, das erste gedruckte – und auch geschriebene – Buch der Welt, gelandet war), und lag jenseits des Meeres, das von den Landungsbrücken aus erreichbar gewesen wäre.

Damals war ich sehr groß und ging in alle Richtungen.
Es war alles zu Fuß möglich.
Aber nun gab es Menschen, die Aktien kauften statt Ikonen, darunter Hilde, die die Endlosschleife der neuesten Kurse im n-tv verfolgten, mehr als sonst eine Nachricht, noch ein letztes Mal, bevor sie einschliefen, so daß ich Hilde drohen mußte: Entweder das Endlosband oder ich! –
Sie hat sich im Grunde für das Endlosband entschieden.

Unterwegs nahmen wir noch den Kölner Dom mit, wie sich Schultze in seinem Sammler- und Bildungsdrang und pädagogischen Eros ausdrückte. Zu allem hatte er auch noch eine Super-8-Kamera dabei (warum die so hieß, weiß ich auch nicht), mit der er, als wäre es nicht genug gewesen, auch noch alles dokumentierte. Der Film, den wir dann an Land bei einem »Aufarbeitungsabend« gesehen haben, beginnt damit, wie wir nach und nach aus dem Kölner Dom herauskommen. Sonst wüßte ich ja gar nicht mehr, daß ich je im Kölner Dom war. Es sind überdies die ersten Bilder, die mich gehend festhalten. Auf der Rheinstrecke hatten einige von uns, die Sehnsüchtigsten, schon die ganze Zeit an den Fenstern gehangen, um die Burgen, selbst die Ruinen, auf die wir uns vorbereitet hatten, wie auf über Raum und Zeit verstreute Leichen, zu entdecken. Die anderen haben kein einziges Mal zum Fenster hinausgeschaut und ohne Punkt und Komma drauflosgeplappert, und waren dabei achtlos mit der Sprache umgegangen, als wäre sie eine Information, und haben Wörter wie »Auspuff« gebraucht, ohne sich ein einziges Mal in ihrem Leben zu überlegen, ob dies ein schönes Wort war oder nicht. Schultze hat alles gefilmt, so gut es ging – bei seinen Händen –, und dann, aus dem Hügelland hinaus, waren bald oben nur noch der Himmel und die Wolken und bald würde ich am Meer sein.

Auf der Mönckebergstraße bestellte ich dann zusammen mit Andrea jene erste Pizza. Wir teilten sie, weil wir uns noch nicht trauten. Und bestellten gleich noch einmal ein zweites Stück. Das verband uns – bis über den Tod hinaus. Es war etwa da, wo es gerade fünfundzwanzig Jahre zuvor gebrannt hatte, wo selbst das Feuer auf dem Wasser schwamm und das Wasser brannte. Das mußt du dir nun alles dazudenken, denn die Steine reden nicht. Das war der Boden unter den Füßen, auf dem wir in der Mönckebergstraße standen. Aber überall, wo wir damals hinkamen, war alles schon dreimal abgebrannt und wieder aufgebaut, die Menschen waren von einer unausrottbaren Hoffnung, und von einer unbrennbaren, feuersicheren Hoffnung und Sehnsucht auf der Welt.

Und ich habe noch das Künstliche der Gewürzmischung an meinen Fingern, ja, in meinem Kopf, das ich nicht wegbekomme durch Waschen, als wärest du es.

Du kriegst ja graue Haare! Rief Andrea auf einem Bänkchen in PLANTEN UN BLOMEN aus, wohin wir uns vor Schultze und dem Ausflug nach Blankenese geflüchtet hatten. – Dieses Haar war ein Einzelgänger, gewiß, aber sie hielt es mir vor die Augen, wie zum Beweis, als sie durch meine Haare gefahren war, wie zum Spiel. Ich lag auf ihrem Schoß, und sie ging meinen Kopf durch, als ob sie mich auf Flöhe oder sonstiges Ungeziefer untersuchen müßte. Dabei war es Liebe. Heute weiß ich: Es war Liebe.

Ich war nun neunzehn und nach dem grauen Haar und dem Haarausfall würde mir noch ganz anderes bevorstehen, wovon ich damals zum Glück nichts wußte. Wir feierten mein erstes graues Haar, als wäre ich nun allem entwachsen. Andrea wollte es von mir geschenkt haben, und ich gab es ihr, zum Zeichen unserer Liebe.

Schon am ersten Abend sangen wir IMAGINE, und wenig später grölten wir OBLADI OBLADA und in der übermütigsten Phase grölten wir YELLOW SUBMARINE, ohne betrunken zu sein.
In unserem Aufenthaltsraum aus Waschbeton mit dem Silentium um 10 Uhr waren wir zunächst um unsere eigene Gitarrenspielerin namens Claudia herumgesessen, die ihre ganze Inbrunst in SAG MIR WO DIE BLUMEN SIND hineinlegte: Das war das einzige deutsche Lied, zudem ein Lied, dessen Text nicht nach der zweiten Zeile verlorenging. Also haben wir alle dieses SAG MIR WO DIE BLUMEN SIND, SAG MIR WO DIE MÄNNER SIND, SAG MIR WO DIE MÄDCHEN SIND gleich mehrfach inbrünstig und sehnsüchtig und auch im voraus gesungen, als hätten wir die Liebe und das Leben und den Krieg und alles schon hinter uns. – Dabei hatten wir alles noch vor uns, bei mir, zum Beispiel, war es der Tag vor dem ersten Mal.
Wir sahen uns in die Augen, während wir sangen. Ja, wir nahmen uns in die Augen. Dagegen hatte bald die Konkurrenz aus Idar-Oberstein in einiger Entfernung von uns mit ihrer Gitarre und ihren Liedern (ihrem SAG MIR) und mit Songs aufgetrumpft, die wir nicht konnten, und mit Songs, die wir auch konnten, sie kamen aber einen Vers weiter. IMAGINE THERE'S NO HEAVEN ABOVE US ONLY SKY konnten wir auch schon bis zu diesem Wort – SKY –, aber das war doch kein Traum für Menschen, die den Himmel noch vor sich hatten. Eine für jeden Menschen, der nachdenken konnte, doch schauderhafte Vorstellung, ein schönes, doch grausames Lied, und wir sollten es auch noch singen! Bald aber – wir waren ja schüchtern, gerade die lautesten von uns waren die schüchternsten – hat der schüchternste von uns, das war ich, in einem berüchtigten Anfall von Übermut zu den Idar-Obersteinern hinübergerufen, sie sollten doch herüberkom-

men, dann ginge es gemeinsam los. Denn wir waren uns bisher ja kaum noch begegnet. Alkohol konnte nicht im Spiel sein – es gab ja nur Bluna –, aber die ersten haben schon ihre Joints gedreht, die sie hinter dem Rücken von Schultze am Hauptbahnhof bekamen.

So sangen wir, kurz bevor es Zehn war und das Licht ausging oder hätte ausgehen sollen.

Doch auch hier, während wir sangen und schauten, galt der traurige Charles Darwin: SURVIVAL OF THE FITTEST – und STRUGGLE FOR LIFE, wie wir schon aus dem Bio-Unterricht wußten, ganz ahnungslos, was wir in diesem Raum aus Waschbeton des Landschulheims an der Horner Rennbahn Darwin wieder einmal bestätigten. Und ich haßte ihn bis heute dafür.

Wir saßen auf dem Boden und sangen voller Inbrunst und Sehnsucht, als wäre alles schon vorbei, als wäre die Liebe etwas hinter uns, und sahen uns dabei in die Augen. Wir sangen, als wäre es eine Erinnerung, alles wäre alles schon nichts als eine Erinnerung.

Die Sehnsucht fiel mit einem Heimweh nach dem, was immer war und nie, zusammen.

Und, stellen Sie sich vor: Die übrigen, die nach Darwin noch nicht verteilt waren, spielten nun auch noch »Blinde Kuh«. Ich habe vergessen, wie dieses Spiel geht. Ich weiß nur noch, daß es »Blinde Kuh« hieß und eine Art Liebesspiel mit verbundenen Augen war. Und dann schlichen wir uns nach und nach aus dem Aufenthaltsraum. An Schultze und der gesamten Weltgeschichte vorbei.

Die anderen, die sich nun in diesem spielerischen STRUGGLE FOR LIFE zunächst nicht orten konnten, die zurückblieben wie die Nachtigallen und noch lange weitersingen mußten, haben sich ganz allgemein verbrüdert in ihrer heimatlosen Sehnsucht. Als wäre dieses Singen jener Begegnung zuliebe gewesen, die der Einsamkeit unserer Erektionen ein Ende setzte.

Am Ende waren alle verteilt – oder blieben zurück.

Die Zurückgebliebenen, die nicht einmal über »Blinde Kuh« zu einem Date gekommen waren, summten noch über die Sperrstunde hinaus ihr SAG MIR WO DIE BLUMEN SIND und WE SHALL OVERCOME, gemäß der Darwinschen Theorie mit ihren Blunadosen und heimatlosen Blicken.

Aber ich kam über das alte, gewiß aus der Mode geratene Spiel BLINDE KUH zu Uschi und nicht zu Andrea; Uschi Geng, das war kein Chinesisch, sondern die blonde Person aus der ersten Reihe, die ich, jeweils in der letzten Reihe des Schuljahres sitzend, die Schulzeit über meist von hinten sah. Uschi: Das war mehr ein Zufall, eine Laune des Zufalls, ich wollte doch mit Andrea. Aber es war Zeit. Einmal mußte es sein. Vielleicht war an diesem Abend in Hamburg auch bei mir etwas Torschlußpanik dabei.

Auch wir hatten uns noch über die BLINDE KUH gefunden, erleichtert, daß wir nicht übriggeblieben, und nicht bei den allerletzten gewesen waren – erleichtert: ich etwas mehr als sie. Daß ich bei ihr landete, und sie bei mir, verschaffte uns auf der Prestige-Skala durchaus einen guten mittleren Platz.

Aber dann mußten wir uns trotzdem an Schultze vorbei in den Mädchentrakt schleichen, in Uschis Etagenbett im dritten Stock, in einem Zimmer, wo drei Etagenbetten nebeneinander standen, und alle waren gefüllt; Zweierkonstellationen gemäß der Darwinschen Gesetze und den Ergebnissen des Zufalls aus »Blinde Kuh«.

Erst versuchten Uschi und ich etwas Petting; und dann haben wir einander, vielleicht etwas ungeschickt, vielleicht auch nur aus Aufregung umständlicher als sonst, von den Kleidern das nötigste abgestreift – es war eben das erste Mal. Eigentlich hatten wir nur die Schuhe ausgezogen, und Uschi und ich in Zeiten, als es noch kein T-Shirt gab, die Bluse und das

Hemd. Wie weit die anderen, darunter Mike Schwellinger und Ingelore Fürstenberg (»Lola«) gekommen sind, weiß ich nicht. Wir hatten auf alle Fälle die Socken angelassen, um nicht ganz nackt zu sein wie die Italiener. Wir hatten das nötigste abgestreift: so viel, wie zur Liebe nötig war. Und so viel, wie unter diesen Umständen möglich war, denn jederzeit konnte die Tür aufgehen und Schultze konnte mit seiner Taschenlampe hereinleuchten. Jederzeit konnte ja das Licht angehen, als wären wir Küchenschaben gewesen.

Es war keine Mondnacht; und vom Licht kam nur das nötigste herein. Immerhin wurde es ja in einer Großstadt wie Hamburg niemals mehr richtig Nacht. Wir hatten von uns die Umrisse, dazu was über die Hände und Nasen zu uns kam, auch von nebenan, auch über die Ohren. Ganz deutlich konnte ich die synchronen, unterdrückten Lustlaute des schönen Willi Stahl heraushören, die ich vom Turnunterricht her kannte, wenn er an den Geräten war.

Als wäre der Ort, wo wir uns lebten, wo wir uns liebten, ein Truppenübungsplatz gewesen.

Wie schreibt man Liebe?
Was ist Liebe?
Ist es ein Tu-Wort?

Es mußte eine natürliche Begabung sein, ein Trieb der Natur, denn niemand hatte uns gesagt oder gar gezeigt, wie man sich liebt. Wir wußten alles schon, so wie eine gerade aus dem Ei geschlüpfte Seeschildkröte, die ins Meer davonschwimmt. Oder so wie ein Neugeborenes, das von selbst anfängt zu schreien.

Wir nahmen uns in den Arm, wir nahmen uns in die Augen, wir nahmen uns in den Mund: Aug um Aug, Mund um Mund, Geschlecht um Geschlecht. Wir nahmen uns in den Mund, als ob wir Hunger hätten. Wir bissen uns aber nicht ab. Wir spielten nur. Wir nahmen uns nur zwischen die Zähne und verschluckten uns nicht.

Ich glaubte, selig zu sein. Was Uschi glaubte, weiß ich nicht. Vielleicht hatte sie Angst, weil ihr gesagt wurde, daß es weh tat. Aber meine Angst davor, daß es wehtun könnte, war vielleicht noch größer. Und weil ich so ungeschickt war, und auch, weil es das erste Mal war, bin ich gekommen, noch bevor ich richtig gekommen war. Und Uschi schrie SHIT! – in diese stille Nacht voller Gitarren hinein. SHIT! –

Und erklärte mich für verrückt.

Kannst du nicht aufpassen! – Mensch! – Blödmann! – hörte ich, noch auf ihr liegend.

SHIT – Ich kann mir nicht denken, daß Uschi etwas von mir hatte. Auch Uschi konnte ich nicht halten. Wenn ich mich an meine Menschen erinnere, so muß ich sagen, daß ich keinen von ihnen halten konnte. Auch wenn ich auf ihnen lag, waren sie immer noch ganz weit weg von mir und begannen, während ich mich noch auf sie zu bewegte, schon wieder von mir abzusetzen.

»Die Begegnung versprach, was die Umarmung nicht halten konnte.«

Am anderen Morgen um vier war Schultze jedoch in Panik, als er beim Abzählen merkte, daß wir nicht im Bus waren. Er lief noch einmal zurück und hat uns gesucht, vor allem mich. In die Mädchenzimmer traute er sich ja nicht: Doch da waren wir, als er uns suchte.

Noch auf dem Schiff nach Helgoland sah sie sich wieder nach Mike um.

In jener Nacht hatten wir auch noch die Stimme von Schultze, dem der Zutritt zur Kemenate verwehrt war, gehört, er fuchtelte mit seiner Taschenlampe und forderte die arme Pia Reinacher auf, mich an den Ohren herauszuziehen, wie Waldvogel aus der Kabine, wie ich hören konnte. Pia Reinacher behauptete jedoch, ich sei gar nicht in diesem Raum. Sie wüßte auch nicht, wo ich sei. – Wie recht sie hatte.

Öffnen Sie sofort!
Kommen Sie sofort heraus!
Seien Sie vernünftig!
Sie stehen kurz vor dem Abitur!
Was soll ich Ihrem Vater melden!
Und ähnliche Sätze, die Schultze möglich waren, hörten wir von draußen. Vielleicht war er doch ein Mensch, der an uns litt, der Arme!

Das war nur ein Vorspiel gewesen.
Heute denke ich, daß das ganze Leben bis dahin ein Vorspiel war.
Und daß das ganze Leben seither ein Nachspiel war, vom Augenblick an, mit dem das Vorspiel zu Ende war, ein Vorspiel, auf welches das Nachspiel folgte, da es unmittelbar an jener Stelle ins Nachspiel überging, an jener Stelle meiner Partitur und Geschichte, an der ich das Wort SHIT hörte, vielleicht zum ersten Mal.

Ich kann gar nichts gegen diesen Lehrer vorbringen, gar nichts, außer, daß er es gut gemeint hat.

Schultze konnte in der Nacht vor Helgoland nicht schlafen, da mehrere von uns fehlten. Sein Verdacht, daß wir entweder auf der Reeperbahn oder im Mädchentrakt waren, nahm ihm doch die schlimmste Angst, daß wir irgendwie ums Leben gekommen, entführt, mit einem Schiff nach Amerika durchgebrannt waren.
Es war vier Uhr morgens. Um fünf verließ das Schiff den Hafen. Frau Reinacher hat mit uns sabotiert und – während Schultze, der nun keinen Augenblick geschlafen hatte und

seit drei Uhr vor der Tür des Mädchentraktes ausgeharrt hatte, um uns, herauskommend, zur Rede zu stellen, zu weinen und uns vom Meer auszuschließen – uns über eine Leiter aus dem ersten Stock geschleust. Und mit derselben Leiter sind wir auf der anderen Seite in unser Zimmer gekommen. Nun gut. Als wir wieder im richtigen Bett lagen, welches das falsche war, und uns schlafend stellten, hat Frau Reinacher nach Schultze gerufen und ihm gesagt, er möge doch endlich die Jungen wecken, denn es sei doch schon bald vier. Er sagte, die seien gar nicht da. Aber Frau Reinacher bestand darauf, er solle doch noch einmal nachschauen. Es blieb Schultze nichts anderes übrig, als uns mitzunehmen aufs Schiff, nachdem er mit seiner Taschenlampe, die gar nicht mehr nötig gewesen wäre, es war schon fast hell, hereinleuchtete, und uns schlafend in unseren Etagenbetten entdeckte.

Schultze konnte nicht einmal mit Sanktionen kommen und hat nie erfahren, wo wir waren.

Ineinander verschränkt sahen wir, daß es Tag war. Ungewaschen und unwillig diesem Tag gegenüber, ganz ernüchtert sind wir am Bus erschienen.

Das erste Mal hat eine Nachgeschichte. Erstens: daß wir zurückkehrten.

Die Ferien nach dem Abi, die ja keine Ferien mehr waren, sondern das Ende, an das Sie sich vielleicht auch erinnern können, haben wir im Waldbad verbracht.

Es waren die letzten Tage im Waldbad, und alle waren einmal noch da, Andrea, Uschi, ich – und die anderen.

Uschi sagte, daß sie ein Kind bekomme, und daß ich der Vater sei. Ich mußte ihr glauben.

Der letzte Tag im Waldbad vor Schließung in jenem Jahr, war für uns der letzte Tag überhaupt. Es war, nebenbei, auch der Abschied von der Jugend. Ich würde ja in einem Monat mit der Forstwissenschaft beginnen; und die anderen würden mit ihren Studien und Erstsemesterliebschaften beginnen. Wie in den Jahren zuvor, nein: Wie immer lagen wir auch noch ein letztes Mal wie in einem Rudel, in unserem Revier des Bades, weit weg vom Wasser und den Hausfrauen, die wahrscheinlich aus ganz anderen Gründen jeden Nachmittag in diesem Bad erschienen. Und da liegen wir nun, für immer, als ginge es ewig so weiter.

Die Sehnsucht war damals meine Zukunft, so wie heute die Vergangenheit mein Heimweh ist.

In den Jahren, als ich noch nirgendwo hinkam, ging ich vor allem wegen der Kabinen ins Waldbad, schon bald nach dem letzten Nikolausabend, wegen der Kabinen, genauer noch: wegen der Löcher in den Kabinen. Offiziell natürlich, um zu schwimmen, und zur Belohnung ein Eis am Stiel.

Ich war schon vierzehn und wäre vielleicht gar nicht in dieses Bad gegangen, hätte es nicht die Kabinen mit den Löchern gegeben, eine Saison, die mit dem 15. September unwiderruflich zu Ende war jedes Jahr. Um nicht in einem allzu schlechten Licht erscheinen, muß ich sagen, daß diese Art von Schauen mit siebzehn eigentlich vorbei war. Vielleicht auch, weil das Bad damals umgebaut wurde und die schönen alten Kabinen mit den wohl asbestverseuchten Sperrholzwänden mit den Löchern, die manchmal einen himmlischen einäugigen Blick freigaben wie in den Zeiten von RACKE RAUCHZART, auf immer verschwanden und unserem seligen Treiben ein Ende machten.

Manchmal schauten wir auch zu zweit, überhaupt bin ich erst über Mike auf diese Möglichkeit der Sommergestaltung gekommen. Immer wieder drängten wir uns an diesem Loch beiseite, wie die Ferkel an der Mutterbrust.

Die Kabinen waren noch nicht nach Geschlechtern getrennt. Den Sommer über kamen immer mehr Löcher dazu. Wenn mich die Erinnerung nicht täuscht, waren bis zum Abriß der alten Kabinen immer jeweils mehr Badegäste in den

Kabinen als im Wasser. Die Frechsten gingen höchstens einmal ins Wasser, um hineinzupinkeln und Waldvogel auf die Probe zu stellen, ob das Gerücht stimmte, das wohl er selbst in Umlauf gebracht hatte, daß sich das Wasser dabei orangefarben veränderte wie im Chemieunterricht. Waldvogel kam gar nicht hinterher, den Sommer über die Löcher zu stopfen. Es war so, daß auch er mehr Zeit in den Kabinen als am Wasser verbracht hat und seine DLRG-Rettungsschwimmerfunktion grob vernachlässigen mußte. Ich habe es nie zum Virtuosen gebracht wie Mike, der auch noch mit Spiegeln und kleinen Stecken arbeitete; auch habe ich von ihm zum ersten Mal das Wort Stethoskop gehört: Wo er es aufgeschnappt hatte, weiß ich nicht. Mir genügten die Augen, ein Auge, abwechselnd gönnte ich dem einen und dem anderen Auge diese kleine, große Sommerfreude.

Nur ganz selten einmal war ein sogenannter Sittenstrolch darunter, dessen Name dann in der Zeitung genannt wurde, der Schwimmbadverbot bekam, bei Wiederholung zunächst für den ganzen Landkreis, dann für ganz Deutschland, irgendein perverser Alter, der in seine Perversion hineingewachsen war, die darin bestand, zu schauen. Mehr war nicht.

Mit einem Sonderschlüssel schlug Waldvogel zu und holte uns aus den Kabinen. Es half nichts, noch schnell das Loch mit einem Kaugummi zuzukleben. Der Kaugummi war noch ganz frisch, wie auch die Erektion in unseren Badehosen, das Corpus delicti, das wir noch schnell in viel zu engen Badehosen zu verstecken versucht hatten, so daß weder Zweifel noch Phantasie Platz hatten. Mit dem kaum zu vertuschenden, erst allmählich verschwindenden Corpus delicti in den Hosen zog uns Waldvogel heraus, Mike und mich, je eines unserer Ohren rechts und links von Waldvogel, der uns an den Badegästen vorbeizog, laut schreiend, daß wir nun endgültig Schwimmbadverbot bekämen, was nie geschehen ist.

Bald kniete ich schon wieder in einer der Kabinen des Städtischen Waldbades. Wenn mich die Erinnerung nicht täuscht, habe ich meinen vierzehnten Sommer praktisch in den Umkleidekabinen verbracht und kam bald überhaupt nicht mehr ins Wasser. Es war der einzige Sport, den ich je ausübte.

Nur gelegentlich ging ich noch an den Ligusteranlagen vorbei zum Fünfmeterbrett und tat so, als ob ich mir ernsthaft überlegte zu springen, ganz dilettantisch versuchte ich von meiner Schaulust abzulenken. Dieses Wasser, das auf der Wiese mein Fernbleiben entschuldigen sollte, war ja nur eine Erinnerung daran, daß ich immer noch nicht am Meer war.

Bald lauerte ich wie ein Tier in diesen Kabinen auf Beute. Und doch: Selbst ein Moskito hatte mehr von diesen Löchern. Es konnte hin- und herfliegen und kam an jene Stellen, die mir (vorerst, immer noch) versagt waren. Es waren auch nur Ausschnitte wie später in den Pornofilmen.

Diese Löcher galten in jenem Sommer unter den Hausfrauen als Plage, die sogar in der Zeitung kam. Sie waren das Sommerloch meines vierzehnten Sommers.

Die Frauen ekelten sich angeblich vor den Kaugummis, die an den asbestverseuchten Sperrholzwänden hingen. Doch es gab auch freundliche Badegäste, die, als sie bemerkten, daß hier manipuliert wurde, daß da etwas Einäugiges erschien, so taten, als merkten sie nichts, und sich sogar zur richtigen Seite hin drehten.

Die einen schrien auf, die anderen verstummten. Aber nur die Denunzianten rannten zu Waldvogel und beschrieben die Kabine, wo dies geschehen war.

Sie beschrieben die Kabine, von der aus ich etwas gesehen habe, was ich bis zum heutigen Tag nicht näher beschreiben kann.

Was ich eigentlich machte? Ich konnte ja noch nicht einmal wichsen. All meine Erektionen waren noch ganz ziellos. Ich schaute ja nur. Das einzige war das aufrecht stehende Wort Erektion.

Das erste Mal hatte ich noch Angst, daß es nun für immer

so bliebe, eine Angst, von der ich mich bis zum heutigen Tag nicht erholt habe.

Auf unserer Wiese: ganz alte ausgefranste, weißliche Handtücher waren es. Wer sich aber damit abtrocknete und darauf legte, war oftmals nicht ganz von dieser Welt. Fitness-Studios gab es noch nicht. Alles war ganz natürlich, als Mike wieder auf seinem Platz erschien und alle fragten, wo er so lange gewesen war. Er kam zurück aus dem Wasser, wie aus einem Bauch, der Mutter aller Swimmingpools. Vielleicht waren wir deshalb so gerne in der Nähe des Wassers. Wir waren noch nicht nach Geschlechtern getrennt, so wenig wie die Bäuche, aus denen wir herkamen.

*Days of sweet expectations and light
dressed happiness*

Als wir von der Horner Rennbahn zurückkamen, nur ein halbes Jahrzehnt später, und wir nun fast erwachsen, waren es neue Kabinen, sogenannte Gemeinschaftskabinen, in denen ein unverhohlenes Schauen weder erwünscht noch möglich war. Die Schaulust hatte sich nun auch auf die Wiese verlagert. Auch rauchten wir nun unsere ersten Zigaretten, küßten uns und lagen uns in den Armen. Das Glück war nun ganz nahegerückt, aber auch das Unglück. Wir lagen auf einem Handtuch, auf dem MIAMI stand, so wenig Platz brauchten wir. Was wir eigentlich machten? – Wenn ich das noch wüßte.

Diese Geschichte konnte überall spielen, überall, wo Wasser war und Sehnsucht.
    Und schon war es Abend. Es kamen auch schon nicht mehr alle.
    Uns dämmerte nun, daß etwas zu Ende ging, gegangen war, unsere Jugend. Die bedenklich rot gefärbten Ebereschen kamen auch dazu und waren den Liegenden, Liebenden längst über den Kopf gewachsen. Die Melancholie eines letzten Tages im Freibad bei vollem Bewußtsein.
    Ich bin seither nicht dort gewesen. Wenn ich das Ende datieren müßte, so wäre es jener Tag, an dem wir nicht mehr vollzählig waren. Gewiß, immer schon hatte es die Vernünftigen unter uns gegeben, die sagten, daß es immer weitergeht. Jene, die nach dem Kalender lebten, für die der Frühling ein

Tag im Kalender war, und so auch der Sommer, und die schon wußten, wo das Bad des nächsten Sommers war und schon den Termin wußten für den Beginn der nächsten Saison.

Die letzten Nachmittage waren ja keine richtigen Nachmittage mehr.

Das Ende hatte sich schon eingeschlichen, ein wenig schon der Tod, schon drei Tage, bevor dieses Bad für immer geschlossen wurde, für mich. Der nächste Sommer war für die Menschen nach uns. Wir würden nicht wiederkommen – und so war es.

Das Fest der Jugend war vorbei, kaum, daß es doch begonnen hatte. Und schon sollten wir auf Neues eingestimmt werden. Es war wie der letzte Tag im Kindergarten. So folgte immer eines auf das andere und man pries uns die Freuden des Herbstes an, bis hin zum Zwiebelkuchen und den Semestereröffnungsabenden. Doch damit konnte man mir nicht kommen, so wenig wie mit Herbstgedichten und schönen Pullovern, und daß das Leben nun wieder nach innen gehen sollte. Denn die »days of sweet expectations and light dressed happiness« waren unwiderruflich vorbei.

Das Leben verschwand bald unter dicken Pullovern, ich begnügte mich mit dem heiligen Rest, mit dem alles angefangen hatte: mit einem Augenblick. Doch schlechte Zeit für Augenmenschen: Der unerbittliche Herbst deutete sich an und zeigte die Grenze zwischen dir und mir auf.

Jener letzte Tag: Sie können sich doch auch noch daran erinnern?

Sie wissen doch auch noch vom letzten Mal, kurz vor dem ersten Mal. Sie wissen doch auch noch, wie's war und wehtat. Wir sind doch alle verwandt? Sind unsere Körper und Seelen nicht Geschwisterkind?

Ich fuhr mit meinem ersten Auto in die Stadt davon.

Das ist schon fast alles.

Ich weiß noch, es war ein von Leuchttürmen und Wracks gesäumter, grauer Tag danach.

Mein Vater war wenigstens mit einem Bein aus allem zurückgekehrt. Die Hände waren für einen Menschen wichtiger als die Füße; fast alles, was ihn ausmachte, war er mit seinen Händen. Schultze jedoch war mit nichts als zwei Fingern zurückgekehrt. Jetzt wissen Sie, wer Schultze ist.

Wie es aber dazu kam, daß er die rechte Hand und auch große Teile der linken verloren hat, darüber gab es an der Schule nur ein Gerücht. Schultze habe seine Hände auf eine Eisenbahnschiene legen müssen. Wo, wurde nicht gesagt, und wer ihn dazu gezwungen hatte, auch nicht. Nur, daß es im Krieg war, wußten wir. Daher haben wir Schultze auch die ganze Schulzeit über geschont, die wir auf diese Art in den Krieg hineingezogen wurden, und waren jeden Tag mehrfach Überlebende wie er.

Er war ein guter Lehrer, brauchte aber eigentlich schon zum Umblättern eine Hilfe. Erst recht für sein fatales Hobby, die Privatfilmerei, als wären dadurch die fehlenden Hände ergänzt und ausgeglichen. Ich sah, wie er gelegentlich mit der Zunge nachhalf, wenn das Papier widerspenstig war. Die Tür zu uns konnte er öffnen, nicht aber einen gewöhnlichen Hosenladen. Und doch hatte auch Schultze eine Geliebte. Er galt als Liebhaber. Der Reißverschluß dazu (zur Liebe) hatte eine behindertengerechte Applikation, die von Frau Schultze noch in Zeiten, bevor unser Leben behindertengerecht eingerichtet wurde, angenäht worden war. Wenn es Sommer und heiß war, aber noch nicht so heiß, daß der Direktor hereinkam und »hitzefrei – Ihr könnt nach Hause!« – sagte, schüttelte er die Anzugsjacke von den Schultern. Und dann hat er eine Vertrauensperson wie mich aufgerufen und mich gebeten, ich solle ihm die Ärmel hochkrempeln. Soviel zu Schultze, der mit seinen Hasenzähnen und seinen Spezialvorrichtungen auch noch das Meer aufnehmen wollte, als wäre es nicht genug gewesen.

Und ich schaute damals vielleicht so, als ob ich später über alles ein Buch schreiben müßte.

Schultze sagte, daß er für den Rest des Lebens von mir enttäuscht sei. Warum, sagte er nicht.

Wir waren aufs Meer verladen, der Busfahrer hatte den Tag über frei. Der arme Schultze. Es sah so aus, daß er die Spezialkamera an diesem Tag nicht aus der Spezialbox nehmen wollte.

Ich war ja sein Kamera-Assistent, der für das Herausnehmen und auch Halten des Geräts zuständig war, wegen seiner Hände aus dem Krieg.

Außerdem regnete es, den ganzen Tag sollte es regnen.

Immerhin hatte er recht mit seinem Satz: Es gibt kein schlechtes Wetter. Es gibt nur die falsche Kleidung, eine Weisheit, die, wie ich viel später erfuhr, über ganz Norddeutschland verbreitet war.

Zwar hat Schultze nie erfahren, wo genau ich war. –
Wenn ich das hätte sagen können!

Uschi und ich taten auf dem Schiff schon wieder so, als gehörten wir nicht zueinander. Und so war es ja auch.

Deshalb war Schultze schon wieder aufgetaut, als wir den Breitengrad von Wedel erreicht hatten auf unserer ALTEN LIEBE.

Wedel war der Ort, wo, wie er uns erklärte, die Schiffe in alle Welt verabschiedet werden, auch wenn es in unserem Fall nur nach Helgoland ging. Rechtzeitig vor Wedel wurden wir von Schultze nach Steuerbord gerufen. Spalierstehend wurden wir aufs Meer verabschiedet. Und er hat es mit seiner monströsen Maschine festgehalten, und ich sollte ihm helfen. Weswegen ich, was eigentlich die Tragödie des Kameramannes ist, kaum einmal auf dem Bild war. Wo das ganze Material geblieben ist, weiß ich nicht. Es wäre ja Sondermüll, und Schultze ist tot.

Wir sollten dazu die Flaggen, die automatisch nach oben gezogen wurden, viel zu schnell, und die Hymne, die vom Band kam, herausfinden und kommentieren, und auch die Bruttoregistertonnen sowie die wichtigsten Daten des Heimathafens Monrovia, Liberia, das Schiff, das uns vorausfuhr. Was es geladen hatte? – Auf der ALTEN LIEBE waren es CHEERLEADERS der Liebe, die sich über die Flaggen lustig machten, die von der Reling aus am Strand von Wedel zu erkennen waren, ein Verhalten, wofür wir in den USA und ihrem Flaggenstolz irgendwann mit dem Tod bestraft worden wären.

Der Trockenunterricht, die heraldische Unterweisung und das Hersagen der Schiffdaten, hatte nicht viel gebracht. Schultze hatte schon an Land den Kopf geschüttelt über uns und unser Desinteresse an der Welt.

Die Elbe wurde nun immer breiter und wir konnten sie bald nicht mehr vom Meer unterscheiden – so daß keiner von uns sagen kann, wann zum ersten Mal er das Meer gesehen hat. Definitiv auf dem Meer waren wir dann, als wir Cuxhaven und die dortige Schiffbegrüßungsstelle mit der Empfangstribüne und den Flaggen passiert hatten; wie an der Loreley vorbei, und das Wasser, wie Schultze behauptete, nun schon salzig war.

Da stand ich nun mit meiner Sehnsucht, die Hoffnung minus Erfahrung ist.

Das Meer war nicht ohne, wie das verwackelte Filmchen beweist, das wir im Nachhinein sahen und allein in meiner Erinnerung weiterlebt wie die wackelige Hand, die an Sandbänken und untergegangenen Schiffen vorbeiführt. Das Meer war nicht ohne, wie die Wracks, die ersten Wracks meines Lebens, bewiesen und noch etwas herausschauten.

Auf einmal war es da, grau, wie der große Himmel. Der Beweis, daß es das Meer war, sind die Wracks, die noch etwas herausschauten. Kurz darauf habe ich auch den ersten Leuchtturm gesehen, ein weiterer Beweis, daß es das Meer war, was ich nicht glauben wollte, und unweit von noch einem Wrack, auf das Schultze wies. Wir hatten ein Auge für Wracks, und das hätte mich doch nachdenklich machen können. Aber ich war an jenem Tag wohl immun gegen die Welt.

Schultze hat uns in die Welt eingewiesen, die er selbst vielleicht nie recht betrat; war nie im Tropengürtel, nicht in der Sahelzone oder auf Permafrostboden. Alles war immer entweder zu heiß oder zu kalt, zu dunkel oder zu hell, zu nah oder zu weit oder gar nicht.

Alles war Theorie, anhand von Globen und Weltkarten im Maßstab von 1:10 000 000.

Das Meer war groß, doch ich hatte es mir noch größer vorgestellt. Ich glaube, am Horizont schon Amerika auszumachen. Und doch: Das Meer war keine Enttäuschung. Nur der Rest war eine Enttäuschung

Und Cuxhaven war eine Stadt, errichtet an der Stelle, da, wo ich nicht mehr sagen konnte, ob es noch Fluß oder schon Meer war.

Ich stand nun schon einige Zeit an dieser Schiffbegrüßungsstelle, die wir vor einem Vierteljahrhundert passiert hatten.

Und »Wrack« war ein Wort, dem wir das Windschiefe ansahen.

Aber wie im sogenannten Gemeinschaftskundeunterricht ein Wrack erklären? (Oder gar rechtfertigen?)

Er mit seinen Roten Zahlen, und ich mit meinen verschwindenden, ja verschwimmenden Erinnerungen in Richtung Meer hin.

Sibirien muß im Sommer die Hölle sein! Sagte er, wenn der Permafrostboden aus dem vergessenen Land eine Hölle macht, heimgesucht von Billionen von Moskitos; dazu kommen die Geister und die Schamanen, man kann hier eigentlich nicht mehr leben, in diesen Zonen, die Sie nur mit Schutzkleidung betreten könnten, wenn es Wege gäbe, erklärte uns Schultze, und wir mußten es auswendig lernen wie die Roten Zahlen der Geschichte, daher weiß ich's noch: 60 Grad im Sommer und 60 Grad Minus im Winter, so heiß und kalt war es nun.

Damals mußten wir auch noch die Tiefseegräben aufsagen, unabhängig davon, ob es sich bei uns um zukünftige Tiefseeforscher handelte oder nicht.

Von Orten, wo keiner von uns gewesen war, auch Schultze nicht, auch mit dem Echolot nicht, und von Dingen, Inseln und fernsten Heimaten war die Rede, die wir nur über das Echolot wußten. Er konnte uns für Tiefseegräben nicht begeistern und auch nicht für die Zahl und Form der bemannten Leuchttürme die Küste entlang, wenn diese Tiefseegräben und Leuchttürme aus Schultzes Mund kamen und er mit einem Stock vor uns stand wie ein Dirigent – als wäre alles von ihm:

Die ALTE LIEBE nahm Kurs aufs offene Meer.

Der Permafrostboden, die Schutzkleidung gegen die Trillion von Moskitos, und doch: keiner von uns wollte dorthin, wo Schultze mit uns gewesen war; diese Orte waren besetzt von seiner erotischen Inkompetenz. Unsere Sehnsucht galt Orten, wo Schultze nie und nimmermehr hinkäme, dahin, wo wir waren und gewesen waren.

Er verdarb uns alles, außer dem Meer und der Liebe. Und kam mit seiner Taschenlampe, den Hosenträgern, dem Permafrostboden, mit seinen Tornistern und Meßgeräten, mit seinen Roten und Schwarzen Zahlen, mit seiner richtigen Kleidung und mit seinem Mehrzweck- (Zeige- und Spazier-) Stock nirgendwohin, wo wir waren.

Keinen der Orte, wo wir mit Schultze hingekommen waren, wollte ich wiedersehen, außer dem Meer.

Und keinen der möglichen Orte sehen mit ihm, von denen wir nur über das Echolot wußten. Die Super-8 hielt alles fest. Aber eben nur das, was zu sehen war. Außerdem unsere Gesichter, wie wir schauten (wenn auch meines meist nicht dabei war, Tragödie des Kameraträgers, ich sehe mich noch!), als nun bei Neuwerk definitiv, unbezweifelbar, für immer, zum ersten Mal das Meer erschien, als endlich der Leuchtturm erschien, der endgültige Beweis, daß das Wasser um den Leuchtturm herum, daß dies das Meer war. Zum ersten Mal das Meer, und dann so. Es regnete nämlich, und wer nämlich mit h schreibt ist dämlich, sagte Schultze.

Dieses Meer ist ein Film, den ich nie wieder sah, unterlegt mit der Stimme Schultzes und seinem »und jetzt sehen wir«, »und jetzt fahren wir am Wrack des MS Happy Hour vorbei«, »ganz vorne schon die Roten Klippen von Helgoland zu erkennen«. – Das Meer war ein Film, der aus Stimmen und Möwen bestand, die der ALTEN LIEBE voraus- und hinterherflogen, aus einem grauen Tag und unseren langen Haaren, selbst sie noch enttäuscht im Wind wehend; ein Film aus hochseetüchtiger Kleidung und Enttäuschung. Obwohl wir doch auf alles vorbereitet waren, wußten, daß das Meer grau sein würde, haben wir es doch nicht glauben wollen; obwohl wir mit nichts rechneten als mit einem gräulichen Himmel und auch von den Wracks und Gefahren wußten, waren wir auf diese Leere aus Himmel und Wasser, rot-weiß-traurigen Leuchttürmen und Wracks nicht vorbereitet.

Das Meer war ein Film im Augenblick der Enttäuschung, wie wir den einsamen Leuchtturm erblicken mit dem Gekreisch der Möwen um uns herum. Mit den Gesichtern von langhaarigen Verliebten, windschiefen Gesichtern, ziellosen Frisuren, sich am Geländer der ALTEN LIEBE entlangwindend. Alle, die damals an der Horner Rennbahn übernachtet hatten und nun auf der ALTEN LIEBE herumstanden und ab und zu auf Zelluloid erschienen, waren voller Liebe und voller Enttäuschung nach Helgoland unterwegs. War es nicht so?

Außer Schultze vielleicht, der mit offenem Mund und seinen Hasenzähnen alles aufnahm, als wäre es von ihm.

Wie wir hinausschauten wie in die Leere mit unseren ziello-

sen Frisuren, die über dem Meer wie Abgrund hingen. »Windstärke 5«, sagt die Stimme in mir, »offene See« – und die ersten begannen auch schon zu kotzen ins verwackelte Meer unter einem verwackelten Himmel. Und es gab keinen einzigen Matrosen, der uns aus dieser Seenot gerettet hätte.
Und doch.
Früh war ich, schon in der Volksschule, Mitglied geworden in der GESELLSCHAFT ZUR RETTUNG SCHIFFBRÜCHIGER, auch um eine Verbindung zum Meer zu haben außer dem Emailleschild des NORDDEUTSCHEN LLOYD. Immer schon wollte ich eine Verbindung zum Meer, von dem ich wußte wie von Gott, den ich eines Tages oder Nachts sehen werde. Das Meer war da, ich wußte es schon, als ich noch gar nichts von ihm wußte.
Dann aber habe ich über die GESELLSCHAFT ZUR RETTUNG SCHIFFBRÜCHIGER erfahren, daß es das Meer wirklich gab, etwas, das ich erreichen konnte und hinfahren; daß es mehr war als das dazugehörende, in all unseren alten Sprachen dazugehörende Wort »Meer«. Die kleinen Bilder der GESELLSCHAFT ZUR RETTUNG SCHIFFBRÜCHIGER, deren einziges Mitglied ich auf der Landseite am Fuße der Alpen wohl war und gewesen sein muß, bewiesen mir also, daß das Meer nicht nur ein Gerücht war wie Buxtehude.
Ich kaufte die Rettungsmarken und klebte sie ins Poesiealbum. Es folgte mein erster finanzieller Zusammenbruch, denn ich hatte so viele Marken gekauft, daß ich schließlich nicht bezahlen konnte. Mein erstes finanzielles Debakel war schwer erkauft: Es war mein erster Offenbarungseid: Ich mußte das Meer aufgeben und meinen Geldgebern schwören, daß ich mich dem Meer und den Matrosen über einen Sicherheitsabstand nicht mehr nähern dürfte auf Jahre hinaus. Die Mitgliedschaft in der GESELLSCHAFT ZUR RETTUNG SCHIFFBRÜCHIGER wurde mir zum nächstmöglichen Termin gekündigt. Wörter wie: arschlochgewisse Erektionsmelancholie haben sich seither in mein Leben eingeschlichen, Wörter zur

Wisentseite hin, und allem, was ausgestorben ist. Ich mußte zum ersten Mal schwören, und dann auch noch diesen Schwur: daß ich auf immer auf die Rettungsmarken mit den lebensrettenden Matrosen und allem trotzenden Schiffen verzichten würde. Und schwören, daß ich mich von den lebensrettenden Matrosen, vom Meer und den Meerbildern fernhalten würde, wie ein vor Sehnsucht Irrer, dem gerichtlich verboten wird, dem Objekt seiner Begierde näher als tausend Kilometer zu kommen.

»Auf immer«: Immer sollten meine Verzichte, auch die größeren und größten, die folgten, auf immer sein.

Ich blieb also auf Jahre an Land zurück und es wäre höchste Zeit, wieder einzutreten, dachte ich, nur so ein Himmelfahrtsgedanke, noch so ein Himmelfahrtsgedanke.

Kurz vor Helgoland hatten wir uns schon wieder gefangen.

Das Meer klarte auf – oder muß ich »der Himmel« sagen? Wir auch.

Wir waren schon wieder erwartungsvoll und Helgoland noch vielversprechend.

Ich war vital wie ein Zahn, an jenem Tag.

Aber das Leben wurde immer weniger, wie ein Zahn, von dem man zuletzt gar nichts mehr merkt. Melancholiker waren in einem früheren Leben oftmals Euphoriker, solche, die zu viel erwartet haben. Dann kam das Leben. Sehnsucht ist Hoffnung minus Erfahrung, dachte ich fünfundzwanzig Jahre später bei der Schiffsbegrüßungsstelle von Cuxhaven.

Damals, kurz vor Helgoland, hätte ich aber schon wieder vor Lust in einen Kugelfisch, eine japanische Variante des Russischen Roulettes, gebissen – und mein Arsch war al dente, sagte wenig später der alte Italiener in mir.

Wir sahen nun die vorgelagerte Düne, die, wie Schultze dazwischenquakt, unbewohnt war, das heißt, ein Seevogelparadies.

Ich hörte nun schon ständig Schultzes Stimme, als ob ich

Stimmen hörte und schizophren wäre. Doch spektakulärer für uns, die wir kein Fernglas dabeihatten, sollte die ALTE LIEBE nun bald am ersten FKK-Strand unseres Lebens vorbeifahren, mit seinen Strandkörben und Badetüchern. Erotisch hochgradig besetzt wie das Herren- oder Beiprogramm eines globalen Gipfeltreffen mit allem, was nackt war und lebte.

Im lokalen Frühstücksfernsehen hatte ich in Bleckede den Bademeister gesehen, der zur Unterscheidung von den anderen FKK-Menschen, zur Unterscheidung von anderen Gästen männlichen Geschlechts, eine rote Mütze trug, auf der FKK stand. Das Wort hatte Verlangen im Bauch. Hinzu kam festes Schuhwerk, Rettungssandalen aus transparentem Plastik: Es sollte hier nichts verborgen sein, ich sah bis zu den lupenreinen Zehennägeln. You do voodoo to me – die Badeschlappentransparenz der vorgelagerten Wanderdüne im lokalen Frühstücksfernsehen brachte mich zurück auf die ALTE LIEBE, wo Hans Luba mit seinen Wurstfingern nun in die falsche Richtung zeigte, weil er alles für sich haben wollte; Frauen, Gestalten, die mit etwas gutem Willen als Frauen erkannt werden konnten, die nackt im Strandkorb lagen. Mit Phantasie und gutem Willen konnten sie erkannt werden wie die Signatur auf einem Alten Meister. Er war so geizig wie Professor Sirrmann, der niemandem seine Insel verriet, und wollte alles für sich haben. So hat er mich um die allerersten wirklich nackten fremden Männer und Frauen am Meer betrogen.

Es war ja erst Mitte Mai, und ich habe nichts gesehen, aber es wäre auch nicht viel gewesen, weil ich kein Fernglas dabeihatte, und Ferngläser waren überdies in der Nähe strategisch wichtiger Stellen, von militärischem und quasi militärischem Sperrgelände, auf der ALTEN LIEBE verboten. Das haben wir Hans Luba nie verziehen, auch wenn wir so gut wie nichts gesehen hätten, vielleicht soviel wie in jenem Film EROS AM ABGRUND. Ich hätte immerhin sagen können, daß da jemand war. Der Stringtanga blieb meiner Phantasie überlassen.

Doch aus Erregung haben wir gar nichts gesehen, es war die gezielte Desinformation des ausgerechnet an dieser Stelle der Weltgeschichte zu Schabernak aufgelegten Hans Luba, daß wir aus Aufregung irgendwohin schauten, nirgendwohin – ich – ein Passagier, der blind war –. Doch mindestens so auf Schauen aus wie die Touristen beim Whale Watching in Oregon oder die mit Hubschraubern vom Luxusliner an die Nordküste der Antarktis verfrachteten Pinguinbeobachter, oder wie ein Pionier den mühseligen Orinoko hinauf, in moskitogetränkter, infektionsschwangerer Atmosphäre, der alles in Kauf nahm, auch den Tod, um die Entdeckung seines Lebens zu machen – oder, weniger dramatisch, wie ich selbst, wenige Jahre später auf dem meilenbreiten, eigentlich schon zum Meer gehörenden Gambia, als ich die schönsten Paradiesvögel im Rasta-Look und die mir vorausschwimmenden Delphine sah, so nah, daß sie mich hätten küssen können – die Paradiesvögel –, von der Wanderdüne vor Helgoland sah ich nichts, nur die schreienden Möwen, die bösen Seefahrern als das Ungeziefer des Meeres gelten.

Und schon waren wir an der Düne vorbei, wo wir auf die Insel des Deutschlandliedes verladen werden sollten. Hans Luba brüstete sich noch damit, was er alles gesehen hatte, bis er aus meinem Leben verschwand.

Der nunmehr achtzigjährige Bademeister vom Frühstücksfernsehen plauderte seine schönsten Erlebnisse heraus, die allerdings immer noch nicht im Frühstücksfernsehen gebracht werden konnten. Also beschränkte sich der wohl gekürzte und geschnittene Beitrag auf das Erzählbare, auf das, was der Unterhaltungswert der Erinnerung war: Er sei ein FKK-Pionier gewesen, er habe FKK nach dem Krieg wieder auf Helgoland eingeführt und somit einen Beitrag zur Freiheit in der Bundesrepublik Deutschland geleistet, und dafür zu Recht das Bundesverdienstkreuz aus der Hand des Niedersächsischen Umweltministers bekommen; ein Mann der ersten Stunde, der nun, wie er in MARE, dem Meeresprogramm des

NDR, wissen ließ, darangehe, seine Memoiren zu schreiben und seine schönste Zeit auf der Düne festzuhalten. Nur soviel: Sein Hoheitsgebiet hatte sich unter seiner Regentschaft zu einer Drei-Sterne-Anlage entwickelt, und wir kamen in seinen Erinnerungen nicht vor, auch wenn er unser Schiff gesehen haben sollte. Und die Sehnsucht des Bademeisters ging verloren wie die Menschen von einst, und aus seiner einstigen Sehnsucht wurde ein einziges Heimweh.

Eine Zeitlang zögerte der Kapitän, die Schiffchen, die uns dann endgültig nach Helgoland bringen sollten, wegen des falschen Wetters an die ALTE LIEBE heranzulassen. Aber die Inselmatrosen lebten nun einmal von unsereins, Menschen, die von weither gekommen waren wie Menschen von einst. Caprifischer aus dem letzten Jahrhundert haben sie schon beim Verladen in die Blaue Grotte naßgespritzt und so getan, als wollten sie es zulassen, daß die eine oder andere schon beim Einsteigen ins Meer fällt und das Wunder nie mehr sehen wird. Es gab ein großes Geschrei und das Sommerkleid war fast durchsichtig. Das war die Freude des Matrosen am Eingang der Blauen Grotte. Und als wäre dies nicht genug gewesen, mußten wir den Matrosen auch noch bezahlen, dessen Freude wir waren. Wir wurden zu einer »kleinen Spende für den Matrosen« genötigt – O SOLE MIO. Und drinnen, in diesem unverhofften Blau, hat er eine Runde O SOLE MIO gesungen. Und das Lied war aus, noch bevor ich wieder an der Sonne war.

Wem gehörst du?

Epilog

Wem gehörst du?

Ich bin alt genug und könnte schon antworten, doch ich antworte nicht.

Nicht einmal mir selbst. Ich bin vier und auf dem Kirchweihmarkt verlorengegangen, bin vierzig und stehe auf dem Cuxhavener Himmelfahrtsschützenfest. Ich stehe bei den Boxautos und sehe den jungen Verliebten zu, von denen ich noch nichts weiß, immer noch nichts, außer, daß sie aus Liebe ineinander hineinfahren.

Der einzige, der meine Liebe bemerkt und auch erwidert hat, war mein Caro, der vor meinen eigenen Augen überfahren wurde, mein Hund, ein Lebewesen, von dem bisher nicht die Rede war – das soll genügen. (»Jetzt schaut er aber!«)

Und ich habe ja alle aufgezählt, wo es beinahe geglückt wäre. Das war mein Buch.

»Es geht schon wieder«, so der Satz aus meiner Simulantenzeit, mit dem ich mich nun aufrappelte. »Und jetzt gehst du zum Italiener!« –

Auch in Cuxhaven gab es mehrere Italiener.

»Es geht schon wieder!«, hatte ich mir mehrmals in diesen zwei Tagen gesagt. Trotz allem stellte sich zudem auch schon wieder ein Appetit ein. Also ging ich ins ROMA, das ich hinter den Deich geduckt entdeckte.

Ich hätte auch hier Matjes bestellen können. Das gab es nun auch beim Italiener. Aber keine Schalentiere in den Monaten ohne »R«!

Doch auch diese alte Hausfrauenweisheit des Nordens war seit der Einführung des Kühlschranks nichts mehr wert.

Aber einmal auf das Wort »Leibspeise« gestoßen, dachte ich heute, ich müßte Nudeln bestellen. Nicht irgendwelche, sondern jene. Etwas, das mich an meine Leibspeise, für die niemand mehr zuständig war, wenigstens von ferne erinnerte.

Und auch, weil ich in Amerika gehört hatte: NOODLES MAKE YOU COMFORTABLE INSIDE, WHEN IT IS MISERABLE OUTSIDE. Und so war es.

Literatur bei DuMont:

 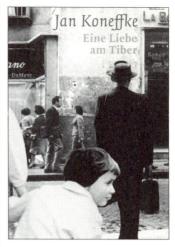

JOHN VON DÜFFEL
HOUWELANDT
Roman
316 Seiten
Gebunden
€ 19,90
ISBN 3-8321-7882-1

John von Düffel erzählt in seinem neuen Roman mit dramatischer Raffinesse von den de Houwelandts – von vier bewegenden Gestalten aus drei Generationen.

JAN KONEFFKE
EINE LIEBE AM TIBER
Roman
315 Seiten
Gebunden
€ 19,90
ISBN 3-8321-7863-5

Eine Liebe am Tiber ist ein tragikomischer Familien- und Liebesroman, der von einer deutschen Sehnsucht nach Italien, nach der turbulenten Stadt am Tiber in den späten sechziger Jahren erzählt – in groteskem Ausmaß.

DUMONT Literatur

www.DuMontLiteraturundKunst.de

Peter Stamm
Agnes
Roman
btb 72550

Peter Stamm

Eine moderne Liebesgeschichte vom Glück, das im Detail liegt, und von der Nähe, die zwei Menschen trennt.
»Eine der schönsten Geschichten, die in letzter Zeit ein junger Schweizer geschrieben hat.« *DIE ZEIT*

Peter Stamm
Blitzeis
btb 72750

» ›Blitzeis‹ gehört zum Bemerkenswertesten, was man gegenwärtig in der deutschen Sprache lesen kann.«
Neue Zürcher Zeitung
Hochgelobt vom Literarischen Quartett und wochenlang auf der SWR-Bestenliste.

Rolf Vollmann
Die wunderbaren
Falschmünzer
Ein Roman-Verführer
1800 bis 1930
btb 72297

Rolf Vollmann

Eine Gartenparty der Weltliteratur, bei der jeder auf seine Kosten kommt. Eine Schatztruhe europäischer und amerikanischer Romane aus der Zeit von 1800 bis 1930. »Schöner als Vollmann, verführerischer, hat die Bühne des Romans keiner illuminiert.« *Neue Zürcher Zeitung*

Rolf Vollmann
Der Roman-Navigator
Zweihundert
Lieblingsromane von
der Blechtrommel bis
Tristam Shandy
btb 72373

»Nichts anderes als das pure Vergnügen wird der erleben, der sich an die Hand nehmen lässt, um sich durch mal entlegene, mal an den Hauptstraßen liegende Romanwelten führen zu lassen.« *Süddeutsche Zeitung*

Aus Freude am Lesen

»Kempowskis bisher wohl schönstes, traurigstes Buch.«
Süddeutsche Zeitung

Ein kleines Heidedorf in den 60er Jahren: Matthias Jänicke, Lehrer und nicht mehr ganz jung, tritt seine erste Stelle an. Das idyllische Landleben als Dorfschullehrer behagt ihm, doch der schöne Schein trügt. Schon bald muss er erkennen, dass fast jeder Dorfbewohner etwas zu verbergen hat ...

*Walter
Kempowski
Heile Welt
Roman
btb 72650*

»Kempowski erzählt mit List und jener raffinierten Tücke, die im trügerischen Idyll das Bodenlose ahnen lässt.«
Klaus Modick, Die Woche